다켄
illust. 시바
몬스터 고기를
먹고 있었더니
EATor DIE
왕위에 오른 건

그리고 헌드레드의 정점에 있는 제로스라는 남자.

이 나라에 이런 남자가 있었다니.

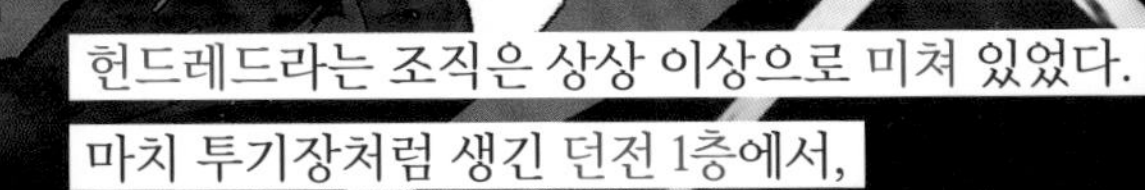
헌드레드라는 조직은 상상 이상으로 미쳐 있었다.
마치 투기장처럼 생긴 던전 1층에서,
밤이면 밤마다 몬스터 고기를 먹고,
동료들끼리 실전 같은 싸움을 즐긴다.
제정신이 아니야.

“최근에는 프라우 님이 이끄는 마법사단도
몬스터 고기를 먹는 것 같습니다.”

가마라스

오그마

"드래곤 고기는 귀해서
우리 영토의 상공을 날아가면
활, 창, 마법을 마구잡이로……."
프라우
"잠깐. 마법이 날아간다니,
그게 무슨 뜻이야?"
마르스

카산드라
키리
루이다

몬스터 고기를
먹고 있었더니
EAT or DIE
왕위에 오른 건
다켄
illust. 시바

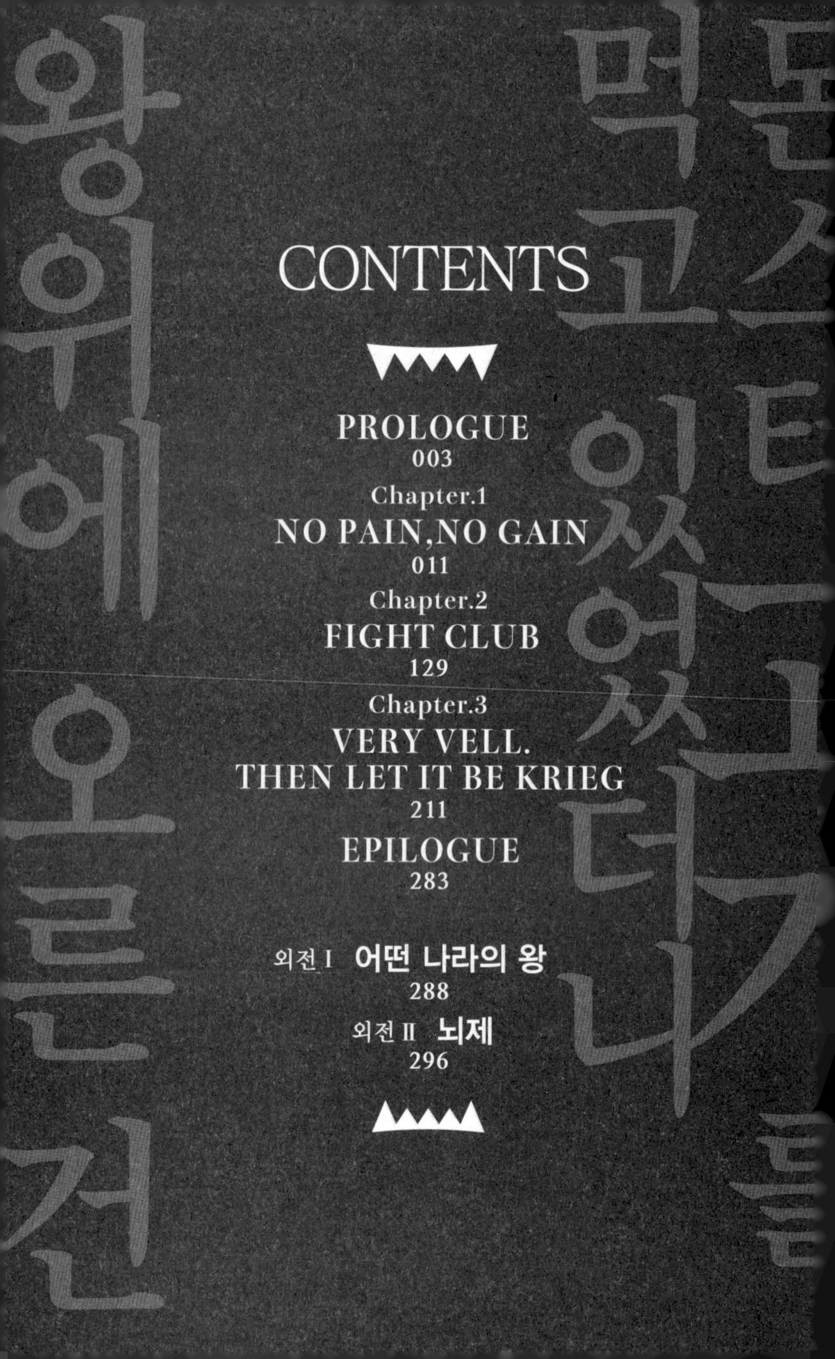

CONTENTS

PROLOGUE

어린애만 한 키를 가진 뿔 달린 토끼, 그것이 빨간 눈을 형형하게 빛내며 내 쪽으로 도약했다.

킬러 래빗. 몬스터 중에서는 비교적 약한 부류이지만, 도약한 상태에서 뿔을 사용하는 공격은 정통으로 맞으면 어른도 치명상을 입는다.

나는 그것을 사이드 스텝으로 피하고 측면에서 장검을 내리그었다.

서걱하는 둔한 감촉. 이건 치명상이 되지 못한다.

킬러 래빗은 폴짝 뛰어 간격을 벌렸다가 즉시 한 번 더 돌진해 온다.

이번에는 아슬아슬하게 몸을 피한 후, 아래에서 위로 그 목덜미에 검을 휘둘렀다.

푹신한 감촉과 동시에 킬러 래빗의 목에서 피가 뿜어져 나온다.

이것으로 상대의 움직임이 둔해졌지만 서두르지 않고 사각으로 돌아가서 숨통을 끊었다.

그런 다음 가죽을 벗기고 피를 뽑고 마법으로 불을 피워서 고기를 구웠다.

처음에는 피를 보는 것도 싫었지만 지금은 익숙해서 물 흐르듯이 할 수 있다.

물론 먹기 위해서이다. 일단 양념도 하고 누린내도 잡기 위해 향신료도 가지고 다닌다. 그러나 그렇게 해도 몬스터 고기는 맛이 없다. 맛은 없지만 먹지 않으면 살 수 없다.

참고로 나는 사냥꾼이 아니라 이 나라의 왕자였다.

그런 왕자님이 성을 빠져나와 숲속에서 몬스터를 잡아 먹고 있는 것이다.

오해하지 말았으면 좋겠는데, 나라가 가난해서 이런 생활을 하는 게 아니다. 맛없는 몬스터 고기를 굳이 먹고 있는 건 왕국 내에서도 나뿐일 것이다.

단순히 성에서 식사를 할 수 없어 배가 고파서 어쩔 수 없이 몬스터 고기를 먹고 있다.

아, 먹을 것 자체는 성에도 방에도 잔뜩 있다.

하지만 상당히 높은 확률로 독이 들어 있는 것이다.

왜냐고? 우리나라는 부패해서 재상 가마라스가 횡포를 일삼고 있기 때문이다.

처음부터 그랬던 건 아니다. 놈은 서서히 권력을 잡기 시작하더니, 국왕인 내 아버지에게 자신의 딸을 강제로 시집보냈다. 왕의 외척이 되어 권력을 확고하게 다지고 싶었던 것이리라.

아버지는 싫어했다고 한다. 돌아가신 내 어머니인 왕비를 사랑했던 것도 있었지만 단순히 그 딸이 가마라스를 똑

닮아 못생겼기 때문이었다는 것이 진실일 것이다.

어린 내 눈에도 못생겼다. 그런 못생긴 여자를 왕한테 억지로 시집보낼 정도이니 가마라스의 권력이 얼마나 강한지 짐작할 수 있을 것이다.

그러나 할 건 했는지(그런 쪽으로는 관례 같은 것이 있는 모양이다) 곧 아이가 생겼다. 남자아이였다.

그래서 재상한테 내가 눈엣가시가 된 것이다. 시식시종이 세 번이나 연달아 죽을 뻔한 시점에 '이거 위험한데'라고 느낀 나는 성의 음식에는 입을 대지 않게 되었다.

어머니는 내가 어렸을 때 병으로 돌아가셨는데 지금 와서 보면 정말 병으로 돌아가신 건지도 의심스럽다.

그런 연유로 성에 있는 사람도 믿을 수가 없어서 1년 전쯤부터 숲속에서 식재료를 조달하고 있는 것이다. 왜 숲속인가 하면, 성에서 나오는 샛길이 그곳으로 이어져 있다는 단순한 이유이다.

성 뒤쪽은 높은 성벽으로 둘러싸여 있고 그 앞은 사람이 접근하지 않는 마수의 숲이다.

이 나라는 건국된 경위부터가 몬스터에 연관되어 있었다. 몬스터를 피하기 위한 방벽이 점점 커지다가 요새가 되었는데, 어떤 용사가 이 지역을 다스리면서 지금의 성이 된 것이다.

그 어떤 용사라는 것이 내 조상인 셈이다.

요컨대 성은 마수들로부터 백성을 지키기 위한 것이라

숲에서 가깝지만 사람들은 숲에 일절 접근하지 않는다.

그래서 만일을 대비한 샛길이 숲속으로 이어져 있는 것인데, 그곳은 사람 눈을 피해 식재료를 조달하기에 안성맞춤이었다.

나는 열두 살이지만 검기나 마법은 어렸을 때부터 배워서 약한 몬스터라면 사냥할 수 있다. 검으로 쓰러뜨리고 마법의 불로 구워서 요리한다. 결코 맛있다고는 할 수 없다. 그러나 독을 먹는 것보다는 낫다.

덕분에 식사는 밤에 한 번뿐. 늘 공복에 시달리기 때문에 이런 고기라도 먹을 수 있는 것이다.

——하지만 언제까지 이런 생활이 이어지는 걸까?

——독살에 계속 실패하면 가마라스는 더 직접적으로 죽이러 오지 않을까?

끔찍한 생각이 고개를 쳐든다. 매일매일 살아가는 데 필사적이지만 저절로 한계가 오리라.

킬러 래빗의 고기를 뜯어먹으면서 암울한 미래에 대해 생각하고 있을 때, 등 뒤에서 기척을 느꼈다.

"너, 내 제자가 되어라."

갑자기 목소리가 들렸다.

순간 죽음을 각오한다. 그때까지 목소리 주인의 기척을 전혀 느끼지 못했기 때문이다.

좀처럼 독으로는 죽지 않으니까 마침내 재상이 암살자를 보낸 건가 생각했다. 반사적으로 검을 잡고 목소리가 들린 쪽을 향해 자세를 취했다.

"흠…… 검 실력은 한참 멀었네."

그제서야 상대방의 말이 머리에 들어왔다. 제자가 되라니? 무슨 소릴 하는 거야, 이 녀석?

나에게 말을 건 사람은 장신에 붉은 머리를 한 여성이었다. 대검을 어깨에 지고 경장 갑옷을 입고 있다. 꽤나 아름다운 얼굴 생김새를 갖고 있지만 날카롭고 다부진 인상이기도 하다. 싸움을 생업으로 하는 자 특유의 표정이다.

"저기, 이런 오밤중에 뉘신지? 암살자……는 아니시죠?"

"그 나이에 벌써 암살자랑 싸우는 거냐? 경험이 상당하군. 역시 넌 가능성이 보여."

붉은 머리의 여성은 흡족하게 대답했다. ……왠지 대화가 어긋나 있는 것 같은데.

"아뇨, 아직 싸운 적 없는데요. 각오는 되어 있지만."

"그래? 그럼 안심해. 난 자객이 아니야."

그 말에 나는 마음을 안정시킬 수 있었다. 솔직히 눈앞의 여성은 상당히 강하다. 검술 선생을 비롯해서 성에서는 실력 있는 사람을 많이 봐왔지만 그녀는 차원이 다르다.

매일 사느냐 죽느냐의 생활을 해온 나는 자연히 그런 눈으로 사람을 판단하게 되어 있었다. 상대가 적이고 나보다 강하면 죽을 가능성이 있으니 어쩌겠는가. 정말이지 혐오

스러운 관찰안을 갖게 되었다.

"아, 그러니까, 제자가 되라고 하셨는데 무슨 제자 말씀이신지?"

"제자가 제자지 뭐야. 넌 가능성이 있어. 내 검을 계승할 만해. 그러니까 제자 해."

"검의 제자요? 그런데 어째서 저한테 가능성이 있다는 거죠?"

솔직히 말해서 나한테 어느 정도 검의 재능이 있다는 것은 알고 있었다. 검술 선생한테도 그런 말을 자주 듣는다. 단지 재능 어쩌고 이전에 빨리 강해지지 않으면 물리적으로 죽을 가능성이 있었기 때문에 평소부터 죽기 살기로 정진해 왔을 뿐이다. 정말 재능이 있는 건지 노력의 성과인지는 알 수 없다.

"몬스터 고기를 먹고 있었으니까."

"네?"

몬스터 고기를
먹고 있었더니
EAT or DIE
왕위에 오른 건

Chapter. 1

NO PAIN, NO GAIN

I ◆ 스승과의 만남

인간의 출입을 거부하는 듯한 울창한 원생림이 밀집하고, 서로가 서로를 잡아먹는 흉악한 몬스터들이 마구 날뛰는 마수의 숲.

그 안에서 달을 머리 위에 진 채 붉은 머리카락의 미녀가 내 앞에 서 있었다.

환상적인 풍경이지만 그녀의 강한 의지를 가진 눈빛은 이것이 현실임을 말해 주고 있다. 다만 그녀가 말하는 내용은 선뜻 믿어지지 않았다.

"몬스터 고기를 먹고 있었으니까 제자가 되어라"라고 나한테 말하고 있는 것이다.

검의 재능이 어떻고가 아니라 몬스터 고기를 먹고 있었으니까?

"몬스터 고기를 먹으면 사람은 조금씩이긴 해도 그 힘을 취할 수 있어. 나도 그걸 안 건 15살이 지나서였어. 넌 나보다 어리고, 몬스터 고기를 먹고 있어. 그 맛없는 고기를 말이지. 그건 쉬운 일이 아니야."

응? 몬스터 고기를 먹으면 강해진다고? 그러고 보니 1년 사이에 꽤나 강해진 것 같은 기분도 드는데 그게 몬스터 고기를 먹은 덕분이었다고?

아니, 그나저나 이 사람도 먹는다고? 그 맛없는 몬스터 고기를?

"전 좋아서 먹는 거 아닌데요. 달리 먹을 게 없어서 그런 생활을 하고 있는 것뿐입니다만……."

"달리 먹을 게 없어? 너 고아야? 그렇게 보이진 않는데……."

명색이 왕자라 나는 나름대로 번듯한 차림을 하고 있다. 이런 모습을 한 고아는 이 세상에 존재하지 않으리라.

나는 지금까지의 경위를 설명했다. 왕국의 수치이지만 성에서는 모두가 아는 사실이니 새삼 감출 필요성도 느끼지 않는다.

"독이 무서워서 몬스터 고기를 먹고 있었다고? 몬스터 고기도 독성이 있을 텐데?"

아, 역시? 그 말을 듣고 나는 납득했다. 몬스터 고기를 먹기 시작한 무렵에는 자주 토를 했었다. 몸 상태도 조금 나빠졌다.

그러나 시식시종이 조금만 먹어도 정신을 잃는 독보다는 낫기 때문에 참고 먹었더니 어느새 몸이 익숙해진 것이다.

"뭐, 익숙해지면 못 먹을 것도 없으니까요."

굶주리면 사람은 어떤 고기라도 먹을 수 있다. 진짜 독만 아니라면 뭐든지.

"거봐, 역시 넌 대단해. 하지만 독을 무서워하는 걸 보니 아직 멀긴 멀었어."

그렇게 말하더니 그녀는 품속에 손을 넣었다.

"너한텐 이걸 줄게."

그녀는 반지를 꺼내서 나에게 던졌다.

어쩐지 불길해 보이는 보라색 보옥이 박힌 반지인데, 이런 흐름에서 줬다는 것은 역시 그건가?

"혹시 이거, 독 내성이 생기는 매직 아이템인가요?"

어떤 독이든 중화시킨다는 매직 아이템 반지는 존재한다.

존재하긴 하지만 레어 아이템인 데다 전 세계의 왕족이 원하는 물건이라 그 가치는 하늘 높은 줄 모른다. 시장에 내놓으면 성도 살 수 있는 값에 거래된다. 유감스럽게도 우리 왕국에서는 소유하고 있지 않다.

그것을 이런 곳에서 손에 넣다니…… 이게 웬 떡이냐!

"아니. 그건 독 상태가 되는 반지야."

"네?"

"겨우 독 정도로 아이템에 의존해서 어쩌게. 그런 건 자기 힘으로 극복하면 돼."

그걸로 극복할 수 있으면 독이 아니잖아요?

그런 내 마음의 소리는 물론 닿지 않았고, 그녀는 이야기를 계속한다.

"이 반지는 말이야, 늘 자신을 독 상태로 만듦으로써 독과 싸우고, 그것을 극복함으로써 독에 내성을 가질 수 있게 해주지."

이 녀석, 뭔 말이야? 머리가 헤까닥 했나? 말은 그럴싸하지만 그런 걸로 독 내성이 생긴다면 누가 고생을 하겠냐고.

"저기요, 이 반지의 독이라는 건 어느 정도죠?"

"응? 독이니까 당연히 보통 사람이 끼면 죽어. 그리고 한 번 손가락에 끼면 죽거나 독을 극복할 때까지 뺄 수 없어."

그게 뭐야, 그냥 저주받은 아이템이잖아!

자살지원자가 아니고서야 누가 그딴 걸 끼겠냐!

"아뇨, 저기요, 죽잖아요? 그런 반지를 꼈다간 더는 인간이 아니잖아요?"

"괜찮아. 몬스터의 독으로 몸을 단련시킨 너라면 견딜 수 있어. 나도 그걸 처음 썼을 때는 일주일쯤 몸이 안 좋았는데 그 후에는 익숙해졌어. 지금은 그것도 부족해서 더 강력한 반지를 끼고 있는걸."

그렇게 말하더니 그녀는 오른손을 내 쪽으로 향했다. 그 손가락에는 붉은 보옥이 달린 반지가 끼워진 채 위험한 존재감을 풍기고 있었다.

"이건 독 말고도 마비, 석화, 저주, 착란 같은 효과가 담긴 일품이야. 이만한 물건은 흔하지 않아. 이걸 구하느라고 얼마나 힘들었다고."

……으아, 이 인간, 머리가 이상해. 절대로 얽히면 안 되는 사람이야. 이 반지는 내일이라도 연못에 던져 버리자.

하지만 머리가 이상해도 실력 있는 사람인 것은 분명하니까 일단 이름은 물어봐 두자. 혹시 알아? 써먹을 데가 있을지.

"아, 그렇구나. 그거참 대단하네요. 전 그만 성으로 돌아가야 하는데 이름을 알려 주시겠어요? 전 파룬 왕국의 왕자 마르스라고 해요."

"마르스라. 좋은 이름이군. 나는 카산드라."

카산드라? 들은 적 있는 이름이었다. 카산드라라는 이름은 흔하지만 붉은 머리의 여성이면서 검의 달인인 카산드라라면…….

"설마 '검성의 적귀' 카산드라?!"

"그렇게들 부르는 것 같더군. 적귀라는 별명은 별로 마음에 안 들지만."

적귀 카산드라라면 우는 아이도 뚝 그친다는 괴물이다.

인간을 만나면 인간을 베고, 용을 만나면 용을 베고, 마인을 만나면 마인을 베고, 신을 만나면 신을 벤다는 전투광.

섬김을 요구한 나라에 "나보다 강하면 섬기지"라며 쳐들어가 그대로 나라를 멸망시켰다는 일화의 주인공. 제어불능의 버서커.

"7일 뒤야. 그때까지 그 반지를 극복해 봐. 스승으로서 주는 첫 번째 시련이 그거야. 7일 뒤에 다시 여기서 보자고, 제자."

일방적으로 그렇게 말하더니 카산드라는 등을 돌리고 가 버렸다.

"아니, 아직 제자가 되겠다고 결정한 건……."

나는 작은 목소리로 중얼거렸다. 큰 목소리로 말했다간

무슨 일을 당할지 모르기 때문이다.

기분 탓인지 손바닥 위의 반지가 무겁게 느껴졌다.

Ⅱ ◆ 독 내성의 반지와 신체 강화의 팔찌

성에 돌아와서 나는 독 반지를 물끄러미 바라보았다.

처음에는 끼고 싶은 생각이 없었지만 준 상대가 카산드라라면 이야기가 다르다.

분명히 말해서 이대로라면 나는 언젠가 죽을 것이다.

어떻게든 암살을 피하고는 있지만 가마라스의 권력은 날이 갈수록 강해지고, 내 편은 점점 줄어들고 있다. 성 안에는 가마라스의 손자인 내 남동생이 차기 국왕이 될 거라고 생각하는 놈들도 많다. 정치적으로 큰 실패라도 해 주면 좋겠지만, 가마라스는 의외로 제대로 된 시책을 펼치고 있기 때문에 그런 틈조차 없다. 누가 봐도 악인의 얼굴을 하고서 말이지.

상황은 악화일로다. 딱히 왕위에 집착하는 건 아니지만 계승권을 포기한들 날 살려 둘 것 같진 않다. 후환을 없애기 위해서라도 살해당할 것이다.

해답은 카산드라다. 악명 높은 망국의 검성. 그녀가 뒷배가 되어 준다면 아무리 그래도 목숨까지 빼앗기는 일은 없으리라.

물론 카산드라는 소문만큼의 버서커는 아닌 것 같지만 제대로 말이 통할 상대로 보이지도 않는다. 단, 적어도 "제자가 돼라"라고 하는 걸 보면 내 이미지는 나쁘지 않을 것이다.

이대로 카산드라의 제자가 되고, 잘돼서 '내 소중한 제자' 정도로 생각해 준다면 좋지 않은가.

그런데 그 제자가 되는 첫 번째 관문이 독 반지라니…….

어라? 생명의 위험이 앞당겨진 거 아니야?

죽거나 독을 극복할 때까지 뺄 수 없다고 했는데, 잘 생각해 보면 그건 저주받은 아이템도 아니고 그냥 암살용 도구 아닌가?

암살을 피하겠다고 암살용 아이템을 장착해야 하다니 그게 무슨 의미란 말인가.

보통 사람이면 즉사한다지만 나도 보통 사람이다.

그러나 이걸 극복하면 살아날 수도 있다. 반대로 이 좋은 기회를 놓치면 몇 년 안에 반드시 살해당할 것이다. 그걸 생각하면…….

아침식사 시간이 되었다. 방으로 식사가 들어온다. 평소 같으면 "식욕이 없으니까 필요 없다"라며 그대로 물리지만 오늘은 아무 말도 하지 않았다.

종자와 함께 식사를 가지고 온 메이드가 놀란 표정을 짓고, 같이 방에 들어온 시식시종이 비장한 얼굴을 한다.

"시식은 됐어. 혼자 먹고 싶으니까 다들 방에서 나가 주겠어?"

시식시종이 노골적으로 안심한 표정이 되는 한편, 종자는 물러나지 않았다.

"아니 되옵니다! 전하, 목숨을 가벼이 여기지 마시옵소서!"

아무래도 종자는 내가 각오를 다지고 죽을 작정이라고 생각한 모양이다. 음, 그렇게 생각하지 말라구.

하지만 지금부터 할 행동을 누가 보면 곤란하므로 방에서 내보낼 필요가 있다.

"방에서 나가 줘. 이건 명령이야."

"전하……."

종자는 당장에라도 울 것 같은 표정을 지었다. 그리고 잠시 뜸을 들였다가 말없이 고개를 숙이더니 메이드와 시식시종을 데리고 나갔다.

그것을 확인하고 나서 나는 준비를 시작했다. 실제로 식사를 할 수는 없으니 요리를 적당히 잘라 먹은 것처럼 꾸미고, 수프를 테이블 위에 조금 흘려 놓는다.

그리고 마음을 굳히고 반지를 낀다.

장착한 순간, 세상이 암전했다. 구역질과 동시에 고열에 의한 의식 혼탁, 팔다리의 저림이 찾아왔다. 죽는다, 이러다 죽겠어.

역시 빼자. 그렇게 생각하고 반지에 손을 댔지만 신체의 일부처럼 되어서 도무지 빠지지 않는다.

"이런 제길. 역시 이건 암살용 도구잖아……."

욕을 하면서 몸이라도 눕히려고 마지막 힘을 쥐어짜서 침대로 향한다.

그리고 의식이 끊어졌다.

결과적으로 말하면, 나는 살아났다. 정신을 차렸을 때는 침대에 누워 있고 그 옆에는 간호 담당 종자가 두어 명 붙어 있었다.

나는 사흘 밤낮을 혼수상태로 있었다고 한다. 안색은 파랗게 질리고 열은 말도 안 되게 높아서 의사가 일찌감치 포기했다고 한다. 마법사가 해독의 주문도 외웠다고 하는데 전혀 듣지 않았던 모양이다.

그야 독을 아이템으로 장착하고 있으니 해독 주문이 들을 리가 없다.

그리고 깨어나고 나서 깨달은 건데, 혼수상태에 빠져 있는 사이에 암살당할 가능성도 있었다. 하지만 아무 일도 당하지 않은 걸 보면 아마 누군가가 손을 쓴 것이라고 착각해서 모두 손을 뗀 모양이다. 자신의 대책 없음에 소름이 돋았다.

다소 저릿한 느낌은 남아 있지만 특별히 문제는 없는 것 같다. 시험 삼아 반지를 만져 봤더니 쓱 빠졌다. 반지의 독에 대한 내성을 얻은 것으로 봐도 무방하리라.

내가 빈사의 상태에서 부활했다는 소식은 곧 성 안에 퍼졌다. 모두 겉으로는 축복해 주었지만 독살당할 뻔했다는 데에는 그다지 위화감을 느끼지 않는 듯하다.

"아아, 역시" "조심하셔야죠" 따위의 충고를 받았다.

아버지인 왕도 "자신의 몸은 스스로 지켜라" 같은 내용을 돌려서 말씀하셨다. 그게 피해자한테 할 말이냐고. 뭐, 자작극이긴 하지만.

일단 형식적으로 범인을 수색했지만 범인이 나니까 당연히 잡히지 않는다. "가마라스겠지!"라고 모두 생각하지만 이번에는 무고하다.

3일 동안 아무것도 먹지 못했기 때문에 갖다주는 대로 다 먹었다. 카산드라가 했던 말이 사실이라면 독에 대한 내성이 생겼을 것이다.

처음에는 독이 섞여 있지 않았는지 아무렇지도 않았지만, 며칠 지나자 음식 중에 톡 쏘는 자극이 느껴지는 것이 있었다. 향신료 같은 것이 아니다. 아마 독이리라.

다소 설사도 했지만 기본적으로는 문제없었다. 아무래도 독류는 완전히 극복한 것 같다.

시식시종은 폐지했다.

"나 때문에 목숨을 버릴 건 없어."

그렇게 말하자 주위 사람들은 "착하기도 하시지" 어쩌고 하면서 감동했지만 단순히 필요가 없어졌기 때문이다.

이래저래 일주일이 지나고 카산드라와 다시 만나는 날이 왔다.

"사부님, 독 반지는 극복했어요."

그렇게 말하며 오른손에 낀 반지를 보여 주었다. 장소는 지난번과 같은 숲속이다.

"오오, 그래? 역시 내 제자라니까!"

카산드라는 무척 기뻐 보인다.

"덕분에 이젠 식사에 독이 들어 있어도 끄떡없어요. 감사합니다."

수단은 좀 그랬지만 독 내성이 생긴 건 큰 수확이다. 이 점은 진심으로 고맙게 생각한다.

"그래? 잘됐네. 근데 너, 몬스터 고기도 먹고 있어?"

"아뇨, 최근 일주일 사이에는 안 먹었는데요……."

가끔 독이 들어있긴 해도 평범한 식사를 할 수 있게 되었기 때문에 굳이 맛없는 몬스터 고기를 먹고 싶지는 않다.

"뭐? 그럼 안 돼. 잠깐만 기다려."

그렇게 말하자마자 카산드라는 숲속으로 사라졌다.

잠시 후 그녀는 한 손으로 웬 처음 보는 몬스터를 질질 끌고서 돌아왔다.

'질질 끌고'라고 하면 소형이라고 생각할지도 모르지만 그 크기는 카산드라의 열 배는 된다. 환각을 의심하고 싶어지는 초현실적인 광경이다.

질질 끌려오고 있는 몬스터는 피투성이에다가 죽은 것

처럼 보였다. 아니, 그것보다 이렇게 거대한 몬스터는 이 근방에서는 본 적이 없다. 어디에서 잡아온 거지?

카산드라는 죽은 몬스터를 휙 던지더니 보이지도 않는 속도로 장검을 휘둘러 공중에서 해체했다.

아까까지 몬스터였던 것이 한순간에 고깃덩어리로 변한다.

그리고 그녀는 고깃덩어리 중 하나를 집어 들어 나에게 내밀었다.

반사적으로 손을 내밀어 받았더니 손바닥에서 처덕, 하는 기분 나쁜 소리를 냈다.

"먹어. 그레이트 바질리스크 고기야. 그 반지의 독을 극복했다면 먹어도 문제없을 거야."

그레이트 바질리스크? 위험도가 상당히 높아 마을에 출현하면 기사단이 총동원되어 쓰러뜨리러 가는 위험한 몬스터다. 이렇게 짧은 시간에 발견해서 잡아왔다고?

아니 그런 것보다, 이거, 생으로 먹는 거야?

"사부님, 불에 구워 먹어도 돼요?"

"안 돼. 효율이 나빠져."

카산드라의 설명으로는 몬스터 고기는 되도록 신선한 것을 생으로 먹어야 그 힘을 취하기 쉽다고 한다.

카산드라는 다른 고깃덩이를 집어 들더니 거침없이 물어뜯었다.

질겅질겅 씹는 소리가 들린다. 진짜 먹네…….

"빨리 먹어."

실제로 눈앞에서 먹는 걸 보니 "싫어요"라는 말이 나오지 않는다.

하는 수 없이 손에 든 고깃덩이를 입으로 가져간다.

윽, 냄새.

당연하지만 피 냄새가 난다. 그뿐만 아니라 누린내 같은 것도 나서 토할 것 같다.

결심하고 한 입 물어뜯는다.

누린내와 강렬한 자극이 입 안에 퍼지자 몸이 '이걸 먹으면 안 돼'라는 경종을 전력으로 울리기 시작했다.

토하고 싶다, 토하고 싶지만 카산드라가 나를 뚫어지게 쳐다보고 있다.

열심히 씹어서 억지로 삼켰다.

속이 울렁거린다. 위에 든 것이 몽땅 도로 나올 것 같다. 독에 익숙해지기 전의 몸으로 돌아간 것만 같다.

"사부님, 이 고기 상당한 독인 것 같은데요?"

"당연하지. 몬스터 고기는 그 힘이 강하면 강할수록 사람이 받아들이기 힘들어. 드래곤 고기 같은 건 맹독이지. 오늘 가져온 그레이트 바질리스크는 지금의 네가 섭취할 수 있는 고기 중에서 최고로 독할걸."

카산드라는 그렇게 말하면서 손에 든 고깃덩어리를 쉬지 않고 먹다가 마지막에는 통째로 삼키더니 "준 건 다 먹어"라고 사형선고처럼 말했다.

나는 울며 겨자먹기로 시간을 들여 천천히 먹었다. 독 반지가 몇 배는 더 낫다 싶을 정도로 지금까지의 인생에서 제일 가혹한 시간이었다.

"좋아, 다 먹었군. 그럼 검을 들어봐."

겨우 다 먹은 나에게 카산드라가 말했다. 독을 먹여놓고 훈련입니까? 엄격함을 넘어서 살의밖에 느껴지지 않습니다만?

손과 입이 피범벅이라 어디 가서 씻어내고 싶었지만 그런 걸 용서해 줄 상대가 아니다.

검을 뽑아 카산드라를 향해 자세를 취했다.

"덤벼봐."

그녀는 검에 손조차 대지 않는다. 그럴 필요도 없다고 말하는 듯하다.

'깔보고 있네' 하는 분노를 느낌과 동시에 억지로 고기를 먹은 원망까지 담아 전력으로 달려들기로 했다. 그만한 권리는 있을 터다.

그러나 검을 들어 올리려는 순간, 나는 저만치 날아가 등 뒤 나무에 내동댕이쳐졌다.

배와 등에 강렬한 통증을 느낀다.

보니 아까까지 내가 서 있던 곳에 카산드라가 있었다.

검을 휘두른 순간 얻어맞았든지 걷어차였든지 한 모양이다. 그 동작은 전혀 보이지 않았다.

"역시 느려."

카산드라가 말했다.

"아니 저기요…… 검을 들어 올린 순간을 노릴 거라고 누가 생각하겠어요?"

욱신거리는 배와 등을 문지르면서 나는 변명했다.

"싸움은 사느냐 죽느냐야. 그런 변명은 안 통해. 틈을 보이지 마."

사부님은 담담하게 대답했다. 뭐, 맞는 말이다. 내 일상생활도 그런 느낌이었고.

"동작이 느린 건 신체능력이 낮기 때문이야. 이걸 주지."

사부님이 품에서 팔찌를 꺼냈다. 푸르게 빛나는 예쁜 금속 팔찌인데 자세히 보니 주문이 빼곡하게 새겨져 있어 불길한 예감만 든다.

"이건 '그래비티'의 효과를 부여하는 팔찌야."

그래비티. 방해 마법의 하나. 상대의 몸을 무겁게 만들어서 그 동작을 둔하게 하는 효과가 있다. 주로 몬스터와 싸울 때 쓰는 것이다.

"'그래비티'요? 상대에게 부여하나요?"

"아니. 자신한테 부여하는 거야."

자신한테 부여해? 방해 주문을? 그런 얘긴 들어본 적도 없다.

"이 팔찌를 차면 체중이 2배로 불어나. 아무튼 차 봐."

나에게 던져진 팔찌를 잡아채서 팔에 차 본다.

순간 몸이 묵직해지는 감각이 느껴졌다.
"일어나 봐."
시키는 대로 일어서려 하지만 몸이 잘 움직이지 않는다.
낑낑대며 등 뒤 나무에 기대가며 힘들게 일어났지만 몸이 무겁다. 이게 그래비티의 효과인가.
"움직이기 어렵네요. 이 상태로 어쩌라고요?"
"그걸 찬 채로 평소대로 생활해. 그러면 몸이 알아서 단련될 거야. 아무것도 안 해도 단련되니까 멋지지 않아?"
사부님이 해맑게 웃었다. 분명 진심으로 멋지다고 생각하는 것이리라. 일상생활이 불편해지는 게 뭐가 멋지다는 걸까? 역시 이 인간 이상해.
나는 일상생활은커녕 이제부터 돌아갈 자신조차 없다.
일단 빼자, 일단. 조금씩 익숙해져야지 그렇지 않으면 무리다.
……어라? 안 빠지는데요?
"스승님, 이거 어떻게 빼는 거죠?"
"안 빠져."
아무렇지도 않게 황당한 대답이 돌아왔다.
"그건 원래 죄수 도주 방지용으로 만들어진 팔찌니까. 혼자서는 못 빼게 되어 있어."
죄수용이라고?! 암살용 반지 다음에는 죄수용 도구. 이런 건 어디서 입수하는 거냐?
설마 실제로 목표물이 되거나 수감되거나 해서 손에 넣

은 건 아니겠지?

“사부님은 어떻게 빼는지 아세요?”

“몰라. 1년쯤 차고 있었더니 뺄 수 있게 됐어. 아마 팔찌에 걸린 구속 마술에 대항할 수 있게 된 거겠지. 그러니까 걱정할 거 없어.”

어딜 봐서 걱정할 게 없냐? 나는 지금 이 순간 목숨이 걱정됩니다만?

구속 마술은 그렇게 쉽게 깰 수 있는 게 아니다. 아니, 애초에 깨지면 의미가 없다. 내일이 보이질 않았다.

Ⅲ ◆ 어느 시녀의 독백

저는 왕자인 마르스 님을 곁에서 모시며 성에서 지내는 시녀입니다.

일단 어느 귀족의 삼녀인데, 장녀가 아닌 이상 좋은 연분을 만날 일은 없습니다.

장차 귀족으로서 살아가려면 시녀로 있는 동안 적당한 지위를 가진 귀족의 눈에 들 필요가 있지요.

……하지만 그런 소박한 야심도 아랑곳하지 않고 저에겐 어떤 사명이 주어졌습니다.

본가쪽 친척인 란돌프 백작으로부터 '마르스 왕자를 독살하라'는 지시를 받은 것입니다.

란돌프 백작은 가마라스 재상쪽 파벌. 아마 가마라스 재상에게 명령받았겠지요.

개인적으로는 란돌프 백작도 가마라스 재상도 싫어하는 얼굴이지만 그건 그거고, 제 생가인 분가와 본가 사이의 힘 관계도 있고 해서 거절할 수도 없었답니다.

그렇지만 왕자의 독살도 그리 쉽지는 않았어요. 애초에 시식시종도 붙어 있고요.

란돌프 백작 자신도 독살에 성공 못 해도 괜찮다고 생각했던 모양입니다.

마르스 님이 '누가 내 목숨을 노리고 있다'고 생각하게끔 함으로써 정신적으로 약화시키는 것이 목적이었을 겁니다. 어쩜 그렇게 못된 사람이 다 있는지.

어쩔 수 없어서 저도 부지런히 독을 탔지요.

그 결과, 마르스 님은 시식시종이 세 번이나 쓰러지는 것을 목격하고 식사에 일절 손을 대지 않게 되었습니다.

이래서는 심신이 모두 쇠약해질 것이 뻔했습니다.

……그렇게 생각했던 시기가 저에게도 있었지요.

마르스 님은 일시적으로 쇠약해지셨지만 어디에서 식사를 하고 오시는지 점점 생기를 되찾으시더니 도리어 전보다 더 튼튼해지셨습니다.

백작이 어디에서 음식을 입수하는지 알아보라고 시켰지만 짐작조차 가지 않았습니다. 방 안의 음식에는 빠짐없이 독을 탔으니까요.

그런데 그로부터 1년 정도가 지난 어느 날, 갑자기 마르스 님이 식사를 하시겠다는 것입니다.

어찌나 놀랐던지요. 그런 말은 사전에 해 주시면 좋을 걸. 벌써 1년이나 식사를 하지 않으셔서 독 같은 건 타지도 못했습니다.

네, 타지도 않았는데 어찌된 영문인지 마르스 님은 쓰러지셨습니다.

어라? 왜지?

너무 이상했지만 독을 탄 사람이 저라고 생각한 란돌프

백작으로부터 칭찬의 말과 얼마간의 보수를 받았습니다. 그래서 일단 제가 한 것으로 해 뒀죠.

마르스 님은 그로부터 사흘 밤낮 동안 죽음의 심연을 헤매고 다니는 상태였지만 어찌어찌 회복하고 말았습니다. 제가 아닌 다른 사람의 짓이라고 생각했기 때문에 이 시기에는 나서지 않았는데 참 마무리가 야무지지 못했죠.

전 매우 복잡한 심정이었습니다. 제가 한 짓은 아니지만 회복해 버리니 그건 그것대로 제가 실패한 것 같은 생각이 들었기 때문입니다.

실제로 마르스 님이 회복했다는 것을 안 란돌프 백작은,

"이번에는 실패하면 안 된다."

라는 말과 함께 지금까지 썼던 것보다 더 강력한 독을 건네주었습니다.

다행스럽게도, 회복한 마르스 님은 이젠 시식시종을 쓰지 않고 식사를 하셨기 때문에 독을 타는 일은 비교적 쉬웠습니다.

독 때문에 죽을 뻔했으면서 독을 경계하지 않다니, 이 왕자님은 인생을 쉽게 생각하는 걸까요?

지금까지는 들키지 않도록 독을 소량만 섞었지만 좀 화가 나서 인생의 혹독함을 가르쳐주기 위해 식사에 잔뜩 독을 타서 드렸습니다. 이것도 일종의 배려랍니다.

식사를 입에 넣은 순간에 돌아가신 왕비님과 저세상에서 재회할 수 있겠죠.

그런데 마르스 님은 독을 잔뜩 넣은 식사를 게걸스럽게 드시는 게 아니겠어요?

그뿐만 아니라,

"역시 평범한 식사는 맛있다니까."

라며 식사에 대한 기쁨을 곱씹기까지 하셨습니다.

어? 이상하다? 이 인간이 왜 살아 있지?

동료 시녀에게 죄를 뒤집어씌울 준비까지 했는데 이래서는 그런 고생도 물거품입니다.

하지만 이건 제 책임이 아닙니다.

분명 란돌프 백작이 독하고 착각해서 무해한 약을 준 것이 틀림없습니다.

그렇지만 상대는 백작. 증거도 없이 "당신 때문이다"라고 말할 수는 없는 노릇입니다.

그래서 저는 물을 가득 채운 잔에 건네받은 독을 아주 조금씩 붓고 잘 저어서 혀끝으로 맛보기로 했습니다.

그 왕자가 와구와구 먹은 걸 보니 무해한 게 틀림없었고, 만일 독이었다고 해도 별일 없을 테니까요.

그걸로 건네받은 독이 가짜였다는 것을 증명해서 란돌프 백작에게 빚을 지워야지.

……그렇게 생각했던 저는 세상에서 제일가는 바보였습니다.

할짝댄 순간, 온몸에 경련이 일더니 목이 찢어지는 고통을 느꼈습니다. 목구멍에 손가락을 집어넣어 뱃속에 든 것을 몽땅 게워냈습니다.

그래도 저린 감각이 가시지 않더니 얼마 있자 몸이 말을 듣지 않았습니다.

그 사실을 란돌프 백작에게 보고하자,

"이상하군. 해독약조차 들 새도 없는 그 독을 먹고 살아 있을 수가 없는데. 그러고 보니 전에도 의사와 치료마법사를 매수했는데 결국 살아난 것도 이상해."

백작은 미간이 깊은 주름을 지으며 생각에 잠겼습니다. 아마 이 사람도 독살에 실패하면 가마라스 재상한테 야단을 맞는 거겠죠.

"최근에 왕자한테 특이한 점은 없던가? 어떤 사소한 일이라도 상관없네."

특이한 점? 왕자한테 특별히 큰 변화를 느낀 일은 없습니다. 하지만 사소한 일이라면…….

그러고 보니 시녀들 사이에서 얼마 전부터 왕자가 반지를 끼고 있다는 것이 화제였습니다.

그것을 전하자,

"설마 매직 아이템? 독을 무효화시킨다는 반지가 있다는 말을 들은 적이 있는데 그런 것을 입수한 건가?"

그런 것이 있다는 것은 처음 알았습니다. 듣고 보니, 그 반지를 끼고부터 마르스 님이 독을 무서워하지 않게 된 것 같다는 생각도 듭니다.

"그랬군. 역시 그랬어. 그래서 시식시종을 폐지하는 과

감한 결정을 내릴 수 있었던 거야!"

과연. 시식시종을 폐지했을 때는 주위에서 "마르스 님은 착하기도 하시지"라는 칭찬의 소리가 높아졌었는데, 참 대단한 위선자입니다. 저도 어쩐지 마르스 왕자에 대한 분노가 끓어올랐습니다.

"좋아! 넌 그 반지가 어떻게 생겼는지 자세히 보고해. 가짜를 준비시키겠다. 그 가짜하고 반지를 바꿔치기한 후에 완전히 방심한 마르스 왕자를 독살한다!"

얼마 있다가 정교하게 만들어진 가짜를 란돌프 백작이 보내왔습니다. 그 장식하며 크기하며 진짜하고 똑같았습니다.

저는 그 가짜를 몰래 품에 넣고 있다가 왕자가 목욕을 하는 사이에 빼 놓은 반지와 바꿔치기하는 데 성공했습니다.

그리고 곧 그 반지를 란돌프 백작에게 가지고 갔습니다.

"오호라, 이게 독을 무효화시키는 반지로군."

백작은 반지를 손에 들고 만족스럽게 웃었습니다.

"듣자 하니 상당한 값에 거래된다던데, 어쩔까. 가마라스 재상한테 주기엔 좀 아까운데……."

그렇게 말하면서 백작은 자기한테 어울리는지 보려는지 자기 손가락에 그 반지를 끼웠습니다.

"크윽, 크아아악————————————!!"

그 순간, 백작은 괴조 같은 비명을 지르더니 낀 반지를 빼내려고 손을 가져다 댄 자세 그대로 바닥에 쓰러져 버렸습니다.

얼굴이 창백해서 눈, 코, 입에서 피를 흘리고 있습니다.

완전히 죽어 있었습니다.

저는 비명이 나오지 않도록 입을 틀어막고 일단 증거인멸을 위해 반지를 백작의 손가락에서 빼내 가지고 도망쳤습니다.

다음 날, 저와 백작이 몰래 만났던 장소에서 란돌프 백작의 시체가 발견되어 성 안은 발칵 뒤집어졌습니다.

표면상으로는 저와 백작이 거의 면식이 없는 것으로 되어 있었기 때문에 저는 아무런 혐의도 받지 않았습니다. 애초에 제가 죽인 것도 아니지만…….

얼마 뒤 소동이 가라앉았을 때, 마르스 님이 목욕을 하고 있는 사이에 반지를 진짜와 바꿔치기했습니다.

물론 저는 무서워서 한 번도 그 반지를 껴 보지 않았습니다.

어떻게 될까 궁금해서 목욕을 마친 마르스 님을 봤는데 전혀 망설임 없이 반지를 끼셨습니다.

마르스 님은 "응?" 하는 표정을 짓더니,

"오늘은 컨디션이 좀 안 좋은가?"

하고 중얼거리곤 곧장 침실로 걸어가셨습니다.

……어쩌면 이 사람 위험한 거 아니야?

란돌프 백작이 죽었다. 그것도 독살당한 것 같다.

그에게는 마르스 왕자의 독살을 시사했었다. 물론 직접적으로는 아무런 말도 하지 않았고, 재상인 나의 관여를 시사하는 것도 아무것도 없다.

만일 독살이 실패하더라도 나에겐 아무런 피해도 없도록 하기 위해서이다.

그러나 백작은 거꾸로 독살당하고 만 것이다.

이건 경고가 틀림없다.

마르스 왕자를 건드린 자는 상응하는 대가를 치르게 된다는…….

무서운 상대다. 아무런 흔적도 남아 있지 않다. 애초에 성에 왕자 편에 선 사람은 거의 없는 데다 이런 뒷공작을 실행할 수 있는 사람은 전무하다.

뒷길드는 나와 손잡고 있고 이해관계도 일치하기 때문에 배신할 리가 없다.

대체 왕자는 누구를 자기 편으로 만든 걸까?

모르겠다. 그게 무섭다.

솔직히 마르스 왕자는 큰 장애물은 아닐 거라 여겼고, 암살 못하더라도 문제없을 거라 생각했다. 독살은 작은 협박 같은 거였다.

하지만 내가 잘못 짚은 것 같다.

마르스 왕자는 무슨 수를 써서라도 죽어야 한다. 내 손자를 왕위에 앉히기 위해서.

Ⅳ ◆ 훈련 동료

스승인 카산드라와 만난 지 3년 정도가 지났다.

일주일에 한 번 만나 같이 맛없는 몬스터 고기를 먹고, 그런 다음 가볍게 겨루기를 한다.

만나지 않은 동안에 몬스터 고기를 먹지 않은 날이 있으면 만났을 때 고기를 먹이기 때문에 매일 몬스터 고기를 먹도록 하고 있었다(사부님이 가져오는 고기는 강렬하게 맛이 없었다).

참고로, 사부님은 내가 고기를 먹지 않은 일수를 정확하게 맞혔다.

저번에 만났을 때보다 몸이 덜 자란 걸 보고 아는 것 같다. 나는 전혀 눈치채지 못했지만, 몸을 뚫어지게 관찰당한다고 생각하면 썩 기분이 좋진 않다.

또, 만나지 않은 동안 단련을 게을리하면 겨루기에서 신나게 두들겨 맞았다.

이것도 역시 저번에 만났을 때와의 기술 성장 차이로 아는 것 같다.

두들겨 패는 사부님의 힘은 강렬해서 온몸이 멍과 상처투성이가 되기 때문에 성으로 돌아가서 뭐라고 변명할지 생각을 쥐어짜야 한다.

그래서 매일 게으름 피우지 않고 단련하기로 했다.

결국 매일 몬스터 고기를 먹고 단련해야 하는 셈이니 자연히 매일 몬스터와 싸우게 되었다. 그것도 약한 상대면 사부님한테 게으름을 부렸다고 오해받기 때문에 늘 아슬아슬하게 이길 수 있는 상대와 싸우고 그 고기를 먹었다.

팔찌는 처음 찼을 때는 동작이 굼떠져서 성에서는 또 독에 중독됐다고 오해를 받았지만 석 달 만에 익숙해졌다. 인간은 뭐든지 익숙해지는 법이다.

참고로, 요전에도 척살당할 뻔했다. 실행범이었던 사용인이 달려들 때, 손으로 떠밀려다가 같이 넘어져서 깔아뭉개고 말았다. 중력 마법이란 무섭다.

1년 정도가 더 지나자 팔찌를 뺄 수 있게 되었다. 이때는 기뻤다. 형기를 마친 죄수의 기분이다.

신나서 사부님한테 보고했더니,

"그래? 그럼 새 팔찌를 주지."

하더니 이번에는 체중이 3배가 되는 팔찌가 끼워졌다. 사부님의 사랑이 물리적으로 무겁다.

이 3배짜리 팔찌도 1년 정도 되니 뺄 수 있게 되었지만 그건 비밀로 해 두었다. 5배짜리 팔찌라도 채워진다면 답이 없다.

참고로 사부님은 10배짜리 팔찌를 차고 있다. "이 팔찌는 아직 못 줘"라고 했지만 그런 걸 찼다간 일상생활에서 죽고 말 것이다.

겨루기에서는 사부님의 동작이 너무 빨라서 눈으로 쫓았더니 도저히 공격을 피할 수가 없었다. 눈으로 보는 게 아니라 기척을 느끼고 움직여야 했다.

게다가 사부님은 딱 죽지 않을 정도의 공격을 해오는 얄미운 특기를 갖고 있었다.

공격이 명중하면 빈사 수준의 대미지를 입기 때문에 이쪽도 필사적이다.

그 결과, 기척을 느끼고 공격을 피하는 스킬을 익혔다. 스킬이라기보단 감이 비정상적으로 좋아졌을 뿐인 것도 같지만…….

그러나 사부님은 그걸 "기를 잡는다"고 표현하셨으니 일단 번듯한 스킬이리라.

이걸 한번 익히니 나를 노리는 기운을 알 수 있었다.

참고로 성에서는 독에 내성을 가진 지 1년쯤 지나서 사고를 가장한 암살미수가 대량 발생했다.

화살이 날아온 것부터 시작해서 건물 붕괴, 마법 공격 등 암살을 위한 방법은 가지가지였지만 전부 회피했다.

그깟 정도로 죽을 거면 사부님한테 진작에 죽었다.

사부님이나 강력한 몬스터의 공격에 비하면 암살을 회피하는 것쯤 식은 죽 먹기였다.

아니, 차라리 암살자가 사부님보다 착하게 느껴졌다.

처음 제자로 들어갔을 때는 스승 카산드라의 이름을 내세워 암살로부터 몸을 지키겠다는 속셈이 있었지만 지금은 그렇지 않다. 아니, 그럴 필요가 없어졌다.

암살을 두려워할 필요가 없어진 지금, 카산드라의 이름을 내세우는 의미가 없다.

오히려 그 이름을 내세웠을 경우 "어디서 만나고 있었냐", "매일 성을 빠져나갔었냐", "몬스터 고기 같은 건 먹지 마라", "그런 위험한 특훈은 그만둬라" 등등 귀찮아질 게 뻔했기 때문에 입 다물고 있었다.

그렇게 겨우 죽지 않을 정도의 나날을 보내고 있던 어느 날, 사부님이 이별을 고했다.

"기초는 완성됐으니까 이제부터는 스스로 단련해. 다음에 만났을 때 게으름 부리고 있으면 죽여 버릴 거야."

그렇게 말하더니 어딘가로 떠난 것이다.

애초부터 한곳에 정착하는 타입은 아니고 강적을 찾아 세계를 유랑했던 모양이니 한 나라에 3년이나 머물러 있었다는 게 더 희한한 일이었으리라.

사부님은 가버렸지만 "게으름 부리고 있으면 죽여버린다"는 것은 비유 따위가 아니라 진심이라는 걸 알았기 때문에 매일 수행은 계속했다.

또, 이 무렵부터 사고를 가장하는 것도 귀찮아졌는지 자객이 직접 죽이러 오게 되었다.

공무를 보러 밖을 다니면 자객이 칼을 쳐들고 달려들고,

성에서 서서 이야기를 나누고 있으면 천장에서 자객이 내려오고, 방으로 돌아가면 자객이 기다리고 있는 등 막무가내로 죽이러 왔다.

그러나 기척이 느껴져서 덤벼들기 전에 알아챌 수 있고, 사부님이나 몬스터에 비하면 약해서 그다지 문제도 되지 않았다.

문제는 되지 않았지만 반사적으로 죽여 버린다고 클레임이 들어왔다.

"전하, 배후관계를 알아내기 위해서라도 산 채로 잡으셔야 합니다……."

"나도 죽일 마음은 없지만 산 채로 잡기엔 너무 약하단 말이야."

그렇게 대답했더니 분위기가 썰렁해졌다.

사부님이나 몬스터에 비하면 보통 사람은 약해빠져서 툭 건드리면 죽어 버린다.

그 발언이 가마라스의 귀에 들어갔는지 어쩐지는 모르겠지만 암살자의 질이 높아졌다. 덩달아 숫자도 늘어났다.

과연, 어느 정도 훈련된 어쌔신이 여럿이 되자 좀 성가셨다.

기본적으로 사부님이나 몬스터하고는 1대1로 싸웠기 때문에 여러 명과의 전투 경험이 별로 없었기 때문이다.

그러나 상대의 머릿수가 많다고 실수를 하는 건 말이 안 된다. 그런 건 신이 용서해도 사부님이 용서하지 않는다.

어떻게 할까 생각하면서 몬스터와 싸우고 숲속을 걸어 돌아오는 길에 검끼리 맞부딪치는 소리가 들렸다.

얼마 전부터는 강한 몬스터를 찾아 조금 깊은 숲까지 들어가고 있었는데, 소리가 들린 장소는 옛날 요새 터였다.

기척을 죽이고 가만히 훔쳐보니 요새 안에서 갑옷을 입고 단단히 무장한 두 남자가 검으로 싸우고 있었다. 그 밖에도 그것을 구경하는 남자가 3명이었으니 총 5명. 관전 중인 남자들도 무장하고 있다.

관전 중인 남자들이 싸우고 있는 남자들을 향해 응원과 충고를 날리고 있는 것을 보면, 딱히 서로 죽이겠다고 싸우는 건 아니고 검 연습이라도 하는 모양이다.

그들은 실전처럼 검을 들고 싸우고 있었는데, 보기 드문 광경이었다.

현재 왕국에서는 이런 실전 형식의 연습은 이루어지고 있지 않다. 검 연습이라고 하면 짜여진 대로 하는 것이 주류다. 겨루기도 직접 타격하지 않는 것이 기본 스타일로, 상대를 맞추기라도 했다간 "더럽게 못하네!" 하는 욕설이 날아든다.

200년 이상 평화가 계속된 탓인지 왕도의 기사들이 실제로 싸우는 일이 별로 없어 실전이란 것이 경시되고 있었기 때문이다.

기사도라는 말이 유행하고, 얼마나 화려하고 우아하게 움직이느냐가 중요시되었다.

강한 검은 불필요하고 야만적인 것으로 간주되었다. 당연히 검에 의한 결투도 금지되었고, 아무리 훈련이라도 실전 형식의 훈련은 기피되었다.

나와 사부님의 훈련? 그건 논외랄까, 윤리적으로 아웃. 대외적으로 들켰다간 사부님은 위병에게 끌려가 감옥행. 물론 사부님을 붙잡을 수 있는 위병 같은 건 이 세상에 존재하지 않지만.

아무튼 그들은 꽤 강했다. 아마 상당히 훈련 경험을 쌓았으리라. 자세히 보니 싸우고 있는 남자들도 보고 있는 남자들도 새 상처를 몇 개씩 달고 있었다.

이거 써먹을 수 있겠는데?

연습에 끼워달래서 복수를 상대하는 연습을 하면 되겠다.

저만큼 강하다면 딱 좋아.

그리하여 말을 걸게 되었다.

"나도 같이 훈련해도 될까?"

지극히 우호적으로 말을 걸었다고 생각했다.

그러나 밤중에 숲 덤불에서 나온 나를 그들은 잔뜩 경계하고 있다.

곰곰이 생각해 보니 늦은 밤에 이런 장소에 있는 인간이 정상일 리가 없다. 경계하는 게 당연했다.

"넌 뭐야?"

리더 격인 남자가 말했다. 짧게 깎은 금발에 사나운 인상이었다. 아마 이 중에서 제일 실력이 좋으리라.

"숲을 걷는데 소리가 들리길래. 보러 왔더니 요즘 세상에 보기 드물게 실전 형식의 훈련을 하고 있길래 나도 같이 하고 싶어서……."

"그냥 걷고 있었다고? 이 마수의 숲을? 거짓말하지 마!"

"야, 너 귀족 도련님이지?! 죽고 싶지 않으면 꺼져!"

"이게 어디서 실실대. 어차피 심심해서 장난치는 거잖아? 속으로는 우리를 깔보고 있잖아!"

다른 남자들이 일제히 언성을 높였다.

아무래도 그들은 귀족계급의 인간을 싫어하나 보다.

나도 좀 더 평범한 차림을 하고 싶지만 공교롭게도 성에는 서민의 옷이 없다.

어떻게 할까 생각하고 있는데 리더 격의 남자가 말했다.

"뭐 어때. 같이 훈련하고 싶다는데 훈련시켜 주자고."

오오, 말이 통하는 사람도 있군.

"단, 죽어도 불만 없기다?"

말이 끝나기가 무섭게 검을 쳐들고 달려들었다.

아, 이 자식 그냥 근육뇌잖아.

반사적으로 검을 받아내자 연거푸 참격이 날아왔다.

진심으로 나를 죽일 생각으로 공격하고 있다는 것을 그 검놀림으로 잘 알 수 있었다. 단, 실력으로 봐서는 평소 습격해 오는 어쌔신들보다 한 수 위인 정도이다.

그래서 가볍게 몸 쪽을 한 번 베어 봤다.

"끄악!!"

남자는 검으로 겨우 막아낸 듯했지만 붕 날아가더니 땅바닥에 내동댕이쳐졌다.

다소 피를 토한 것 같지만 살아는 있는 듯하다. 일어서려고 하지만 몸이 말을 듣지 않아 움찔움찔 경련하고 있다.

좀 하네, 어쌔신들이라면 지금의 일격으로 몸뚱이가 반 토막 났을 텐데.

그걸 보고 다른 남자들이 일제히 덤벼들었지만 모두 때려눕혀 주었다.

하지만 한 명도 죽지 않고 살아 있는 걸 보니 그럭저럭 튼튼한가 보다. 음, 역시 훈련 상대로 딱이야.

일단 전원 정좌시킨 뒤, 앞으로의 일을 지시했다.

"너희는 일주일에 한 번 내 검 연습 상대가 되어 주어야겠어. 솔직히 나는 너희 다섯 명보다 강해. 그런 나를 상대하는 거니까 너희도 강해질 거야. 나쁘지 않지?"

남자들은 복잡한 얼굴을 하고 있다.

리더 격의 남자는 오그마. 나머지 네 명은 아론, 발리, 빌, 브루노라고 했다.

"그만큼 강한데 새삼 우리를 상대할 필요는 없잖아?"

오그마가 말했다.

"나한테도 사정이 있어서 말이야. 다수를 상대하는 훈련이 필요해."

최근 암살자의 숫자가 늘어나서 그것을 대비한 훈련이 필요하다고는 말할 수 없다.

"귀족 도련님이 심심풀이로 우리를 데리고 놀겠다는 것 뿐이잖아!"

왜소한 아론이 적의가 담긴 시선을 향한다. 강제로 정좌하고 있지만 그는 반항적인 태도를 굽히지 않는다.

"우리는 매일 먹을 양식도 궁하다고! 넌 매일 좋은 걸 먹을 거 아니야! 오늘 저녁에 뭘 먹었는지 말해 봐!"

"음…… 오늘은 레드본 고기?"

남자들과 만나기 전에 쓰러뜨린 몬스터가 오늘의 저녁 식사였다.

"거봐! 고기 먹었잖아! 우리는 고작해야 빵하고 수프 정도밖에…… 레드본 고기라고?!"

아론이 말을 하다 말고, 나머지 네 명의 표정도 굳었다.

"너, 몬스터 고기 같은 건 왜 먹는 거지? 그것도 레드본이라면 혼자서 쓰러뜨릴 수 있는 몬스터가 아니잖아?"

오그마는 의아한 표정을 하고 있다.

"뭐, 단순하게 말하자면 강해지기 위해서랄까."

거짓말은 하지 않는다. 매일 먹지 않으면 사부님과 조우했을 때 죽을 거니까 라는 이유는 쪽팔리니까 말하지 말자.

"몬스터 고기를 먹으면 강해져?"

오그마는 강해진다는 말에 흥미가 있는 듯하다.

"강해지지. 강한 몬스터의 고기를 먹으면 먹을수록 강

해져. 단, 그만큼 고기의 독성도 강해지지만."

"독? 몬스터 고기는 독 때문에 먹을 수 없다고 들었는데 진짜였어?"

"진짜지. 약한 몬스터부터 익숙해지면 그렇게 신경 쓰이지 않게 되지만 말이야."

"아니 아니, 잠깐만!"

말문이 막혀 있던 아론이 끼어들었다.

"몬스터 고기를 먹는다는 게 말이 되겠냐! 독 때문에 못 먹는다는 건 상식이라고! 너 적당한 말로 우리를 속이려는 거지?!"

아론은 내 말을 믿지 않는 듯하다.

거짓말쟁이 소리를 들을 줄은 몰랐기 때문에 실제로 보여 주기로 했다.

아니, 그렇다기보다는 정좌해 있는 그들의 등 뒤로 블러드 베어가 다가오고 있었다. 인간의 기척을 느끼고 습격하러 온 것이리라.

"자, 뒤를 주목하세요."

내 말에 등 뒤에서 다가오는 블러드 베어를 알아챈 남자들이 허둥지둥 도망간다.

놓칠까 보냐 하고 으르렁대며 달려드는 블러드 베어.

나는 그들과 자리를 바꾸어 검을 뽑아 든 뒤, 한 번에 블러드 베어의 모가지를 뎅강 잘라 버렸다. 이 레벨의 몬스터는 지금의 나의 적수가 아니다.

"대단해……."

남자들이 감탄사를 내뱉는다.

나는 다시 검을 휘둘러 블러드 베어를 해체해서 고기 조각으로 바꾼다. 익숙한 작업이다.

적당한 크기의 고기를 집어 올려 입 안에 던져 넣는다.

날고기라 질겅질겅 씹어서 꿀꺽 삼켰다.

"봐, 먹을 수 있지?"

내가 말하자 남자들은 목을 위아래로 끄덕거렸다. 물론 아론도다.

"너희도 먹어 볼래?"

그렇게 말하고 나는 작은 고기 조각을 그들에게 던졌다.

"조금만 먹어 봐. 한 번에 먹으면 아마 죽을 거야."

그들은 망설였지만 오그마가 결심하고 먼저 고기를 조금 입에 넣었다.

"우웩! 우웨에엑……."

씹던 고기를 이내 토해내는 오그마.

다른 녀석들도 시험해 보았지만 마찬가지로 먹지 못한다.

몬스터 고기를 먹을 수 있다는 것을 증명할 수 있어서 나는 좀 으쓱했다.

V ◆ 오그마

내가 태어난 파룬은 그리 좋은 나라가 아니었다. 최악은 아니지만 결코 좋지도 않다. 그런 어정쩡한 느낌이다.

늘 어떻게든 살아 있는 상태, 라고나 할까. 신분에 의한 계급 차가 커서 귀족은 윤택하지만 민중은 고통받고 있었다.

옛날에는 이런 나라가 아니었다고 하는데, 일부 귀족이 사리사욕을 채우자 다른 귀족들도 그것을 따라 하게 되었고, 그 피해를 민중이 떠안게 되었다. 나라를 다스리는 왕가가 귀족의 권력 투쟁에 휘말려 기능하지 않는다는 소문이 자자하다.

나는 일단 귀족의 삼남으로 태어났지만 그 시점에 인생이 가로막혀 있었다. 장남의 예비품의 예비품. 그것이 나에게 주어진 역할이지만, 형들은 대단히 건강해서 내 차례는 돌아올 것 같지도 않다.

좋아하는 것은 검을 휘두르는 것이었다. 검은 강하냐 약하냐밖에 없어 심플하고 알기 쉽다. 한때는 검으로 입신하겠다는 생각도 있었지만 파룬이라는 나라는 실전에서의 검 실력은 중시되지 않고, 겉보기에 좋아 보이느냐 아니냐로만 판단된다.

듣기론 검 실력이 형편없는 대귀족이 있는데 그놈이 "귀족에게 요구되는 것은 아름다운 몸짓이지 야만스러운 검 실력이 아니다"라나 뭐라나 해서 그것이 퍼진 결과, 지금은 왕도의 기사의 상식이 되었다.

바보 아닌가! 검투에서는 승패밖에 없다. 아름다움 따위 불필요하다. 애당초 이 나라도 용사가 검 실력으로 몬스터들을 무찌르고 미개지를 개척한 나라다.

귀족들도 따지고 들어가면 조상들이 검과 마법의 힘으로 무공을 세워서 지금의 지위를 확립했을 것이다. 그것을 거부하면서 자신들의 태생을 명예로 여기는 귀족들은 쓰레기 그 자체다.

진심으로 이 나라는 시시하다.

기사는 세습제이며, 병사는 민중이 하는 걸로 정해져 있다. 그럼 나는 뭐가 되면 좋지?

그런 우울한 생각을 안고 황폐해져 있던 나에게 곧 비슷한 처지의 동료들이 생겼다. 힘은 있지만 그것을 발휘할 장소를 얻지 못한 녀석들이다.

나는 그런 녀석들을 모아서 그룹을 만들었다. 헌드레드. 순수하게 힘을 추구하는 조직.

헌드레드라는 이름에는 100명의 동료를 모은다는 의미와 힘으로 서열을 정한다는 의미가 담겨 있다. 그룹에서 제일 강한 녀석이 퍼스트, 다음으로 강한 녀석이 세컨드라고 불리는 것이다.

장래에는 용병단이 되어 이 쓰레기 같은 나라를 탈출해

다른 나라에서 성공하는 것이 목적이다.

당연히 제일 강했던 내가 퍼스트가 되어 그룹의 리더가 되었다.

그리고 매일 밤마다 동료들끼리 모여서 검 실력을 닦았다. 때로는 같이 몬스터를 사냥하기도 했다.

1년쯤 지나자 동료의 수는 20명을 넘었고, 우리는 이 나라에서 제일 강한 그룹이라고 자부하게 되었다. 기사단 따위는 상대도 안 되고 우리야말로 최강이라고.

그러나 나는 어리석었다. 검 좀 휘둘러서 약한 몬스터를 단체로 사냥한 것 정도 가지고 기고만장했던 것이다.

어느 날, 마수의 숲에 나타난 남자는 그런 우리를 비웃는 듯한 압도적인 존재였다.

헌드레드의 상위 5명을 한꺼번에 상대해 압승하고, 10명이 덤벼들어야 쓰러뜨릴 수 있는 몬스터를 눈 깜짝할 사이에 죽인 뒤 그 고기를 먹는 남자.

겉모습은 우리가 싫어하는 귀족이었지만 그 힘은 우리가 아는 인간의 영역을 넘어섰다.

그 남자는 흉악한 몬스터와 매일 밤 싸우고 그 맹독과도 같은 고기를 먹어서 힘을 얻는다고 한다.

게다가 그것만으로는 부족해서 인간과의 결투를 원하며 우리 헌드레드한테도 접촉해 왔다.

그야말로 힘의 구도자이다.

우리는 자신들의 어설픈 각오가 부끄러워 그에게 가르침을 청했다.

그는 일주일에 한 번 우리와 싸워 주겠다고 지도를 약속하고, 힘을 기르기 위한 방법도 전수해 주었다.

그렇다, 그처럼 몬스터와 싸워서 그 고기를 먹는 것이다.

"몬스터 고기는 독이니까 우선 약한 몬스터의 고기를 먹도록."

그렇게 자세히 지도받았다.

그가 이름을 밝히지 않아 내가 "제로스라고 불러도 돼?"라고 했더니 "응, 그렇게 해." 라고 허락해 주었다.

제로스, 0번째 남자. 그것이야말로 우리 헌드레드의 서열 밖에 있는 지도자에 어울리는 이름이라고 생각했기 때문이다.

우리는 제로스의 말대로 킬러 래빗 고기부터 먹기로 했다.

몬스터의 고기를 생으로 먹는 것은 꺼려졌지만 제로스가 블러드 베어의 날고기를 육포처럼 먹는 모습을 보니 나도 그렇게 되고 싶어져서 주저 없이 먹었다.

당연히 토했고, 설사도 했다.

그리고 제로스의 대단함에 전율했다. 제로스는 더 강력한 독이 든 고기를 먹고도 아무렇지도 않은 것이다. 그 영역에 도달하려면 나는 얼마나 걸릴까?

듣자니 제로스는 12살 때부터 이런 생활을 했다고 한다. 이 얼마나 드높은 향상심인가! 그는 세계의 정점을 노리고 있는 것이 분명하다.

킬러 래빗 고기를 먹게 된 지 한 달, 드디어 그 독에도 익숙해졌을 무렵, 나는 몸의 이변을 느꼈다. 몸의 민첩성이 전혀 다르다. 킬러 래빗은 약한 몬스터이지만 그 민첩함은 정평이 나 있다. 그 민첩함이 내 몸에 흡수된 것처럼 느낀 것이다.

실제, 헌드레드의 훈련에서도 몬스터의 고기를 먹지 않은 녀석들과 차가 벌어지기 시작했다.

그래서 나는 헌드레드의 멤버 전원에게 명령했다.

"몬스터 고기를 먹도록! 이건 헌드레드의 철칙이다"라고.

여기에는 몇몇 멤버가 반발할 줄 알았는데 의외로 순순히 전원이 받아들였다.

우리가 실제로 몬스터 고기를 먹고 힘을 키운 실적과, 일주일에 한 번 지도하러 와 주는 제로스에게 모두가 심취한 것이다.

헌드레드의 멤버 10명을 상대로 일방적으로 유린하는 제로스의 힘에는 절대적인 것이 있었다.

힘, 힘이 전부다! 우리 헌드레드는 제로스의 밑에서 한마음이 되었다.

헌드레드라는 집단과 같이 훈련하게 되고부터 내 대(對)

집단전 능력은 크게 향상되었다. 그들은 이상하리만치 열심히 나와 싸워 준다. 쓰러뜨려도 쓰러뜨려도 기절할 때까지 일어나서 나와 싸우려 드는 것이다. 암살자들도 이렇게까지 열심히 내 목숨을 노리지는 않는다.

이 나라에서는 실전적인 훈련은 금지되어 있기 때문에 헌드레드에서는 본명을 감추기 위해 퍼스트, 세컨드와 같은 통칭으로 부르는 룰이 있었다. 하지만 그룹 내 순위로 서열이 바뀌고 거기에 따라서 호칭도 바뀌기 때문에 대단히 복잡스럽다.

나도 '제로스'라는 헌드레드 내의 통칭을 얻었다. 오그마 일행에게도 아직 정체를 밝히지 않았고 본명을 쓸 수도 없는 노릇이니 딱이다.

거기다 나는 정체를 감추기 위해 얼굴까지 가리는 투구를 쓴다. 지하 고대 유적에서 발견한 시커먼 전신 갑옷과 투구인데 어쩐지 섬뜩하긴 해도 마법까지 부여되어 있어 방어력은 상당히 높다.

이래저래 1년이 지났을 무렵, 헌드레드는 묘한 방향으로 가고 있었다.

"고기를 들어라!"

퍼스트…… 오그마의 호령에 헌드레드 멤버가 몬스터 고기를 높이 쳐든다. 그 인원은 100명을 넘었다.

장소는 시커먼 전신 갑옷을 발견한 지하 고대 유적이다. 마수의 숲속에 있는데 지하 1층이 거대한 광장으로 되어 있어 다수가 모이기에는 안성맞춤이었다.

"먹어라!"

모두 일제히 고기를 물어뜯는다. 개중에는 기절하는 자도 있지만 아무도 개의치 않는다. 헌드레드에서는 되도록 강력한 몬스터의 고기를 먹도록 권장하고 있다. 약한 몬스터의 고기만 먹는 자는 약해빠진 놈이라고 비난받는 것이다. 오히려 기절할 정도의 고기를 먹어야 칭찬받는다.

인간의 위대함이란 것은 그런 걸로 결정되는 게 아니라고 생각하는데.

내 뒤에는 어스 드래곤이 널브러져 있었다. 오그마의 부탁으로 나는 식용으로 쓸 몬스터를 잡아오고 있었다.

오그마는 제로스로서의 위광을 보여 주면 좋겠다고 했다.

투구의 면갑을 벗고 어스 드래곤의 고기를 먹자 헌드레드의 멤버들이 일제히 뜨거운 시선을 보낸다.

"대단해……."

"내가 저걸 먹으면 죽을 텐데."

"지금까지 몬스터 고기를 얼마나 먹은 거야."

……성에서도 왕자로서 이렇게까지 존경받은 적은 없어서 어쩐지 복잡한 기분이다.

전원이 고기를 먹음으로써 조직에 대한 충성을 보이고 나면 헌드레드의 랭크를 건 대결이 시작된다.

이 랭킹전은 내가 헌드레드의 모임에 나오는 일주일에 한 번 있는 모임에서만 개최되고 다른 날은 훈련이나 몬스터 사냥을 한다.

'힘이야말로 정의'를 표방하는 헌드레드에서 랭크는 서열을 정하는 중요한 요소로, 그것을 둘러싼 결투는 치열하기 그지없었다.

구경하는 멤버들도 열광한다. 이 대결이 보고 싶어서 헌드레드에 가입하는 멤버도 있다고 한다.

인간이 죽기 살기로 싸우는 것을 보는 것은 꽤 재미있어서 나도 즐기고 있지만, 가끔 아는 얼굴을 발견하면 가슴이 철렁한다. 성의 위병, 기사단의 일원, 때로는 기사단장급이 섞여 있을 때도 있다. 복면이나 투구로 얼굴을 가리고 있지만 체형이나 싸우는 모습으로 아는 사람 눈에는 보인다.

오그마에 의하면, 검 실력에 자신이 있는 자들이 신분을 불문하고 헌드레드에 가입해서 실력을 겨루고 있다고 한다.

과연 기사단장급 정도 되면 톱10에 들어서 고참 멤버들과 맞붙는다.

참고로 파룬 왕국에는 하얀 기사단, 붉은 기사단, 검은 기사단, 푸른 기사단이라는 4개의 기사단이 존재한다.

하얀 기사단은 근위, 푸른 기사단은 왕도 수호, 붉은 기사단과 검은 기사단은 전시의 출격이나 몬스터와의 대결을 맡고 있다.

헌드레드에 가입하는 것은 당연히 붉은 기사단과 검은 기사단이 많고 간혹 푸른 기사단이 있는 정도로, 하얀 기사단은 한 명도 없었다.

랭킹전의 마지막엔 내가 싸운다. 랭크는 관계없고 지도라는 명목이다. 그래도 최근에는 전체적으로 레벨이 높아져서 한꺼번에 상위 10명은 상대할 수 없지만 1, 2위 2명, 3~5위 3명, 6~10위 5명, 11~20의 10명 중 한 그룹을 상대한다.

오늘은 11~20위의 10명을 상대하는 날이었다.

내가 광장 복판으로 나가자 10명이 반원을 그리며 나를 에워쌌다.

관전하는 멤버들은 멀찍이 거리를 두고 있다. 그렇지 않으면 하위 멤버들은 위험하기 때문이다.

"시작!"

오그마의 개시를 알리는 호령과 동시에 검에 마력을 불어넣어 대전 상대들의 한가운데를 가로로 그었다.

'소닉 블레이드'. 사부님이 쓰던 기술이다.

사부님은 감각으로 구사했기 때문에 직접 가르침을 받은 건 아니지만, 멋있기도 하고 원거리의 적을 공격하기에 편리해 보여서 여러모로 연구하고 시도하다 보니 쓸 줄 알게 되었다. 사실 조상인 용사도 구사했다는데 성에 문헌도 남아 있어서 그것이 제일 도움이 되었다.

'소닉 블레이드' 한 번 정도로는 헌드레드의 상위권은 쓰러뜨릴 수 없다. 그러나 버티고 피하고 하느라 태세가 무너진 틈을 노린다.

받아내느라 정신없는 20위를 향해 돌진해서 몸뚱이에 날아차기를 내다 꽂자, 그가 관객들 있는 데까지 날아갔다. 검이 아니라 발을 쓴 것은 다음 동작으로 이어지기 쉽기 때문이다.

곧바로 옆에 있던 18위에게 검을 내리친다. 그도 가까스로 검을 받아냈지만 힘으로 밀어붙여서 그대로 어깨에 일격을 넣는다. 그는 어깨를 부여잡더니 고통스러운 얼굴로 무릎을 꿇었다.

그러는 사이에 다른 대전 상대들이 나를 향해 쇄도해 온다. 상대는 아직 8명이나 된다.

사방에서 날아오는 공격을 정신을 집중시켜 피하면서 틈을 봐서 일격을 노린다.

17위의 가슴팍에 손바닥치기를 박아 전투불능으로 만들고, 19위의 얼굴에 무릎치기를 박아 넣어 틈이 생기자 측면에서 12위가 가로로 검을 휘둘렀다.

그것을 왼쪽 손바닥으로 받아낸다. 물론 정면으로 받아내면 손가락이 떨어져 나가겠지만, 손바닥에 마력을 집중시킴으로써 단기간이나마 보이지 않는 방패를 만드는 기술이 있는 것이다.

이것은 마수의 숲속 깊숙이 사는 마원(魔猿)이 쓰던 기술인데, 최근 1년 동안 꽤나 고전했던 상대였다.

마원의 고기를 대량으로 먹고 엄청 연습해서 얼마 전에 겨우 습득했으므로 여기서 쓰지 않을 이유가 없다.

경악하는 12위와 관객의 반응에 내심 흡족해하면서 12위를 걷어차서 전투불능으로 만든다.

그런 다음 남은 5명은 일방적으로 유린했다.

Ⅵ ◆ 검은 기사단 크롬

내가 헌드레드라는 조직의 존재를 안 것은 부하들이 수군대는 소리를 듣고서였다.

몬스터를 사냥해서 그 고기를 먹고 싸우는 게 일인 집단이 있다는 것이다.

그것도 민중들로부터 많은 지지를 얻어 나날이 세력을 키우고 있다고 한다.

검은 기사단에서도 몇 명쯤 참가하고 있다고 했다.

나는 판단을 망설였다.

몬스터를 사냥해 주는 것은 고마운 일이다. 아무래도 우리 일이 줄어드니까.

몬스터는 얼마든지 나오기 때문에 기사단이 쓰러뜨리는 몬스터는 그중에서도 피해가 큰 놈에 한정된다. 모험가에게 의뢰하자면 비용도 든다.

그런 연유로 마도사단이 관할하는 왕도 주변을 제외하면 몬스터 토벌에 손이 모자란 것이 실정이다.

그런 몬스터를 자발적으로 사냥해 주니 민중은 대환영하리라.

그런데. 몬스터 고기를 먹는다는 건 수상쩍다.

그것이 독이라는 건 어린애도 아는 상식.

그것을 무시하고 몬스터 고기를 먹고 피를 마신다면 사교(邪教) 나부랭이일 가능성도 있다.

게다가 내 부하들까지 참가하고 있다면 내버려 둘 수 없다.

그래서 내가 직접 헌드레드에 참가해 보기로 했다.

내 눈으로 보고 귀로 듣고 판단을 내리고 싶었기 때문이다. 그 판단에 따라서는 검은 기사단에 의한 헌드레드 토벌도 불사할 각오였다.

잠입은 쉬웠다. 아니, 헌드레드는 신분이나 남녀노소를 불문하고 사람을 받아들이고 있었다.

내가 들어갈 때도 특별히 신분은 확인하지 않았다. 기사라는 것은 눈치챈 모양이지만 설마 기사단장일 줄은 몰랐으리라.

들어간 곳은 이웃 마을에 있는 헌드레드의 부하 조직인데 거기에서는 기본적인 검의 형태, 몬스터 고기 먹는 법, 사냥법 등을 자세히 가르쳐 주었다.

뜻밖에도 고도로 매뉴얼화되어 있는 것이다.

그리고 가능성이 보이는 자는 본거지에서 열리는 랭킹전에 참가할 수 있게 된다.

나는 검 실력에는 자신이 있었기 때문에 곧 참가할 수 있을 줄 알았다. 그러나 그러기 위해서는 몬스터 고기를 먹어야 했다.

마을 지부장이 말하길,

"당신의 검 실력이라면 랭킹전에 금방 참가할 수 있지만 몬스터 고기를 먹는 건 헌드레드의 철칙이야. 아무리 강해도 고기를 먹지 않는 자는 각오가 부족한 어중이떠중이로 간주되지. 게다가 고기는 먹는 게 좋아. 맛이 없는 건 사실이지만 익숙해지면 몸이 확실히 강해지거든."

라는 것이었다.

그러나 그 말을 듣고 먹어 본 킬러 래빗의 고기 조각은 더럽게 맛없었다.

처음에는 설사와 구토는 당연. 한 달쯤 들여서 몸을 익숙하게 만든다고 한다.

이것이 나에게는 고역이었다. 고역이었지만 확실히 한 달이 지나자 익숙해졌고, 몸도 가벼워졌다.

아무래도 몬스터 고기에는 진짜로 효과가 있는 것 같다.

고기를 먹을 수 있게 된 나는 곧 랭킹전에 참가해도 좋다는 허가를 얻었다.

헌드레드의 거점은 마수의 숲속에 있는 던전 1층.

마수의 숲속에 있으니 당연히 그곳까지 가는 데도 몬스터와 싸워야 했는데, 말하자면 그 도정에서도 실력을 시험당하는 거라고 할 수 있었다.

그리고 헌드레드라는 조직은 상상 이상으로 미친 집단이었다.

마치 투기장처럼 생긴 던전 1층에서 밤이면 밤마다 몬스터 고기를 먹고 동료들끼리 실전 같은 싸움을 즐긴다.

아니, 실전이라기보다는 격렬한 전투다. 실전이었다면

적당히 물러날 장면에서도 그들은 절대 물러나지 않는다. 어느 한쪽이 쓰러질 때까지 계속 싸운다.

덕분에 헌드레드의 멤버들은 거의 상처투성이다. 이래서는 언제 사망자가 나와도 이상하지 않다.

그럼에도 불구하고 멤버들은 그것을 기쁘게 행하고 있는 것이다.

제정신이 아니야.

……아니지만 그건 확실히 재미있었다. 쾌락이라고 해도 좋다.

순수하게 힘만을 추구하는 행위.

순위를 매김으로써 명확해지는 강함.

헌드레드라는 조직은 그런 단순한 근본원리에 의해 성립되어 있다. 바로 그렇기 때문에 침전한 공기가 고여 있는 이 왕국의 남자들은 헌드레드에 열광하는 것이리라.

나도 이내 그 열광 속에 몸을 던졌다.

기사단장으로 있는 몸이니 힘에는 자신이 있었다. 어디까지 갈 수 있는지 시험해 보고 싶었다.

랭킹전에 참가한 자들은 강하다. 분명히 말해서 웬만한 기사는 들이대지 못할 힘을 갖고 있다. 상위권의 대결을 보고 있으면 나조차도 이길 자신이 없었다.

그러나 다른 단원들의 시합을 보고 있으면 도전해 보고

싶은 힘이 솟구친다.

그들은 언제나 사력을 다해 싸우는 것이다. 그것도 시합을 하는 자들끼리 서로 경의를 갖고 싸운다. 이긴 사람은 그 승리로부터, 진 사람은 그 패배로부터 다음으로 이어지는 뭔가를 배우고자 했다.

관전하는 사람들도 시합을 보면서 뭔가를 얻으려고 하는 것이다.

그리고 헌드레드의 정점에 있는 제로스라는 남자.

이런 남자가 이 나라에 있었다니 하고 충격을 받았다.

압도적인 힘. 그리고 '소닉 블레이드'며 '마력 장벽' 등 일찍이 이 왕국을 건국한 용사가 썼다고 전해지는 전설의 기술을 구사하고 있다.

게다가 그 기술을 아낌없이 아래 멤버들에게 전수하고 있었다. 그는 힘을 구하는 자들에게 조력을 아끼지 않는 것이다.

그 모습을 보고 헌드레드의 멤버들은 자신들도 똑같이 되고자 노력한다.

나는 이 모임을 신성하다고 느꼈다.

헌드레드를 토벌하겠다는 것은 얼토당토않은 생각이었다.

이 장소에야말로 내가 지금껏 살아온 의미가 있는 있을 게 분명하다.

최근에는 성 안에서도 헌드레드의 소문을 듣게 되었다.

몬스터 사냥을 하는 야만인의 집단이라는 것이 귀족들의 평가지만, 개중에는 호의적으로 평가하는 사람도 있는 듯하다. 특히 민중들의 지지를 얻고 있다.

몬스터를 토벌해 주니까 고맙다는 것이 그 주된 이유다.

뭐, 그렇게 남을 돕기 위해서 하는 건 아니고 고기 자체에 목적이 있어서 하는 거지만.

멤버들은 고정된 직업을 갖고 있는 자가 많아서 몬스터를 찾아 멀리까지 나가지는 못한다.

결국 마을 근처에 출몰하는 몬스터를 주로 사냥하게 되는데 그것이 주민들에게 도움이 되는 것일 뿐.

또, 몬스터 고기를 먹는다는 이야기도 퍼져서 수상한 종교 집단이 아니냐는 소문까지 돌고 있다.

뭐, 그럴 만하다고 생각한다. 그렇기 때문에 더 헌드레드의 일원임을 들키고 싶지 않다. 가마라스가 어떤 트집을 잡고 나올지 알 수 없기 때문이다.

그러고 보니, 처음 만났을 때 오그마는 헌드레드를 '용병단으로 만들고 싶다'고 했었다.

그는 이 왕국이 싫어서 전사로서 실력을 다진 다음 용병으로 다른 나라에서 살아가는 것을 목표로 삼았을 것이다.

나도 따라갈까 보다.

이 나라에 있어 봤자 목숨의 위협만 받을 뿐 좋은 일은 하나도 없다.

헌드레드에서는 멤버들이 나를 떠받들어 주니 기분이 좋다. 이 나라에서 왕자로 있는 것보다 자존감이 훨씬 충족된다.

실력에는 자신 있으니 용병 일도 그리 어렵지 않으리라.

그런 생각을 하고 있는데 일이 이상하게 돌아갔다.

아버지인 국왕의 부름을 받은 것이다. 그것도 중신들이 늘어선 알현 자리에.

"마르스, 헌드레드라는 집단에 대해서 아느냐?"

아버지는 국왕답게 엄숙하게 말했다. 하지만 별로 위엄이 느껴지지는 않는다. 옆에 서 있는 가마라스 재상이 더 뒤룩뒤룩 살쪄서 존재감을 과시하고 있다.

잘 알죠! 저도 멤버인 걸요! 그것도 그 정점에 있습죠! 라고는 할 수 없으니 지금은 시치미를 뗀다.

"소문 정도는요. 몬스터를 사냥하는 집단이라던데."

무난하게 대답한다.

"흠, 정확하게는 몬스터를 먹기 위해 사냥한다는구나."

"먹는다고요? 거참 괴상한 풍습이네요."

저도 먹어요, 라고는 입이 찢어져도 말할 수 없다.

"항간에는 사교 나부랭이 아니냐는 말도 있다."

"사교요? 어떤 사교 말씀이신지?"

“아, 그건 소문 정도다. 하지만 문제는 있어.”
“문제요?”
“몬스터를 함부로 퇴치한다는 게 문제죠.”
늘어선 귀족 가운데 스네일 백작이 끼어들었다.
날씬하고 신경질적인 남자로, 가마라스 파의 유력한 귀족이다.
“몬스터를 사냥하는 건 좋은 일 아닌가요?”
귀족들이 체면을 구겼다는 이야기는 알고 있지만 여기선 일부러 일반론을 들이댄다.
“몬스터를 퇴치하는 건 왕국의 역할입니다. 그걸 멋대로 하니 왕국의 체면이 말이 아니죠.”
“체면이요? 누가 퇴치하면 어때요? 그래서 백성들한테 도움이 된다면 말이에요.”
“아니요, 큰 문제입니다! 놈들 탓에 그 민중들이 나쁜 영향을 받기 시작했습니다! 지금까지 받은 왕국의 은혜도 잊고 징세마저 거부하는 마을과 도시가 생기고 있어요!”
스네일 백작은 분개하고 있었다.
그러고 보니, 이 녀석의 영지 출신인 헌드레드 멤버는 스네일을 “하는 일도 없으면서 세금만 착취하는 나쁜 놈”이라고 했었지 아마.
“그건 당신의 통치에 문제가 있는 것 아닌가요?”
제대로 다스렸다면 헌드레드 따위로 큰 문제가 생길 리 없다.

"뭣이?! 왕자는 나한테 문제가 있다는 거요? 헌드레드인가 뭔가 하는 놈들의 편을 드는 겁니까?"

스네일은 전혀 뜻밖의 대답이라는 듯이 어깨를 으쓱했다.

"헌드레드는 둘째치고 민중의 마음이 떠난다는 데에 문제가 있다고 생각합니다만……."

은근히 "네가 무능하니까 그렇지"라고 말하려는데 왕이 제지하고 나섰다.

"왕자, 스네일 백작만이 아니다. 여러 귀족이 같은 의견이라고 하면서 왕국 차원에서 대처해 달라고 청하고 있다."

자세히 보니 스네일의 주위에 '민중이 싫어하는 영주 랭킹'의 상위권이 모여 있었다.

동시에 놈들은 가마라스 파벌이기도 하다. 가마라스가 뒤에서 조종하고 있는 것이 뻔했다.

"그래요? 그런데 그거랑 저랑 무슨 상관이죠?"

거기에 대답한 것은 가마라스였다.

"마르스 왕자. 당신은 차세대 왕자가 되실 분입니다. 하지만 유감스럽게도 왕자로서 실적이 없지요. 그래서 이번 건 말인데, 헌드레드를 토벌하면 안팎에서 왕의 그릇으로 인정받을 겁니다. 다행스럽게도 왕자께서는 검 실력이 뛰어나십니다. 도적떼를 퇴치하는 일은 일도 아니시겠죠."

나더러 헌드레드를 토벌하라고?

그런데 그보다 궁금한 것이 있다.

"왕이 되려면 실적이 필요하다? 아버지도 왕자 시절에

어떤 실적이?”

자리에 어색한 공기가 흘렀다.

예상대로 아버지는 왕자 시절에 대단한 일을 한 바가 없는 듯하다.

하긴 실적이 있었다면 가마라스한테 휘둘리지도 않았겠지.

그런데 현 국왕도 안 한 걸 왕자인 나더러 하라고?

“아, 아무튼, 이번 토벌은 검은 기사단과 붉은 기사단이 중심이 될 겁니다. 전하는 하얀 기사단을 몇 명 거느리고 전군을 지휘하시면 됩니다.”

가마라스가 얼렁뚱땅 이야기를 진행시킨다.

참고로 검은 기사단과 붉은 기사단은 가마라스와 거리를 두고 있었다.

그렇기 때문에 더러운 이번 일을 떠넘긴 것이리라.

그래서 그 총지휘를 나한테 맡기겠다고?

가마라스가 나를 차기 국왕으로 만들고 싶지 않다는 것은 뻔한 사실이므로 당연히 실적으로 쳐 주지도 않으리라.

헌드레드는 민중의 지지를 받고 있으니 그걸 토벌하면 나에 대한 지지는 폭락할 것이다.

여차하면 반격이나 당하라는 속셈인 건가?

“마르스, 해 주겠지?”

이 상황을 이해하고 있는지 의심스러운 아버지가 나에게 명령했다.

"알겠습니다. 그 명령, 삼가 받들겠나이다."

헌드레드를 다 데리고 도망치자. 나는 그렇게 생각했다.

Ⅶ ◆ 반란 계획

출정 명령을 받은 지 사흘째 되는 밤, 나는 헌드레드의 거점으로 향했다.

마음 같아서는 당장 가고 싶었지만 랭킹전이 열리는 날이 더 많은 사람이 모이니까 원래 가던 날에 가는 게 낫겠다 싶었기 때문이다.

제로스로서 검은 갑주로 무장하고 거점으로 들어간다.

……그런데 뭔가가 이상하다. 멤버 전원이 묘한 고양감에 젖어 있달까, 나에게 뭔가 말하고 싶은 듯한 뜨거운 시선을 보내온다.

나는 사실상의 간부들인 랭킹 상위권이 모인 방으로 들어갔다.

그곳은 던전의 보물창고였던 방인데 의자와 탁자를 가져다 놓고 회의실로 쓰고 있었다.

모인 사람 중에는 오그마, 아론과 같은 고참 멤버 외에도 검은 기사단 단장 크롬과 붉은 기사단 단장 워렌도 있었다.

크롬은 건국 용사의 동료였던 도적의 후예. 흑발의 미남으로, 기사치고는 왜소하지만 뛰어난 민첩성으로 검술을 부렸다. 검은 기사단의 특색도 기동력과 은밀성을 중시한다.

워렌은 역시 용사의 동료였던 전사의 후예. 붉은 머리의 덩치 큰 남자로 호탕한 성격이다. 힘을 내세워 싸우는데, 붉은 기사단도 공격에 특화된 군대이다.

현재 크롬은 6위, 워렌은 7위라 이 방에 있는 것이 허락되고 있다.

그들이 와 있다는 것은 뜻밖이었다.

헌드레드 토벌 명령을 받은 이상, 더는 모습을 보이지 않을 거라고 생각했던 것이다.

그러나 그들도 왕국에 대한 충성심과 헌드레드의 동료들과의 유대감 사이에서 고민하다 나처럼 도망치라고 충고하러 온 것인지도 모른다.

그렇다면 이야기가 빠르다.

지원자를 모집해 용병단을 결성해서 당장 이 나라를 뜨자.

"제로스, 내 말 잘 들어."

오그마가 입을 열었다.

"왕국이 우리 헌드레드를 없애려 하고 있어."

오오, 역시 이야기가 통한 듯하다. 벌써 도망 계획을 세워 놓았는지도 모른다.

"검은 기사단 단장 크롬과 붉은 기사단 단장 워렌이 그 임무를 받았대."

크롬과 워렌을 쳐다보자 그들은 생각에 잠긴 표정으로 있었다.

왕국을 배신하고 헌드레드에 기밀을 누설해 버렸으니

그럴 만도 하지.

"우리 검은 기사단과 붉은 기사단은 헌드레드와 운명을 같이하는 쪽을 택했습니다. 제로스, 이제 당신 결단만 남았습니다!"

크롬이 힘주어 말했다.

……응? 뭔 운명을 같이해?

"이제 이 썩어빠진 나라에 정의는 없습니다. 헌드레드에 우리 검은 기사단과 붉은 기사단이 합류하면 전력은 충분합니다. 남은 건 제로스 당신입니다. 당신이 우리를 이끌어 준다면 이 반란은 승산이 있습니다!"

뭐? 너희들, 내 상상보다 더 나라를 배신하려는 거 아니야?

헌드레드의 멤버들이 고양되어 있던 건 이것 때문이냐!

왕국과의 전쟁을 앞두고 의욕이 높아져 있었던 거냐! 이거 위험한 놈들이네.

아니, 난 반란 같은 귀찮은 일에 가담하고 싶지 않아. 그럴 바엔 다른 나라로 도망쳐서 자유롭게 살고 싶다고.

"반란은 없어."

"무슨 뜻입니까?"

단호하게 반란을 부정한 내 말에 다른 멤버들이 고개를 갸우뚱했다.

나는 입고 있던 갑주를 벗었다.

고참 멤버들은 내 얼굴을 알지만 크롬과 워렌은 내 진짜 얼굴을 모른다. 내 얼굴을 보면 내가 반란에 가담할 수 없다는 것을 알아채 주리라.

"그 얼굴은! 마르스 왕자님!"

예상대로 크롬과 워렌은 깜짝 놀랐다.

"마르스 왕자? 대체 어떻게 된 거야?!"

다른 멤버들도 두 사람의 태도에 동요했다. 그들은 내가 귀족일 거라는 건 알았어도 설마 왕자일 줄은 몰랐으리라.

"이분이야말로 이번 토벌군의 지휘를 맡은 마르스 왕자. 왕성에서는 늘 목숨을 위협받고 있어 공식 무대에는 거의 나오지 않고 조용히 눈에 띄지 않게 지내시지만, 설마 뒤에서 헌드레드를 결성했을 줄이야!"

크롬이 대답했다.

조용히 눈에 띄지 않게라니……. 아니 뭐, 부정은 못하겠지만.

그리고 헌드레드를 만든 건 내가 아니라 오그마라고.

"뭐! 그 말은?!"

오그마가 경악한다.

네. 왕자라 반란은 못합니다.

"제로스, 아니 마르스 왕자한테 이건 반란이 아니라 정당한 싸움이다?"

……네?

"바로 그겁니다! 이건 마르스 왕자님의 말씀대로 반란이 아닙니다. 마르스 왕자님이 후계자가 되기 위한 정당한 싸움이죠. 정의는 우리한테 있는 겁니다!"

워렌이 흥분한다. 아까까지는 왕국을 배신한다는 슬픔 같은 것이 있었는데 그런 건 씻은 듯이 사라지고 개운한 표정을 하고 있다.

아니 저기요, 왕자든 뭐든 나라에 싸움을 거는 거니까 틀림없는 반란입니다만?

"그랬군! 제로스는……아니 마르스 왕자는 이때를 위해 몇 년 전부터 준비했던 거야! 이렇게 될 줄 알고 우리를 찾아와서 같은 뜻을 가진 자들을 모아 헌드레드에서 힘을 축적하고 있었던 거라고!"

아론이 흥분해서 소리쳤다. 거참 시끄럽네.

저기요, 반란을 일으키기 위해 힘을 축적했다는 둥 위험한 소리는 그만 둬 주시겠어요?

마치 내가 위험분자인 것 같잖아!

그리고 인원을 멋대로 늘린 건 너희잖아!

헌드레드인데 어째서 인원이 1000명을 넘어가냐고!

"맞습니다. 마르스 왕자님은 성에서는 아무런 뒷배도 없는 상태에서 고립되어 계셨습니다. 그래서인지 왕족으로서 행사에 참가하는 일도 별로 없이 늘 방에 혼자 계시고, 평범한 왕자로서 성에서의 평판도 썩 좋지 않았습니다. 그런데 맙소사, 왕위 계승을 대비해 자신의 힘이 되어 줄 세력을 자신의 손으로 조직하셨을 줄이야! 엄청난 혜안이십니다. 이 워렌은 정말 감복했습니다!"

……성에서 내 평판이 그렇게 안 좋았나.

하긴 밤에 몬스터를 사냥하느라 낮에는 방에서 잠만 잤으니까 확실히 방에 틀어박혀 지내는 것처럼 보이긴 했을 것 같다.

그래도 목숨이 위협받고 있는데 어쩔 수 없잖아?

그리고 말이죠, 제가 싸운다는 것을 대전제로 이야기가 흘러가고 있지 않나요? 전 왕위에 별로 흥미가 없습니다만?

그들을 진정시키기 위해 나는 현실을 들이밀기로 했다.

"설령 군대를 일으켰다고 해도 왕성은 견고해. 어떻게 공격할 셈이지?"

왕성은 몬스터에 대비한 요새가 원형이기 때문에 높은 성벽으로 둘러싸인 견고한 구조로 되어 있다.

그리 쉽게 함락시킬 수는 없다.

"네. 헌드레드 12위에 있는 브레드가 푸른 기사단의 부단장인데 성 안에서 성문을 열어 주기로 했습니다."

크롬이 즉각 대답했다.

푸른 기사단은 왕도 수비대를 맡고 있다. 기사단장은 가마라스의 파벌이었을 텐데 부기사단장이 헌드레드의 멤버였어?

이 나라, 괜찮은 거야?

"마도사단은 어쩌고? 놈들이야말로 우리나라의 힘의 핵심이야. 쉬운 상대가 아니라고."

사실상 파룬 왕국의 주력은 마도사단이다.

이 나라에서는 용사의 동료였던 마법사의 후예가 대대로 궁정 마도사를 지내고 있었다.

그 궁정 마도사들이 서서히 세력을 뻗어 지금은 마도사단을 이끌면서 기사단 이상의 힘을 갖고 있는 것이다.

비행 마법에 의한 기동력과 강력한 마법에 의한 공격력을 겸비한 마도사단은 여기저기 몬스터가 출몰하는 이 나라에 없어서는 안 되는 존재다.

왕도에서 기사의 검기가 경시되고 있는 것도 '마도사단이 있으면 실전에 나설 필요가 없다'라는 작금의 상황이 초래한 것이라고 볼 수 있다.

궁정 마도사 브람스는 돈과 권력에 눈이 먼 속물. 가마라스와 손잡고 왕국을 부패시키는 귀족 중 하나다. 내 편이 될 리가 없다.

"확실히 마도사단은 큰 장애물입니다. 아무리 헌드레드에 강자들이 모여 있다고 해도 어려운 싸움이 될 거라고 예상하고 있었습니다. 하지만 왕자님이 계신다면 문제없지 않겠습니까?"

크롬이 대답했다.

나라면 문제가 없다? 왜?

"마도사단의 주력인 프라우 양은 왕자님의 약혼녀. 우리

편이 되어 주지 않겠습니까?"

……프라우. 아, 그러고 보니 걔가 약혼녀였지. 어려서 몇 번 본 게 다라 무늬만 약혼이라고 생각하고 있었다.

프라우는 브람스의 딸인데 마법에 천부적인 재능이 있어 어려서부터 신동 소리를 들었다.

특히 번개 주문이 특기라 현재는 뇌제라는 또 다른 별명을 가진 위험한 여자다.

어째서 그런 여자가 내 약혼자인가 하면, 그 명성을 이용한 브람스가 차기 국왕의 왕비로 옹립하려고 꾀한 경위가 있었기 때문이다.

따라서 브람스는 원래 내 뒷배가 되어 주었어야 맞지만 가마라스가 돈과 권력으로 유혹하자 간단히 저쪽 파벌로 갈아타 버렸다.

그때 약혼 자체도 파기될 거라는 소문이 돌았는데, 그러고 보니 아직 파기되지 않았군.

그렇지만 약혼자라고 해도 소원한 사이이고, 어렸을 때부터 프라우는 무표정해서 무슨 생각을 하는지 알 수 없었다. 솔직히 나를 기억하고 있는지조차 의심스럽다.

내 편이 되어 주는 일은 없으리라.

"아니, 프라우하고는……."

"난 마르스 왕자의 편이 될 거야."

갑자기 여자의 목소리가 방에 울려 퍼졌다.

목소리가 난 쪽을 보니 방 입구에 자그마한 백발의 여자가 서 있었다. 인형처럼 반듯한 생김새지만 묘하게 생기 없는 표정을 하고 있다.

"넌 누구냐?!"

오그마 등 여러 사람이 허리에 찬 칼에 손을 댄다.

방금까지 아무도 없었던 장소에 돌연 사람이 나타났으니 당연한 반응이다.

"프라우 양! 어째서 이곳에?!"

크롬이 상기된 목소리로 외쳤다.

그렇다, 그녀야말로 지금 화제에 오른 프라우다. 마치 망령처럼 나타나 나도 몹시 놀라는 중이다.

"난 마르스 왕자의 약혼녀. 항상 왕자를 지켜보고 있어."

억양 없는 목소리로 프라우가 대답했다.

"지켜보다니? 그게 무슨……."

누가 나를 지켜본 기억은 전혀 없다. 아니, 만나는 것 자체가 몇 년 만이지 않나?

그러자 그녀는 오른쪽 손등을 우리에게 내보였다.

거기에는 검은 문장 같은 멍이 있다.

"이건 계약문장. 난 이 계약문장을 통해서 언제든지 마르스 왕자와 시각을 공유할 수 있어. 여차하면 바로 옆으로 전이하는 것도 가능."

나도 모르게 내 오른쪽 손등으로 눈길이 갔다. 거기에는

똑같은 멍이 있다.
어렸을 때 약혼자가 되는 의식이라면서 프라우가 이상한 주문을 걸었을 때 둘한테 똑같이 이 멍이 생겼다.
좀 멋진 멍이길래 별로 신경 쓰지 않았는데…….
응? 설마 지켜본다는 게 이 문장을 통해서 줄곧 감시당했다는 거야?
만난 적도 없는데 너만 일방적으로 나를 보고 있었다고?
나는 등골이 오싹해졌다.
이 인간 위험해…….

"이봐, 그런 얘기는 들은 적……."
"마도사단은 내가 제압해. 거병에는 아무 문제 없어."
내 말을 가로막듯이 프라우가 말했다.
"앗, 뇌제가 이쪽에 붙을 줄이야!"
"이건 승리가 약속된 거나 다름없어!"
"썩어빠진 귀족들을 쓸어 버릴 거야!"
프라우의 말에 헌드레드의 멤버들이 술렁거리기 시작한다.
확실히 헌드레드에 검은 기사단과 붉은 기사단이 가담하고 성 내에서 푸른 기사단의 부단장이 내통하고 핵심 전력인 마도사단을 프라우가 제압한다면 남은 장애물은 하얀 기사단과 위병뿐.
승산은 있다. 있지만…….

거병에는 문제가 없어도 내 사생활에는 큰 문제가 있음이 드러났다.

이 멍, 어떻게 하면 없앨 수 있지?

Ⅷ ◆ 프라우

나는 태어났을 때부터 마력이 보였다.

인간, 동물, 식물에 깃든 마력, 대지를 흐르는 마력, 그것이 처음부터 보였다.

그러니까 마력을 쓰는 건 간단.

처음 한 말이 번개의 주문. 번개의 마력이 나와 상성이 좋았기 때문에.

아빠는 기뻐하셨다. 이 아이는 천재가 분명하다고.

아빠는 나에게 다양한 주문을 가르쳐 주셨다. 간단해서 금방 외웠다.

6살 때, 아빠를 따라갔다가 처음으로 몬스터를 쓰러뜨렸다.

그리고 마도사단에 들어갔다. 날마다 몬스터를 쓰러뜨렸다.

특별히 아무 생각도 하지 않았다. 그러라고 해서 쓰러트렸을 뿐.

변함없는 잿빛의 일상.

마르스 왕자와 만난 것은 8살 때.

아빠가 약혼자라며 소개해 주었다.

왕자지만 몸에 걸치고 있는 것이 고가일 뿐 속은 평범.

마력은 조금 높은 정도.

그냥 계약문장의 주문을 막 익혔을 때라 실험대로 썼다.

약혼자니까 문제없다.

계약문장은 성공. 왕자와 오감을 공유할 수 있었다. 전이도 왕자가 자고 있는 사이에 실험해서 성공. 만족.

그리고 흥미가 없어졌다.

11살 때, 왕자가 독살당할 뻔했다.

독에 흥미가 있어서 오랜만에 계약문장을 썼다.

왕자는 킬러 래빗과 싸우고 있었다. 그리고, 먹었다.

……맛없어.

왜 이런 걸 먹는담? 왕자에게 조금 흥미가 생겼다.

그때부터 가끔씩 왕자와 계약문장으로 오감을 공유했다.

왕자는 밤마다 킬러 래빗과 싸우고 잡아먹었다.

조금씩 잘 싸우게 되더니 킬러 래빗도 잘 먹게 되었다.

그리고 왕자는 카산드라와 만났다.

나보다 마력량이 많은 최초의 인간. 폭풍 같은 마력을 내포한 전사.

왕자는 일주일에 한 번 카산드라와 수행을 했다.

수행……이라기보다는 학대?

그러나 왕자의 마력은 향상되었다.

힘도 강해졌지만 마력이 높아진 데에는 놀랐다.

인간의 잠재적인 마력량은 태어날 때부터 바뀌지 않는다.

아무리 마법을 연습해도 정해진 한계는 넘을 수 없다.
내 마력도 그랬다.
미량이라 깨닫지 못했지만 킬러 래빗의 고기를 먹었을 때도 왕자의 마력은 높아졌다.
나도 몬스터 고기를 먹기로 했다.
왕자를 따라 킬러 래빗 고기부터 먹는다.
변함없다고 생각했던 마력이 아주 조금 높아졌다.
마르스 왕자를 보고 있으면 재미있다.
늘 죽을 뻔하는 수행, 강력한 몬스터와의 싸움, 목숨을 위협받는 일상.
매일이 나를 질리게 하지 않는다. 계속 보고 싶다. 약혼자가 마르스 왕자라 다행이었다.

3년이 흘러 몬스터 고기로 마력이 높아진 나는 뇌제라고 불리게 되었다.
그 무렵, 아버지가 마르스 왕자와의 약혼을 파기하고 둘째 왕자와 약혼시키겠다고 하길래 거절했다.
뇌격으로 집을 반쯤 부숴 놨더니 아버지도 내 의견을 존중해 주셨다. 부모 자식 간에 대화는 중요하다.
헌드레드는 점점 강해지고 커졌다.
그리고 반란을 일으키려고 했다.
파룬 왕국과 싸운다는 것은 생각도 해 본 적 없었다.
하지만 재미있을 것 같다.

내 이름도 나왔다. 마르스 왕자는 나와 별로 만난 적 없지만 나는 줄곧 마르스 왕자를 감시……지켜봐 왔다.

이건 약혼자로서 별로 좋지 않다.

나도 반란에 참가하기로 했다. 앞으로는 약혼자답게 행동해야지.

왠지 반란을 일으키는 것이 확정되고 사생활이 프라우에게 감시당하고 있다는 것을 안 지 일주일, 당연하지만 나는 정신적으로 피폐해 있었다. 더구나 오늘은 헌드레드를 토벌하기로 예정된 날이다.

지금은 말 위에서 헌드레드의 거점으로 향하는 중이다.

주위에는 백기사 약 30명이 호위를 맡고 있다.

"왕자님, 첫 실전이라 긴장되십니까? 표정이 어둡습니다만?"

말을 건넨 것은 하얀 기사단의 부단장 브란이었다.

"그렇게 긴장하지 않으셔도 싸움은 검은 기사단과 붉은 기사단에 맡기면 됩니다."

브란이 이끄는 백기사의 임무는 나의 호위로, 헌드레드와의 싸움에 가담할 마음은 요만큼도 없어 보인다.

하얀 기사단은 귀족의 자제로 구성되어 있는데 신분이 높은 자들은 많지만 실력은 낮다. 이번에 내 호위를 맡은 백기사는 그나마 검을 다루는 편이지만 그래봤자다.

헌드레드와 진짜 싸움이 벌어져도 백기사는 도움이 안 될 테니 어떤 의미에서는 브란의 말이 맞다.

"암요, 왕자께서는 헌드레드의 리더인 제로스라는 남자만 쓰러뜨리시면 됩니다."

"제로스 정도는 쓰러뜨려야 왕자님의 업적이 되죠. 검은 기사단과 붉은 기사단에는 행여 기세가 올라서 제로스까지 쓰러뜨리는 일이 없도록 말해 두었으니 안심하십시오."

다른 하얀 기사단의 기사들도 말을 건넸다.

이번 출정은 아무튼 내가 제로스를 쓰러뜨려야 하는 걸로 되어 있다. 왕위 계승에는 적어도 그만한 실적이 필요하다. 그렇지 않으면 동생에게 왕위 계승을 양보해야 한다는 분위기다. 그 동생도 실적 같은 건 없지만.

나는 수많은 암살 계획을 잘도 피해왔지만 그렇다고 내 편이 늘어난 것도 아니고, "어떻게든 살아 있는 왕자"라고 평가받고 있다.

이미 대부분의 귀족에게 왕위는 동생에게 계승되는 것이 기정사실로 되어 있지만 폐적에도 구실이 필요한데, 이번 헌드레드 토벌이 그 구실이 되어 줄 것이다.

그러니까 나는 '헌드레드와 싸워서 패배'하거나 '싸움 중에 전사'하도록 되어 있겠지.

이 백기사들도 나를 지키기는커녕 등 뒤에서 찌르고 들 가능성이 높다.

자꾸만 제로스와의 일대일 접전을 권유하지만 속으로는

패배해서 죽었으면 좋겠다고 생각하고 있으리라.

검은 기사단과 붉은 기사단과의 합류지점이 보였을 때, 백기사들은 놀랐다.

각 기사단은 통상 500명 정도가 재적해 있는데, 집결한 검은 기사단과 붉은 기사단의 숫자는 다 합쳐 1000명이 넘었다. 즉 모든 전력을 투입했다는 얘기다.

"크롬 님과 워렌 님은 전군을 이끌고 온 모양이군요."

"헌드레드 따위 평민이 기사 흉내를 낸 것에 불과하건만……."

"그런 놈들을 상대로 이렇게 본격적으로 나오다니. 우리나라 기사단도 땅에 떨어졌구나."

백기사들이 저마다 검은 기사단과 붉은 기사단을 비웃었다. 그들은 흑기사들을 한 수 아래로 보고 있고, 헌드레드의 실력도 과소평가하고 있는 것이리라.

그때 크롬과 워렌이 말을 타고 달려왔다.

"마르스 왕자님, 이쪽은 준비가 끝났습니다. 가능하면 개시하기 전에 한 말씀 해주시지요."

크롬이 말했다.

"크롬 단장, 왕자님께는 직접 말씀 올리지 말고 우리를 통하도록 하시오."

브란이 거만한 태도로 크롬에게 주의를 주었다.

"애초에 헌드레드 놈들을 쓰러뜨리는 거 가지고 굳이 왕자님이 연설하실 것까지 있나."

검은 기사단장을 상대로 브란의 태도가 거만하다.

그러나 크롬도 백기사들을 무시한 채 나만 똑바로 보고 있다.

어느새 검은 기사단과 붉은 기사단이 주위를 에워싸고 있다.

준비가 끝났다는 것은 한눈에 알 수 있다. 백기사도 나도 지금부터 일어날 일에서 벗어날 수 없으리라.

어쩌다 일이 이렇게 된 걸까. 그렇게까지 해서 차지하고 싶은 왕위는 아니다. 목숨만 건질 수 있다면 그걸로 됐는데.

그러나 헌드레드, 붉은 기사단, 검은 기사단을 이제 와서 버릴 수는 없다.

어찌 됐건 지금까지 내 편 하나 없었던 나에게 "따라가겠다"고 하는 자들이다. 그 기대를 저버릴 수가 없었다.

나는 꾸물꾸물 검을 뽑아 들고 성이 있는 방향을 가리켰다.

"전군에게 고한다. 적은 왕도에 있다!"

자포자기의 심정으로 내뱉은 말에 검은 기사단과 붉은 기사단에서 고함과 같은 환호성이 일어난다.

"왕자님! 지금 무슨 말씀이십니까! 적은 헌드레드입니다!"

브란이 나무라듯 소리쳤다.

그런 브란에게 나는 들고 있던 검을 내리친다.

사방으로 튀는 피.

더는 말할 수 없게 된 브란은 말 위에서 풀썩 떨어진다. 내 목숨을 노렸으니 자업자득이다?

그걸 보고 검은 기사단과 붉은 기사단이 열광했다.

오만한 하얀 기사단이 그렇게 싫더냐.

"미치신 겁니까, 왕자님! 저희에게 대체 무슨 잘못이……."

다른 백기사들이 나에게 따졌다.

"너희는 제로스랑 싸워서 내가 이기든 지든 내 숨통을 끊을 작정이었겠지?"

"왜 그런 말씀을……."

백기사 중 한 사람이 신음했다. 이봐, 그런 걸 누가 모르냐. 날 얼마나 바보라고 생각한 거냐?

"과연 마르스 왕자님. 전부 알고 계셨군요."

크롬이 웃으면서 백기사 중 한 사람을 베어 버렸다.

벌레라도 죽이는 것처럼 주저함이 없다.

"저희는……부기사단장의 명령을 받았을 뿐……."

"그렇습니다! 저희의 의견은 아닙니다. 그저 명령받았을 뿐입니다!"

파랗게 질린 나머지 백기사들이 목숨을 구걸하기 시작한다.

나는 말없이 백기사를 한 명 더 베었고, 나머지는 흑기사와 적기사가 처리했다.

백기사를 죽인 것도 감시병이 멀리서 봤을지 모르고, 처음부터 마법으로 감시당하고 있을 가능성도 있다.

지금부터는 시간 싸움이다.

말을 달려 전속력으로 왕도로 향한다.

검은 기사단과 붉은 기사단이 따라왔다.

반란군을 이끌고 왕도에 접근하자 성문이 허둥지둥 닫히려 하고 있었다.

그러나 그 움직임이 멈추더니 이번에는 반대로 성문이 열린다.

푸른 기사단의 브레드가 예정대로 대응한 것이리라.

문으로 들어가자 그 브레드가 청기사를 이끌고 다가왔다.

"마르스 왕자님, 푸른 기사단, 지금부터 그 휘하에 들어가겠습니다."

"기사단장은?"

"저쪽에."

브레드가 가리킨 곳에는 청기사가 몇 명 쓰러져 있었다.

기사단장과 그 측근들이리라. 성문을 닫으라는 지시를 내리다가 죽임을 당한 것이다.

"그럼 푸른 기사단은 왕도의 혼란을 피하기 위해 치안을 유지하도록. 우리는 왕도로 간다."

"옛!"

나는 왕도를 향해 말을 달렸다. 무슨 일인가 하고 모여든 민중들이 기세에 놀라 길을 터준다.

성 앞에서 무장한 집단이 성병들과 싸우고 있는 것이 보였다.

오그마가 이끄는 헌드레드다.

미리 왕도에 모여 있던 그들은 우리가 왕도에 들어선 것을 신호로 봉기한 것이다.

헌드레드 멤버들의 장비는 성의 병사들보다 빈약하지만, 개개인의 능력으로 커버해서 전투를 우세로 이끌고 있다.

마도사단은 나오지 않았다. 프라우가 잘 제압하고 있는 것이리라.

헌드레드가 길을 확보해 준 덕분에 순조롭게 성 안으로 쳐들어간다.

성 안에서는 하얀 기사단과 귀족의 호위병들이 저항을 시작했다.

하얀 기사단은 둘째치고 호위병들은 하나같이 우수해서 검은 기사단 및 붉은 기사단과 호각의 싸움을 벌이고 있었다.

저항하는 기사들을 쓰러뜨리고 옥좌의 방으로 향한다.

성에서 빠져나갈 수 있는 샛길 중 내가 아는 것은 모조리 미리 막아 놓았지만 시간이 너무 지체되면 가마라스가 도망칠지도 모른다.

계속 나아가며 전부터 밉상이었던 귀족들을 차례대로

베어 버리고 옥좌의 방에 당도했는데, 거기로 들어가자마자 몸에 이변이 일어났다.

기다리고 있던 것은 모험가들이었다.

IX ◆ 왕도공략전

마르스 왕자 반역.

그 소식을 들었을 때, 브람스는 귀를 의심했다.

헌드레드인가 하는 수상한 집단을 토벌하러 간 마르스 왕자가 왜 반역을 하게 된 건지 영문을 알 수 없었기 때문이다.

애초에 뒷배도 뭣도 없는 마르스 왕자는 반역하고 싶어도 병력이 없다.

보고를 자세히 확인해 보니, 백기사와 함께 헌드레드를 토벌하러 간 마르스 왕자가 검은 기사단, 붉은 기사단과 합류하자마자 하얀 기사단의 부단장 브란을 살해하고 백기사들을 숙청. 검은 기사단과 붉은 기사단을 데리고 왕도로 진군을 개시했다고 한다.

마르스 왕자와 흑기사, 적기사들의 관계를 모르겠다. 크롬과 워렌이 마르스 왕자와 가까운 관계였다는 인상은 받지 못했다. 애초에 크롬과 워렌은 왕도를 싫어해서 성에는 얼굴도 잘 비추지 않았기 때문에 마르스 왕자와 접점을 가질 수가 없는 것이다.

단, 반란을 일으키기에는 충분한 전력이다.

재상인 가마라스로부터는 "마도사단을 이끌고 토벌하러

가달라"는 요청을 받았다. "왕도기사단의 최대 전력인 검은 기사단과 붉은 기사단을 토벌해도 괜찮을까?" 하는 불안이 일순 머리를 스쳤지만, 거꾸로 생각하면 그들이 없어지면 왕국의 제대로 된 전력은 마도사단밖에 없게 되니 그것은 브람스의 지위 향상으로도 이어진다. 가마라스 이상의 권력을 가질 가능성도 있다.

머릿속에서 여러모로 계산을 마친 후, 브람스는 가마라스의 요청을 수락했다.

브람스는 서둘러 마도탑으로 향했다. 마도탑은 마도사들이 밤낮으로 마법을 연구하는 성의 시설로, 브람스의 거점이기도 하다.

그곳으로 향하면서 브람스는 딸 프라우를 생각했다.

프라우는 마법의 천재이지만, 그런 반면 감정이란 것이 희박한 아이였다. 어려서부터 마법을 좋아했지만 그 이외의 것에는 아무런 관심이 없다. 그런 프라우가 왜 그런지 약혼자인 마르스 왕자에게 집착하고 있다는 것을 떠올린 것이다.

브람스로서는 언제 죽어도 이상하지 않은 처지에 몰린 마르스 왕자와의 약혼을 진작 파기해 버리고 싶었지만, 프라우는 그 말을 꺼내기가 무섭게 격하게 거절했다.

부모에게 반항하고 싶은 시기는 누구에게나 있는 법이지만, 다짜고짜 부모를 향해 뇌격을 날려서 저택을 붕괴시키는 자식은 그리 많지 않으리라.

그때는 생명에 위협을 느껴서 파혼을 없었던 일로 했지만, 이번 소식을 들으면 프라우가 어떻게 반응할지 브람스는 걱정부터 됐다.

프라우가 그 변변치 못한 마르스 왕자의 무엇을 그렇게까지 좋아하는 건지 알 수 없지만, 이번에는 반란이다. 오로지 마법밖에 관심이 없는 프라우라도 마르스 왕자가 반역자라는 것쯤은 이해해 주리라.

최악의 경우, 이번에는 프라우를 출격시키지 않고 자신이 마도사단을 진두지휘해서 마르스 왕자를 토벌하러 가면 된다. 브람스는 마도탑에 도착한 시점에 그렇게 결론지었다.

브람스가 마도탑의 문을 열자 눈앞에 프라우가 서 있었다. 뒤에는 마도사들이 나란히 서 있다.

이미 소식을 듣고 출격 준비를 마친 건가? 브람스가 그렇게 생각했을 때, 프라우가 입을 열었다.

"아버지, 사랑하는 딸의 평생의 소원을 들어 주세요."

무표정한 얼굴에다 목소리에도 억양이 없다. 프라우는 생김새는 예쁘지만 표정도 없어 귀여운 구석이라곤 요만큼도 없다. 그런 딸의 평생의 소원이라는 게 뭘까? 브람스는 불길한 예감이 들었다.

"프라우, 지금은 긴급 사태다. 마르스 왕자가 반란을……."

"은퇴."

"뭐?"

"가주 지위를 나한테 양보하고 아버지는 은퇴."

인형처럼 생기 없는 얼굴로 프라우는 브람스에게 은퇴를 요구했다.

"마도사들도 그래도 좋대요."

프라우의 뒤에 서 있는 마도사들을 쳐다보자 마치 죽은 사람 같은 얼굴을 하고 있었다. 절대 "그래도 좋다"고는 생각하지 않는 얼굴이다. 대체 어떻게 설득한 걸까? 최악의 경우, 마법으로 세뇌했을 수도 있다.

"잠깐, 프라우. 난 아직 은퇴할 나이가 아니야. 아니 그 전에, 가주를 물려주고 싶어도 너는 여자가 아니냐. 여자는 당주가 될 수 없다."

프라우는 마법의 재능이 걸출하지만 그것만으로 후계자가 될 수 있을 만큼 귀족 세계가 호락호락하지는 않다. 여성이 가주를 이은 예는 거의 없다.

"싫다? 유감."

유감스러운 표정은커녕 낯빛 하나 바꾸지 않고 프라우는 대답했다. 이쪽 얘기는 전혀 듣고 있지 않다.

그건 고사하고 오른손이 푸르게 빛나기 시작한다. 무영창 마법의 행사. 프라우가 마법의 천재라 일컬어지는 이유다.

"잠깐, 어쩔 셈이냐, 프라우? 무슨 생각을 하는 게야?"

"반란."

짧게 대답한 프라우는 마법을 발동시켰다.

옥좌의 방에 도착한 나를 기다리고 있던 것은 한눈에 봐도 검사, 전사, 승려, 마법사, 도적 느낌이 물씬 풍기는 판에 박힌 모험가 파티 멤버였다.

그 안쪽에는 아버지인 왕이 엄숙한 듯고 난처한 얼굴로 옥좌에 앉아 있다. 어머니가 돌아가셨을 때도 제대로 조사하지 않았던 사람이다. 자기만 살 수 있다면 어느 쪽이 이기든지 상관없다고 생각하고 있으리라.

그 옆에는 여전히 뒤룩뒤룩 살찐 가마라스가 서 있다. 가마라스는 여유로운 표정이다.

마법사가 무슨 주문을 외우고 있는데 아마 나를 대상으로 한 중력 마법, 그래비티일 것이다. 오랜만에 몸이 무겁다. 뭐랄까 그리운 생각조차 드는 나 자신이 슬프다.

"움직일 수 없죠, 왕자님? 마법으로 구속하고 있답니다? 갑작스러운 반란에는 놀랐지만 그럴 줄 알고 A랭크의 모험가들을 고용해 두었죠. 곧 사방에서 군대도 구원하러 모여들 겁니다. 여기까지군요."

움직임을 멈춘 나를 보고 승리를 확신한 가마라스가 목청껏 선언했다. 마법으로 나를 구속한 줄 아나 보다. 그래서 모험가들도 바로 공격해 들어올 낌새가 없다.

아무튼 움직이기 힘들어서 팔찌를 빼기로 했다. 사부님한테 받은 체중이 3배가 되는 그 팔찌를.

팔찌를 바닥에 툭 떨어뜨리자 순간 몸이 가벼워진다.

시험 삼아 검을 휘둘러 봤더니 붕하고 바람을 가르는 기분 좋은 소리가 난다. 지금까지 중에 제일 날쌔게 느껴진다.

“이봐! 어떻게 된 거야! ‘그래비티’를 건 거 아니었나?”

몸이 무거워지기는커녕 최상의 컨디션이 된 나를 보고 모험가 파티의 리더로 보이는 검사가 마법사 소녀를 향해 소리쳤다.

“걸었어요! 지금 저 녀석은 틀림없이 ‘그래비티’의 영향하에 있다고요!”

당황한 기색의 마법사가 되받아치고는 자신의 마법을 확인하려는 듯 지팡이를 이쪽을 향해 고쳐 잡았다.

“아, 괜찮아. ‘그래비티’는 제대로 걸려 있어. 내가 ‘그래비티’에 익숙한 것뿐이야. 마법은 제대로 발동되고 있다고.”

마법사 소녀가 어쩐지 안돼 보여서 친절하게 설명해 주었다.

“……하? ‘그래비티’에 익숙하다고? 그런 인간이 있다는 소린 들어본 적도 없어!”

마법사가 히스테릭하게 외친다.

그와 동시에 도적이 나를 향해 민첩한 동작으로 달려들면서 뭔가를 던졌다.

나는 그것을 검으로 쳐낸다.

검으로 쳐낸 것이 자루였는지, 그 안에 들었던 가루 같은 것이 나한테 뿌려졌다.

"마비 독이다! 이제 못 움직인다! 이때 해치워!"

의기양양한 표정으로 도적이 말했다.

독? 그렇군, 그러고 보니 몸이 찌릿찌릿하다. 몸이 좀 안 좋은 것 같아서 오랜만에 독 반지를 빼기로 했다.

그러자 반지에 대항하고 있던 몸의 저항력이 돌아와 딱히 독의 영향을 느끼지 않게 되었다.

그러나 내가 움직일 수 없게 되었다고 굳게 믿고 있는 모험가 전사가 검을 잡고 똑바로 달려들었다.

평소에는 파티의 탱커 역할이리라. 다짜고짜 내 몸을 구속하려 들었다.

과연 A랭크 전사답게 상당한 스피드다. 반사적으로 몸통을 향해 검을 옆으로 그었다. 팔찌와 반지를 빼 놓은 바람에 힘 조절이 되지 않는다.

장검의 검은 도신이 버터 자르는 듯한 부드러운 감촉으로 전사가 들고 있던 방패를 가른다. 그 순간 전사가 지은 표정은 자신에게 닥친 불합리한 죽음에 대한 분노였다.

흉악한 칠흑의 칼날은 강철 갑옷이고 천 옷이고 구별 없이 역전(歷戰)의 전사를 상반신과 하반신으로 깔끔하게 절단했다. 이런 광경도 암살자를 몇 번이고 격퇴하는 사이에 익숙해졌다. 어쩔 수 없다. 내 목숨이 제일 중요하니까.

"으악!"

그 참혹한 광격에 가마라스와 부왕이 눈을 돌린다.

"이봐! 어떻게 좀 회복시킬 수 없어?!"

검사가 이번에는 여자 승려를 향해 소리쳤다.
“그게 되겠어? 신의 힘에도 한도라는 게 있다고! 저걸 부활시키고 싶으면 사령술사한테 부탁해야지!”
승려가 발끈해서 받아친다.
음, 저게 이어져서 부활한다면 이젠 구울 같은 거라고 봐야 되겠지.
“감히 하인츠를!”
분노에 휩싸인 도적이 이번에는 나이프를 던졌다. 그 위아래로 쪼개진 전사의 이름이 하인츠인 모양이다.
아까 그 마비 독 자루와는 다르게, 던져진 나이프는 상당한 속도다. 검으로는 받지 않고 몸을 비틀어 피한다.
그러나 완벽하게 피하지 못해 나이프가 팔을 스쳤다.
“꼴 좋구나! 그 나이프에는 포이즌 리자드의 독을 발라 놓았다. 이번에야말로 네놈은 끝이다!”
도적이 표독스럽게 웃으면서 나를 손가락질했다.
포이즌 리자드라면 전에 먹은 적이 있었다. 보라색 반점이 잔뜩 있는 까맣고 미끌거리는 생김새에, 독액을 토하는 도마뱀 몬스터였다.
누가 봐도 “위험! 독입니다!” 하는 외모라 먹고 싶지 않았지만 사부님이 억지로 먹인 것이다.
“포이즌 리자드라. 확실히 맛없는 고기였지…….”
팔에 생긴 상처를 쳐다보면서 옛날을 회상했다. 물론 독의 영향은 거의 없다.

"뭐라?"

허를 찔린 표정을 하는 도적.

"먹었다니? 포이즌 리자드를? 그건 독 덩어리야! 포이즌 리자드의 피는 독의 재료로 거래될 정도라고!"

"아, 어쩐지 맛이 없더라. 나도 그 고기는 한 번밖에 안 먹었어."

도적이 "이 자식이 무슨 소리를!" 하는 표정으로 멈칫거린다.

잠깐, 그런 표정을 하면 내가 상처받잖아.

"차드, 그만 떠들고 견제해! 미카는 듣지도 않는 그래비티는 때려치우고 공격 마법을 준비해! 루이다는 나한테 보조 마법을 걸어!"

검사가 파티 멤버들에게 지시를 내린다. 동요한 모험가들은 그 말에 화들짝 놀라 행동을 개시했다.

도적이 나는 듯한 속도로 내 주위를 움직이고, 마법사가 새로운 주문을 외우기 시작하고, 승려가 검사를 향해 신의 가호를 빈다.

한편 나는 그래비티의 영향이 사라져 몸이 더 가벼워졌다. 그래비티는 효력이 없었던 게 아니었다. 이러면 도적의 움직임을 쉽게 따라갈 수 있다.

도적이 저 멀리서 나이프를 던지는 것에 맞추어 '소닉 블레이드'를 시전한다.

글자 그대로 질풍의 칼날이 나이프를 튕겨내어 차드라

고 불린 도적의 몸을 난도질했다.

"끄악!"

차드는 간신히 회피를 시도하여 직격은 피했지만 몸이 동강나기 직전이다.

'소닉 블레이드'라니! 어째서 검성급의 기술을 이 녀석이! 루이다! 차드를 회복시킬 수 있겠나!"

'소닉 블레이드'에 놀란 검사가 그 정도면 고칠 수 있겠는지 승려 루이다에게 시선을 보낸다.

"찢어발겨지기 직전이잖아! 인형을 꿰매는 거랑은 차원이 다르다고! 저걸 고칠 수 있으면 모험가는 때려치우고 성녀로 떵떵거리며 살겠어!"

루이다는 손을 휘휘 저어 "무리야!"라는 제스처를 보낸다.

'이 녀석들 좀 재미있는데'라고 생각하고 있는데 그 사이에 마법사 미카가 암송을 마쳤다.

"홍련의 불길이여! 적을 태워 없애라!"

화구(火球)의 상위 마법인 맹화의 마법이다. 불길이 거대한 뱀의 형상이 되더니 구불거리며 나에게 달려든다. 도저히 피할 수 없을 것 같다.

순간적으로 보이지 않는 방패를 펼쳐서 마법을 막는다. 보이지 않는 방패는 일종의 마법 장벽이라 상대의 마력보다 높으면 그 마법을 막을 수 있다.

맹화의 마법은 내 보이지 않는 방패에 충돌하더니 그대로 폭발해 흩어졌다.

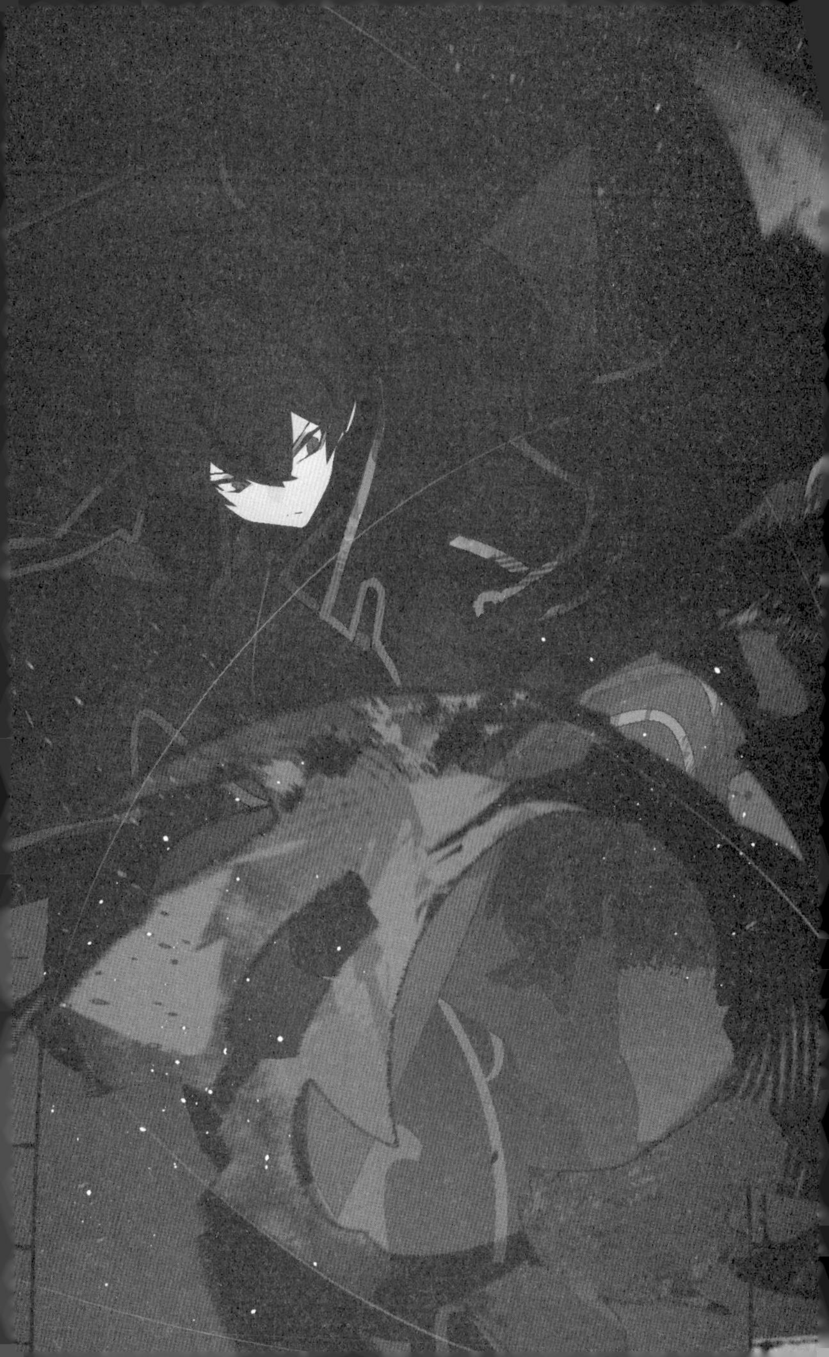

"내 최고의 마법인데……."

미카가 스르르 주저앉았다. 자신 있던 마법이 통하지 않자 마음이 꺾인 모양이다.

"마법 장벽이라고? 그건 일부 상위 몬스터밖에 쓸 수 없는 기술이야!"

검사가 아연실색한 표정을 지었다.

암요, 암요, 이걸 습득하느라 얼마나 고생했는데. 마원하고 몇 번이나 싸우고 그때마다 고기를 먹어서 겨우 취득한 기술이다. 놀라 주어서 나도 만족이다.

검사는 얼굴이 창백하다. 마법사 미카는 주저앉아 있고, 승려 루이다도 도주로를 찾는지 주위를 두리번거리고 있다.

완전히 전의를 상실한 듯하다.

"비켜 줄래? 딱히 목숨까지 빼앗을 생각은 없거든."

팔찌와 반지를 뺀 기세로 두 사람이나 죽이고 말았지만 딱히 모험가들에게 원한은 없다. 도망친다면 그래도 상관없었다.

"……하인츠와 차드를 잃었는데 이대로 물러날 것 같으냐! 난 A랭크 모험가라고!"

검사는 동료를 잃은 분노로 용기를 끌어올리고 있는 듯하다. 검을 정면으로 잡고 대항하겠다는 의지를 표시했다. 그 옆에 있었던 루이다는 휘말리지 않으려고 전속력으로 달려 벽 쪽으로 도망가 있다.

검사가 순간적으로 거리를 좁히며 달려들었다. 아까 루

이다가 건 보조 마법의 영향도 있어서인지 신체능력이 증가한 듯하다.

그 일격은 검으로 막았지만 그는 곧 다음 일격을 날리더니 쉴 새 없이 공격을 퍼붓는다. 단순한 힘과 속도라면 내가 더 위지만 과연 검사인지라 기술이 뛰어나다. 물 흐르는 듯한 연속 공격으로 내게 반격을 허락하지 않는다.

과연, 검으로 겨루면 저쪽도 승산이 없지는 않다.

검으로 겨루면 말이지.

챙하고 검과 검이 서로 부딪친 순간, 나는 검사에게 돌려차기를 박았다.

몸을 반으로 꺾고 옆으로 날아간 검사는 그대로 벽과 충돌했다.

아마 뼈가 몇 개쯤 부러졌을 텐데도 검사는 검을 잡고 어떻게든지 일어서려고 했다. 입으로는 피를 토하고 있다.

"……무슨……. 발을 써? 검사가 아니라 무술가냐……?"

"글쎄? 사부님이 이렇게 싸우시던데?"

실제로 검성 카산드라는 이렇게 싸웠다. 쓸 수 있는 것이라면 뭐든지 쓰는 주의라 특별히 검만 고수하지 않고 때로는 주먹만 가지고 몬스터를 때려죽이기도 했다. 보고 있으면 몬스터가 안돼 보였다.

그 말을 들었는지 어쨌는지, 검사는 그대로 무너지듯 쓰러졌다.

흐음, 역시 팔찌와 반지를 빼서 그런지 힘 조절이 되지 않았다. 죽었는지도 모르겠다.

"자. 남은 건 네 녀석뿐이군, 가마라스."

기세만으로 3명이나 죽여 버린 찝찝함을 얼버무리기라도 하듯이 나는 가마라스에게 다가갔다.

벽까지 뒷걸음질 친 가마라스는 공포로 얼굴이 잔뜩 굳어 있다.

옥좌에 앉은 부왕은 그것을 남일 보듯 쳐다보고 있었다.

X ◆ 가마라스라는 남자

왜 이렇게 된 걸까?

서서히 다가오는 마르스 왕자를 보고, 가마라스의 머릿속에 지금까지의 일이 스쳐 지나갔다.

15년 전, 전 왕비와 그 외척이 횡포를 부렸을 때 재상이었던 가마라스가 일어섰다.

낭비되어 가는 재정, 멋대로 남용되는 인사, 거역하는 자는 처형당하는 공포정치.

이대로 있다가는 파룬 왕국은 멸망한다, 가마라스에게는 그런 위기감이 있었다. 훌륭한 정치가인 가마라스는 겉으로는 왕비에게 영합하면서도 뒤에서는 그 대항세력을 규합하여 왕비가 지은 죄의 증거를 수집했다.

그리고 왕을 설득해서 모든 준비를 마치고 왕비를 규탄했다. 왕정 쿠데타라고도 할 수 있는 사건이었다.

왕비를 유폐한 후 병사(病死)를 가장해서 살해하고, 화근을 남기지 않도록 그 외척과 측근 귀족은 모조리 제거했다. 그들이 가졌던 이권과 재산은 자기 편에 붙은 대귀족들과 나눠 가졌다.

원래는 국가에 귀속시켜야 하지만 그건 대귀족들을 끌

어들일 때 약속한 보상이었다. 또 가마라스도 사리사욕이 있다는 것을 보여 주지 않으면 기껏 하나가 된 귀족들과 동료의식을 공유할 수 없었던 것이다. 왕국을 운영해 나가는 데 있어 귀족 간의 파벌싸움은 피할 수 없었다.

그 때문에 가마라스는 어느 정도 이권을 확보하는 형태로 그것을 지배하고 귀족들의 고삐를 쥐어 왔다. 그런 식으로 조금씩 왕국을 개량시켰다. 소처럼 느린 걸음이긴 했지만 귀족들이 있는 이상 좋은 것과 나쁜 것을 모두 삼키는 형태로밖에 정치를 움직일 수 없었다.

골칫거리는 왕비의 아들인 마르스 왕자였다. 어린애였던 마르스 왕자는 당연하게도 부정부패에 관여되어 있지 않았고, 또 질투 많은 왕비 때문에 첩이 없었던 왕에게는 다른 자식이 없었다. 그 때문에 마르스 왕자에게 죄를 물을 수도 없었고 왕자를 폐할 수도 없었다.

왕비 일족을 제거했다고는 하나 차기 국왕인 마르스 왕자를 업고 정치에 개입하려는 귀족이 조만간 등장할 것은 자명한 이치였다.

그래서 가마라스는 자신의 딸을 왕비로 앉혔다. 자신을 닮아 예쁘진 않았지만 교육은 제대로 받아서 어설픈 문관보다도 정치와 경제에 정통한 자랑거리였다.

딸은 가마라스에게 협력해서 궁정 내에 횡행하던 낭비를 억제하면서 대망하던 사내아이를 출산해 주었다.

이로써 마르스 왕자를 폐할 수 있다, 가마라스는 그렇게 생각했다.

전에 왕비 일족에게 학대당했던 자들은 마르스 왕자에게 반감을 갖고 있었다. 아무 지시도 내리지 않았는데 왕자의 암살을 도모했고, 가마라스도 그것을 저지하려 들지 않았다.

마르스 왕자는 죄가 없지만 다른 후계자가 생겼으니 죽어 주는 게 여러모로 득이었다.

그러나 마르스 왕자는 살아남았다. 독, 암살자, 사고를 가장한 함정, 그 모든 것을 빠져나가 살아남은 것이다. 보통 사람으로는 있을 수 없는 무서운 생명력이었다.

게다가 독살을 시도한 란돌프 백작은 도리어 독살당했다. 이것은 왕자의 짓이 아니다. 왕자에게 협력자가 있었던 것이다. 그 협력자가 누구인지는 지금도 수수께끼다.

'이래선 안 된다'. 가마라스는 그렇게 생각했다. 마르스 왕자를 폐하는 일은 정해진 일이지만, 왕자의 협력자가 대귀족이었을 경우 왕자에게는 죄가 없다는 것을 이유로 폐적에 이의를 제기하고 나오면 곤란하다.

그런 때 헌드레드라는 무리가 국내에서 대두하기 시작했다.

듣자 하니 몬스터를 사냥해서 그 고기를 먹는 집단이라는 것이었다. 게다가 동료들끼리 싸워서 밤낮으로 실력을 닦고 있으며, 특히 그 지도자인 제로스라는 정체불명의 남자는 상당한 검 실력이라고 했다.

더없이 수상한 놈들이지만 가마라스한테는 좋은 기회였다.

왕자로서 공적을 쌓으라는 구실로 마르스 왕자를 토벌에 보내 제로스와 동시에 죽어 준다면 제일 좋은 결과가 된다. 제로스가 왕자를 죽여 주는 것도 좋다.

왕자가 다시 살아 남을 경우를 생각해서 하얀 기사단의 부단장 브란을 왕자의 호위로 붙였다. 브란은 전 왕비에 의해 일족이 처형당한 일로 왕자한테까지 원한을 품고 있었다. 브란에게 암살을 부추기는 것은 쉬운 일이었다.

만일을 고려해서 모험가도 고용했다. 사태가 생각지 못한 방향으로 향했을 때를 대비해서 대기 전력으로 부릴 수하가 필요했던 것이다.

그러나 사태는 가마라스가 상정한 최악을 넘어 악몽처럼 전개된다. 브란은 간단히 살해당하고 검은 기사단과 붉은 기사단은 왕자 측에 붙더니 헌드레드로 추정되는 놈들이 왕도 내에서 봉기, 왕도를 수호하는 푸른 기사단도 왕자 측에 내통한 것 같다. 믿고 있던 강철의 마도사단을 이끄는 브람스와도 연락이 되지 않는다.

왜 이렇게 된 거지? 가마라스는 이해가 가지 않았다. 아무런 힘도 뒷배도 없었던 왕자에게 기사단이 속속 돌아선 것이다. 왕자의 협력자는 크롬 경과 워렌 경이었었나? 하지만 검술밖에 재주가 없는 놈들이 이런 쿠데타를 꾸몄다고는 도저히 생각되지 않는다. 혹시 제로스라는 남자가 협력자인가?

……지금은 그런 건 아무래도 좋았다. 왕자는 믿을 수 없는 강력함을 과시하면서 가마라스의 비장의 카드였던 A랭크의 모험가들을 참살했다.

하나의 기사단과 대등한 힘을 가졌다고 일컬어지는 A랭크 모험가 파티가 왕자한테는 상대도 되지 않았던 것이다. 마르스 왕자는 그 조상인 용사의 힘을 갖고 있었던 것일까?

마르스 왕자가 다가온다. 가마라스는 자신이 끝났음을 깨달았다. 적어도 딸과 손자의 목숨은 구하고 싶었다. 어떻게든 목숨을 구걸할 수는 없을까? 그러나 모험가들을 표정 하나 바꾸지 않고 죽인 마왕 같은 남자가 그런 말을 들어줄 것 같지는 않다.

가마라스가 절망하고 있던 그때, 옥좌의 방으로 남자들이 들어왔다. 오그마, 크롬, 워렌 등 헌드레드의 간부들이었다. 피투성이가 된 검을 든 그들은 온몸에도 피가 튀어 붉게 물들어 있었다.

"제로스, 귀족들은 모두 해치웠어. 남은 건 가마라스뿐이야."

오그마의 그 말에 마르스 왕자가 돌아보았다.

"해치우다니? 귀족들을 다?"

"응, 싹 쓸어 버렸지. 이제 이 나라도 좋아질 거야."

가마라스는 전율했다. 제로스라는 이름에 반응했다는 것은 마르스 왕자 자신이 제로스였다는 뜻이다! 그렇다는 건 헌드레드를 조직한 건 마르스 왕자이고, 이 일련의 반란을 주도한 것도 바로 마르스 왕자 본인이다.

왕자에겐 협력자 따위 없었다. 자신의 손으로 자신의 힘이 되어 줄 조직을 만들고, 각 기사단의 단장들을 꼬드기고 자기 자신도 단련해서 오늘이라는 날에 대비했던 것이다. 이 무슨 재능과 힘이란 말인가! 살아남는 데 급급해서 마르스 왕자를 평범하다고 단정했던 자신의 눈은 동태눈깔이었던 것이다.

그런 한편, 귀족들의 죽음에 관해서는 복잡한 심정이었다. 왕비를 제거할 때는 동료였지만 그 후 국정을 돌볼 때는 장애물로밖에 보이지 않았고, 그들의 존재를 거추장스럽게 여기기까지 했다.

귀족들의 죽음을 안 마르스 왕자는 잠시 생각한 끝에 국왕을 쳐다보았다.

"아버지, 왕위 말인데요……."

"너에게 물려주마."

국왕은 망설임 없이 말했다. 어딘가 안심한 표정으로도 보인다.

애초에 국왕의 그릇이 아니었던 거야, 라고 가마라스는 생각했다. 이 남자가 전 왕비의 횡포를 허락하지 않았다면 나라가 이렇게까지 혼란스러울 일도 없었다.

이대로라면 이 나라는 끝장이라며 가마라스가 왕비 제거를 밀어붙였을 때도 그는 좀처럼 고개를 끄덕이지 않았다. 마지막에는 협박을 섞어서 동의시켰지만 평범하고 결단력 없는 왕이었다.

자신이 차기 왕이 되는 것을 확인한 마르스는 다시 가마라스에게 시선을 돌렸다.

드디어 끝이구나. 가마라스가 이렇게 생각했을 때, 마르스가 믿을 수 없는 말을 했다.

"가마라스, 정치는 당신한테 맡기지."

"허?"

정치를 맡긴다? 가마라스는 왕자가 무슨 말을 하는지 이해할 수 없었다.

"야! 제로스! 무슨 소리를 하는 거야! 그 자식이 모든 일의 원흉이라고! 넌 몇 번이나 그 자식한테 암살당할 뻔했잖아!"

오그마가 소리쳤다. 무리도 아니다. 타도 가마라스야말로 이번 반란의 목적이다.

"난 죽지도 않았고 그 정도로 죽지도 않아."

"하지만 정치를 가마라스한테 맡기겠다니……."

크롬이 끼어들었다. 검은 기사단도 가마라스는 좋게 생각하지 않는다.

"쓸 만한 사람은 써야지. 그뿐이야."

마르스는 가마라스의 등용을 무를 기색이 없다.
"하지만 왕자님…… 어째서 저입니까……."
가마라스가 신음처럼 말했다. 제일 믿을 수 없는 것은 가마라스 자신이었다.
"잘 봐, 가마라스. 귀족들은 전부 죽었잖아?"
마르스는 조근조근 설명했다.
"지금 정치를 맡길 수 있는 사람은 당신밖에 없어. 당신 맘대로 해."
귀족들이 죽었으니 내 마음대로 해라? 가마라스는 혼란스러운 머리로 생각했다.
확실히 기득권층이던 귀족들이 죽은 지금은, 가마라스가 이상으로 하던 정치를 실현할 천재일우의 기회라고 할 수 있었다.
구태의연한 귀족 중심의 왕국에서 최신 법리에 기반한 중앙집권국가로의 이행, 그것이야말로 가마라스의 비원이기도 하다.
그러나 그것을 어떻게 마르스 왕자가 알고 있단 말인가? 가마라스의 진짜 목적은 딸과 복심인 문관 등 극소수밖에 모르고, 그들로부터 그 이야기가 외부로 새나갔다고도 생각되지 않는다.
설마…… 자신이 귀족들이 눈치채지 못하도록 진행시키고 있었던 작은 개혁의 징후를 마르스 왕자는 눈치채고 있었나?

그런 게 틀림없다. 왕자는 자력으로 자신의 세력을 구축하여 쿠데타에 성공한 걸물이다. 향후 왕국 운영까지 내다보고 '누구한테 어떤 정치를 맡길까'까지 생각했던 것이다.

그리고 눈에 띄지 않게 꾸준히 진행시켜 온 자신의 정치개혁을 알아챈 것이다.

가마라스는 닭똥 같은 눈물을 흘렸다. 나라를 누구보다도 걱정하면서도 그 때문에 간신이라고 멸시받아 온 자신을 공정하게 평가해 주는 인물이 있었던 것이다. 가마라스는 나라를 위해서라면 자신에 대한 평가도 포기하고 살았지만, 사실 제일 바라던 것이기도 했다.

이분이야말로 왕 중의 왕이 틀림없다. 가마라스는 마음속으로 마르스 왕자에 대한 충성을 맹세했다.

"이 목숨과 바꿔서라도 책무를 반드시 다하겠나이다……."

가마라스는 마르스에게 무릎 꿇고 대답했다.

XI ◆ 왕위 계승

'모험가들은 쓰러뜨렸고, 이제 가마라스를 단칼에 베어 버리면 끝이다'라고 생각하고 있는데 옥좌의 방에 들어온 오그마 등이 이렇게 말했다.

"제로스, 귀족들은 전부 해치웠어. 남은 건 가마라스뿐이야."

전부 해치웠다? 귀족들을? 한 명도 남기지 않고?

헌드레드의 황당한 짓거리에 나는 어이가 없었다. 귀족은 확실히 별 볼 일 없는 존재지만, 아주 필요가 없는 건 아니다. 문관들을 통솔해 정치를 하는 것도, 영지를 관리하는 것도 귀족의 역할이다.

귀족들이 없는 상태에서 어떻게 나라를 운영할 생각인 거냐, 이 자식들은?

크롬과 워렌은 귀족이긴 해도 근육뇌 쪽이고, 검보다 가벼운 것은 들어본 적도 없을 헌드레드의 멤버에게 정치를 맡길 수는 없다.

이놈들에게 정치를 맡기는 날엔 온 국민의 신분이 랭킹전으로 결정되는 아수라장으로 직통이다. 나는 그런 나라에서 살고 싶지 않다.

차라리 국왕은 이대로 계속시킬까 싶어서 아버지에게 말했다.

"아버지, 왕위 말인데요……."

"너에게 물려주마."

한순간에 양위가 결정되어 버렸다. 아니 저기요, 좀 더 싫어해 보세요.

"시기상조다"라든가 "너는 왕의 그릇이 아니다"라든가 그런 거 있잖아요? 그렇게 쉽게 양위하면 어떻게 해요. 어쩌다 보니 반란을 일으키게 된 거지 사실은 하고 싶지 않다고요.

……큰일이다. 나는 정치에는 전혀 관심이 없고, 그런 귀찮은 건 하고 싶지도 않다. 어쩌지 하고 있는데 눈앞에 가마라스가 있었다.

아, 귀족이 한 명 남아 있었다. 그것도 정치 경험자.

"가마라스, 정치는 당신한테 맡기지."

이 녀석 이외에 일을 떠넘길 상대는 없다.

"허?"

가마라스는 어이없는 소리로 말했다.

"야! 제로스! 무슨 소리를 하는 거야! 그 자식이 모든 일의 원흉이라고! 넌 몇 번이나 그 자식한테 암살당할 뻔했잖아!"

오그마가 소리쳤다.

시끄러워, 멍청아! 너희가 생각 없이 귀족을 학살하는 바람에 일이 이렇게 된 거잖아!

나는 그렇게 속으로 욕하면서 대답했다.

"난 죽지도 않았고 그 정도로 죽지도 않아."

"하지만 정치를 가마라스한테 맡기겠다니……."

이번에는 크롬이 끼어들었다.

그럼 뭐 어쩔 건데? 정치 네가 할래? 어렸을 때부터 워렌과 같이 서민 마을에서 놀고 다니느라 정치 공부는 제대로 하지도 않았다는 이야기는 들었습니다만?

최근에는 헌드레드에 들어와서 '강하지 않으면 인간이 아니다'라는 식으로 되어 버린 녀석한테 잘도 국정을 맡기겠다!

"쓸 만한 사람은 써야지. 그뿐이야."

너희를 쓸 수는 없으니 가마라스를 쓸 수밖에 없는 거라고!

그렇게 소리치고 싶었지만 꾹 참았다. 검을 뽑아 들고 피투성이로 서 있는 놈들을 괜히 자극하고 싶지 않다.

"하지만 왕자님…… 어째서 저입니까……."

가마라스가 물었다. 이 녀석도 상황 파악이 안 되는 모양이다.

"잘 봐, 가마라스. 귀족들은 전부 죽었잖아? 지금 정치를 맡길 수 있는 사람은 당신밖에 없어. 당신 맘대로 해."

당신 말고는 귀족이 없으니까 당신한테 맡길 수밖에. 나는 하고 싶지 않으니까 마음대로 하라고.

"이 목숨과 바꿔서라도 책무를 반드시 다하겠나이다……."

왠지 가마라스가 무릎을 꿇고 오열하고 있다.

하긴 죽다 살아났으니. 그야 기쁘겠지. 죽고 싶지 않으면 열심히 해.

……그런데 성 안이 시체와 피로 차마 눈 뜨고 못 볼 꼴인데, 이거 누가 치우지?

며칠 뒤, 왕국은 생각보다 빨리 안정을 되찾았다.

뜻밖에도 가마라스가 이상하리만치 열심히 일해 준 덕에 후딱 내 대관식이 열리고, 동시에 결혼식까지 치러졌다.

……결혼식은 필요 없었지만.

상대는 당연히 프라우다. 그녀는 이번 내전에서 마도사단을 데리고 나에게 가세한 후, 왕도 주변에 배치되어 있던 가마라스파 귀족들의 군세를 단번에 제압. 그 후에도 저항 세력에게 인정사정없이 공세를 퍼부었다. 덕분에 나는 손쉽게 국내를 정리할 수 있었다.

프라우의 그 공적이 이번 거사의 최고 공적으로 인정되어 모두가 혼인을 적극 지지하고 나섰다.

그러나 자세한 보고를 들은 나는 알고 있다. 이번 반란을 핑계로 프라우가 보통은 쓰지 않는 대인 마법을 마구잡이로 썼다는 것을.

정신 마법으로 적병을 조종해 동지끼리 공격하게도 하고 죽은 적병을 언데드화시켜 동료를 습격하게도 하는 등 무도의 극치를 보여 줬다고 한다.

그래서인지 적군의 심리가 진작에 꺾여 결과적으로 내전이 조기 종결되었지만, 본인 왈,

"사람을 산 제물로 바쳐 악마를 소환하는 마법 같은 걸 좀 더 시험해 보고 싶었는데."

라고 한다.

……어째서 그렇게 윤리관이 현저하게 결여된 인간과 내가 결혼해야 한단 말인가?

이런 녀석을 왕비로 삼아도 이 나라는 괜찮은 걸까?

"국내에서 수수께끼의 실종사건이 빈발하고 있는데, 실은 왕비가 마법 실험에 사용하고 계셨습니다" 같은 일도 일어날 수 있다고! 그래도 괜찮아?

나는 결혼을 꺼렸지만 헌드레드 녀석들이,

"훌륭한 여성입니다. 프라우 양 외에 마르스 왕자에게 어울리는 사람은 없을 것입니다. 주로 강함이라는 의미에서."

같은 식으로 강제로 결혼을 권유했다. 저기, 왕비란 품격이나 성격 같은 게 요구되지 강함은 필요 없지 않냐?

너희들, 내 인생을 뭐라고 생각하는 거냐?

……뭐 그건 그렇고, 대관식과 결혼식을 훌륭하게 마무리시킨 가마라스가 다음으로 한 일은 귀족들의 재산을 몰수하는 것이었다.

헌드레드 중에서도 인상이 나쁜 놈들을 몇 명 뽑아간 가마라스는 왕도 내의 죽은 귀족들의 저택을 찾아가 차례차례 재산을 압수했다.

명목은 횡령 · 뇌물수수 · 권력남용이다. 귀족의 유족들은 당연히 저항했지만 가마라스 자신이 모든 악의 근원인지라 모든 증거를 갖고 있었다.

유족들이 “가마라스 님도 하셨잖아요!”라고 규탄하자 가마라스는 선한 웃음을 지으면서 “네. 그래서 저는 전 재산을 국고에 반납했답니다”라고 했다고 한다. 이것은 사실이다.

가마라스는 자신의 저택과 재산을 전부 왕국에 양도하고는 시종 한 명만 데리고 성의 재상실로 이주했다. 그 이후로 자는 시간도 아껴가며 일하고 있다.

그 이야기를 들은 유족들이 경악한 사이에 무서운 얼굴을 한 헌드레드의 멤버들이 재산을 척척 압수했다나.

하는 짓이 꼭 악덕 사채업자다.

가마라스가 귀족들의 재산을 몰수한 덕분에 빈곤 상태였던 왕국의 재산은 단숨에 개선되었다.

가마라스는 죽은 귀족들의 영지도 몰수해서 왕국 직할지로 만들었다.

귀족의 유족들 입장에서 보면 엎친 데 덮친 격이다. 그러나 반항하면 프라우나 헌드레드에 무슨 짓을 당할지 모르기 때문에 이렇다 할 저항은 보이지 않았다.

어째서 가마라스가 자신의 전 동료들에게 이렇게 가혹

하게 구는지 모르겠지만, 그것으로 왕국의 절반 가까이가 직할지가 되었기 때문에 왕의 권위가 대폭 강화되었다.

아버지가 그냥 그런 왕이었던 것은 직할지가 적어 왕의 기반이 약했던 탓에 대귀족들을 제대로 억제하지 못했다는 것이 원인 중 하나였다고 한다.

또 가마라스는 법 개혁도 추진하여 세금 제도 등도 개선. 귀족 같은 중간 착취 계급을 배제하고, 횡령 등을 엄중히 단속했다. 역시 지금까지 못된 짓을 일삼은 만큼 가마라스는 이런 일에 밝다. 덕분에 세금 징수 효율이 높아져 그만큼 세율을 낮추는 데 성공했다.

평민들은 환호성을 지르고 있다. 내 평판은 급상승이다. 아무것도 안 하지만.

그 주역인 가마라스는 과로사하는 수준으로 직무에 몰두하고 있는데, 뒤룩뒤룩했던 몸은 살이 쭉쭉 빠져서 지금은 날카로운 관료의 얼굴을 하고 있다.

내 의붓어머니인 가마라스의 딸 릴리아도 가마라스를 자진해서 도와 정무로 바쁜 나날을 보내고 있다. 이쪽도 뚱뚱했었는데 바쁘게 일하는 사이에 살이 빠져서 지금은 나름 아름다운 외모로 바뀌었다.

릴리아는 궁정의 지출 삭감에 힘쓰고 있다. 나도 화려한 장식품이나 불필요한 행사에는 흥미가 없어서 그녀의 제안을 전부 허락한 결과, 재무 구조가 상당히 개선된 듯하다.

릴리아의 아들이자 내 남동생인 니콜은 정치 경제에 흥

미가 있다는데 장래에는 문관으로 등용할 예정인 듯하다.

이렇게 재정이 개선되고 귀족들로부터 몰수한 돈도 생기자 나는 생각했다.

아직 이번 일에 대해 헌드레드에 은상을 내리지는 않았다. 일단 헌드레드라는 조직을 국가공인으로 만들고, 랭킹전 상위권은 왕 직속의 기사로 삼았지만, 토지와 금전으로는 아무런 보상도 하지 않은 것이다.

원래 지위나 돈에 무관심한 족속이라 그래도 별로 개의치 않았지만, 아무것도 안 하기도 미안하다.

그래서 나는 투기장을 짓기로 했다. 헌드레드의 거점은 아직도 그 지하 고대 유적인데 너무 가기 힘든 장소인 데다 꿉꿉해서 좋은 환경이라고 할 수 없다.

왕도 근처에 투기장을 만들어 거기서 랭킹전이든 훈련이든 하게 되면 그들도 좋아하지 않을까 했던 것이다.

"투기장을 지어 줘."

옥좌의 방에서 가마라스로부터 정무 보고를 받은 후, 내가 말했다.

"투기장…… 말입니까?"

가마라스는 선뜻 와닿지 않는 얼굴이다.

"거기서 헌드레드의 랭킹전을 할 거야."

"……그렇군요. 헌드레드의 랭킹전이라고 하면 꽤 볼 만하다고 들었습니다. 그걸 투기장에서 열어서 흥행화하려는 거군요?"

흥행화? 그런 생각은 안 했는데. 하지만 랭킹전은 재미있으니까 그것도 괜찮을지도.

"응. 잘 아네, 가마라스."

"감사합니다. 그럼 왕국의 사업으로서 관객들로부터 관전료를 받아도 괜찮겠습니까?"

관전료? 거기에? 그럼 아무도 안 올걸?

"아니."

"아니라고요? 그럼 어떻게 수익화를…… 설마! 도박의 대상으로 만드시려는 겁니까?!"

이 자식, 온통 돈 생각뿐이네.

도박이라……. 뭐, 나랏돈만 낭비하는 왕도 너무 바보 같으니까 그 정도는 괜찮겠지.

"그래, 헌드레드의 랭킹전을 도박의 대상으로 삼아 투기장을 왕국의 사업으로 만들 거야."

자못 내가 생각해낸 것처럼 대답한다.

"훌륭하군요! 투기장은 틀림없이 왕국의 핵심사업이 될 겁니다! 당장 준비하겠습니다!"

경애의 눈빛으로 황홀하게 나를 바라본 후, 가마라스는 서둘러 옥좌의 방을 뒤로했다.

음, 뭐…… 그렇게 서두르지 않아도 되는데. 그냥 한번 생각해 본 것뿐이라고.

Chapter.2

FIGHT CLUB

XII ◆ 투기장

파룬 왕국의 개혁을 빠르게 추진한 가마라스였지만, 염려되는 것이 있었다.

현재는 귀족들로부터 몰수한 자산으로 국고가 일시적으로 윤택해졌지만 원래 파룬 왕국은 가난한 나라다. 마수의 숲의 방파제 같은 나라로, 이렇다 할 산업이 없는 것이다.

가마라스가 정치개혁을 단행하고 경제효율을 얼마간 높였지만 유통되는 물자가 적으면 경제는 커질 수 없다. 이대로 있다가는 국가적으로 한계에 부딪힐 것이다.

그러나 가마라스는 우수한 정치가일지언정 우수한 상인은 아니다. 외국에서 드나드는 사람이 많아지고 화폐 유통량이 늘어날 수 있는 산업은 생각해 내지 못했다.

가마라스는 개혁에 성과를 실감하면서도 그 한계에 고민하고 있었다.

그러던 어느 날, 마르스 왕에게 정무 보고를 하고 있는데 평소에는 잠자코 보고를 듣고 있는 왕이 이런 말을 꺼냈다.

"투기장을 지어 줘."

"투기장…… 말입니까?"

갑작스러운 말에 가마라스는 놀랐다. 마르스 왕은 내정

을 가마라스에게 일임해 놓고, 무엇을 제안하는 일은 지금까지 한 번도 없었기 때문이다.

게다가 투기장이라니 황당하다. 검투사 노예를 대결시키는 투기장을 가진 나라는 있지만 그건 극소수이고, 파룬에서는 당연히 처음 시도하는 것이다.

"거기서 헌드레드의 랭킹전을 할 거야."

"……그렇군요. 헌드레드의 랭킹전이라고 하면 꽤 볼 만하다고 들었습니다. 그걸 투기장에서 열어서 흥행화하려는 거군요?"

"응. 잘 아네, 가마라스."

가마라스는 왕의 생각을 알 것 같았다. 헌드레드의 랭킹전을 흥행화해서 이 나라의 명물로 만들려는 것이리라. 현재 국내에서 헌드레드의 랭킹전은 그 격렬함으로 유명하다. 단, 그것을 볼 수 있는 것은 헌드레드에 가입한 자들뿐이다.

헌드레드에 가입하려면 몬스터 고기를 먹거나 검 실력을 필수로 갖춰야 하는 등 보통 사람한테는 허들이 높다. 랭킹전만 보고 싶다는 사람은 많지만 현재로서는 불가능하다.

그걸 생각하면 랭킹전의 흥행화는 좋은 안이라고 여겨졌다.

"감사합니다. 그럼 왕국의 사업으로서 관객들로부터 관전료를 받아도 괜찮겠습니까?"

관객을 모으면 그 관전료는 좋은 수익이 될 것이다. 외국에서 사람을 불러들일 수 있을지도 모른다.

"아니."

"아니라고요? 그럼 어떻게 수익화를……."

관전료를 받는다는 안을 부정당하자 가마라스는 생각에 빠졌다. 혜안을 가진 왕이다. 설마하니 공짜로 관전시키겠다고 투기장을 짓는 어리석은 짓은 안 할 터.

"설마! 도박의 대상으로 만드시려는 겁니까?!"

랭킹전은 단순한 모의전이 아니다. 자신의 실력과 명예를 건 진검승부라고 들었다. 그 승패를 도박의 대상으로 만들면 관전자들은 필시 열광하리라.

도박은 일반적으로 비합법이긴 하나, 국가가 공식적으로 인정한 것은 번듯한 사업이다. 외국에서는 도박으로 큰 수익을 올리기도 한다고 들었다.

"그래, 헌드레드의 랭킹전을 도박의 대상으로 삼아 투기장을 왕국의 사업으로 만들 거야."

훌륭한 안이었다. 왕이 자신의 고뇌를 꿰뚫어 보기라도 한 것 같다. ……아니, 꿰뚫어 본 게 분명하다. 이 왕자는 이루 헤아릴 수 없이 속이 깊다. 파룬 왕국에 주요 산업이 없고 그것이 국가적인 약점이라는 것을 진작에 파악했던 것이리라.

어쩌면 헌드레드를 조직한 시점에서 여기까지의 전개를 그려 놓았을지도 모른다.

"훌륭하군요! 투기장은 틀림없이 왕국의 핵심사업이 될 겁니다! 당장 준비하겠습니다!"

가마라스는 왕의 깊은 통찰력에 감복해서 전력으로 이 사업을 추진하기 위해 서둘러 옥좌의 방을 뒤로했다.

반년도 지나지 않아 투기장이 완성되었다. 뭐지…… 내가 상상했던 것보다 두 배는 더 크게 지어졌다.

객석에는 수천 명은 수용할 수 있다고 한다. 틀림없이 파룬에서 제일 멋진 건축물이다.

이런 걸 지었다가 우리나라가 파산하는 거 아닐까? 나는 앞날에 불안을 느꼈지만 막상 헌드레드의 랭킹전이 개시되자 객석은 꽉꽉 들어찼다.

헌드레드의 상위 랭커들이 벌이는 볼거리 가득한 대결에 관전자들은 열광했고, 그 이상으로 돈을 걸었다. 소문을 들은 이웃나라에서도 구경꾼들이 몰려와 상당한 경제효과를 거두고 있다.

가마라스에 의하면 투기장으로 인해 왕국 수입이 배 이상 늘어났다고 한다.

뭐, 돈이 불어나는 건 좋은 일 아닌가.

오그마를 필두로 하는 헌드레드의 면면들에게도 투기장은 호평이었다. 대관중의 성원 속에서 싸우는 것이 즐겁다고 한다. 출전자에게는 상금도 나오기 때문에 수입 면에서도 좋았나 보다. 헌드레드는 평민 출신이 많아서 수입을 얻기 위해 다른 직업에 종사했던 자도 많았는데, 투기장에서 수입이 생기자 헌드레드에 전념할 수 있게 되었다.

힘은 있어도 신분이 낮아서 인정받지 못했던 자, 모험가로서 실력에 자신이 있는 자, 힘을 시험해 보기 위해 가입을 희망하는 자 등 각양각색이다.

그들은 몬스터 고기를 얻기 위해 마수의 숲을 사냥터로 삼았기 때문에 결과적으로 마수의 숲이 개척되었다. 파룬이 마수의 숲을 억제하는 역할을 하는 존재이다 보니 비옥한 토지이기도 한 마수의 숲의 개척은 국토 확장으로도 이어진다.

그러나 문제가 하나 발생했다. 어느 날, 가마라스가 이렇게 보고한 것이다.

"킬러 래빗이 멸종 직전이라고?"

"네, 영내에서는 거의 볼 수 없다고 합니다. 헌드레드의 신규 가입자가 증가해서 그 영향으로 몬스터 고기 중에서도 가장 먹기 쉬운 킬러 래빗이 남획된 영향입니다."

킬러 래빗은 몬스터 중에서도 약한 부류이지만, 가축이나 농작물에 피해를 주는 골치 아픈 존재다. 그래서 초보 모험가의 토벌 대상이 된다. 그러나 멸종했다는 이야기는 처음 들었다.

"몬스터가 멸종했다는 얘긴 처음 듣는데? 몬스터는 무한히 생기는 거 아니었어?"

"저도 처음 들었습니다. 멸종 직전이라기보다는 영내에서 박멸되었을 뿐인지도 모릅니다. 실제로 영내에서는 킬러 래빗 이외의 몬스터를 목격했다는 정보도 눈에 띄게 줄어들었다고 합니다. 최근에는 드래곤조차 영내 상공을 피해서 날아다닌다는 이야기까지 있습니다."

"드래곤이 피해 다녀?"

드래곤은 몬스터 중에서도 최강종이다. 웬만해서는 보이지도 않고, 가끔 제일 약한 와이번이 영내 상공을 가로지르는 정도다.

"네. 드래곤 고기는 귀해서 우리 영토의 상공을 날아가면 활, 창, 마법을 마구잡이로 쏘고, 추락하면 인정사정없이 잡아먹는다고 합니다. 그래서 몬스터 중에서도 지능이 높은 용들은 우리나라를 피해 다녀 목격 수가 급감했습니다."

"잠깐. 마법이 날아간다니, 그게 무슨 소리야?"

"최근에는 프라우 양이 이끄는 마도사단도 몬스터 고기를 먹는데 실전을 겸해서 상위 몬스터의 고기를 중심으로 적극적으로 수집하고 있다고 합니다."

그러고 보니 프라우도 몬스터 고기를 먹는다고 했었지. 마력이 높아진다는 이유로. 부하들한테도 먹이고 있었던 건가.

확실히 드래곤 고기는 귀하다. 마수의 숲에서도 퍽 깊이 들어가지 않으면 드래곤을 발견할 수 없다. 그러나 동시에 최강의 종족이라 영내에서 드래곤이 보이면 긴급사태다.

인근 주민을 대피시키고 토벌부대를 편성해서 파견해야 한다.

내가 왕이 된 이후로는 목격 보고가 한 건도 올라오지 않았는데, 아무래도 고기를 노리고 함부로 토벌했던 모양이다. 그것도 헌드레드와 마도사단의 쟁탈전이 되었을 줄이야.

……그런데 드래곤조차 피해 다닌다니 이 나라는 어떤 마경(魔境)인 거지?

"……뭐, 몬스터가 없어진 건 좋은 거 아니야? 농작물이나 주민에 대한 피해도 줄었을 거고."

"네. 원래는 모험가를 고용해서 퇴치했던 몬스터가 일소된 셈이니 농작물의 수확량은 건국 이래 최고입니다. 농민들로부터는 왕에 대한 감사의 목소리가 끊이지 않습니다. 역시 우리의 왕, 여기까지 계산해서 몬스터 고기를 보급하셨다니……."

가마라스가 황홀한 눈으로 나를 쳐다보았다. 오싹하다.

딱히 계산한 건 아니다. 달리 먹을 게 없어서 몬스터 고기를 먹은 것뿐이고, 다른 녀석들한테도 그걸 먹고 강해졌다고 알려줬더니 이런 결과가 된 것뿐이다.

"그럼 문제없잖아. 킬러 래빗이 멸종하는 건 좋은 일 아니야?"

"그게 꼭 그렇지도 않습니다. 오그마 님의 보고에 의하면, 킬러 래빗보다 강한 몬스터 고기는 익숙하지 않은 자에게는 맹독이라서 헌드레드의 신규 가입자를 몬스터 고기에 길들일 수 없게 될 거라고 합니다."

아니, 그런 거 먹지 말라고. 독이고, 맛도 없고.

참고로 나는 지금도 몬스터 고기를 먹고 있다. 하여튼 사부님인 카산드라가 언제 올지 모른다. 수행을 게을리하거나 몬스터 고기를 그만 먹으면 그녀는 왕이고 왕자고 간에 주저 없이 죽여 버리리라.

또, 내가 몬스터 고기를 좋아서 먹는 줄 아는지 헌드레드의 멤버들이 잡아다 바치는 통에 당연한 듯이 식탁에 오른다.

어째서 왕이 되어서도 이런 식사를 해야 하는 걸까? 더 맛있는 걸 먹고 싶은데.

"흠, 그렇게 킬러 래빗 고기가 먹고 싶으면 자기들이 사육하면 되잖아."

좋아서 몬스터 고기를 먹는 놈들의 마음을 영 알 수 없어 나는 비아냥거렸다.

"사육…… 말입니까? 몬스터를요? 그런 건 생각조차 못했습니다. 역시 우리의 왕, 상식을 벗어난 그 발상, 이 가마라스는 감복했사옵니다!"

앗, 큰일이다. 이 녀석, 진심이다. 세상 어디에 몬스터를 사육하는 나라가 있겠냐. 그것도 식용으로. 다른 나라에서 미친 나라라고 생각할걸.

"잠깐, 가마라스. 먹기 위해 사육할 수는 없어."

"먹기 위해서가 아니면? ……그럼 구경거리로 삼겠다는 겁니까?"

구경거리? 이 녀석, 이상한 방향으로 머리 회전이 빠르다.

"구경거리가 아니라……."

"구경거리도 아니라면? 설마! 몬스터를 우리나라의 전력으로 삼을 첫걸음으로 킬러 래빗의 사육을 시작하신다는 겁니까! 과연 우리의 왕. 북방의 나라에서는 용을 사육하고 그것을 타고 다니는 용기사라는 자들도 있다고 들었는데, 우리나라에서도 그걸 모방해서 몬스터를 병력으로 삼겠다는 거군요!"

뭔 소리야, 이 자식? 몬스터를 병력으로 삼다니, 내가 마왕이냐?

"아니 그런 게……."

이야기가 위험한 방향으로 흘러가려고 하기에 폭주하는 가마라스를 막으려고 했지만 목소리가 나오지 않는다.

"식육, 구경거리, 전력…… 듣고 보니 몬스터를 사육하는 이점은 한도 끝도 없군요. 어렵지만 해 볼 가치는 있습니다!"

"아니 아니 아니, 내가 언제 그랬어!"라고 말하려 했지만 아까부터 목소리가 나오지 않는다.

불길한 예감이 들어 주위를 둘러보니 어느새 프라우가 집무실 구석에 서 있었다. 계약문장으로 가마라스와의 대화를 훔쳐듣고 전이해 온 것이리라.

그리고 무슨 마법을 발동시키고 있다. 내 목소리가 나오지 않는 건 그 때문이다, 틀림없이!

"그럼 당장 준비를 시작해야 하니 전 이만 실례하겠사옵니다."

가마라스는 프라우를 보지 못하고 방을 나가 버렸다. 프라우도 모습을 감추고 있다. 이유는 모르겠지만 프라우는 몬스터를 사육하고 싶은 모양이다.

"말려 봤자 소용없겠지."

목소리가 나오는 것을 확인하면서, 국가의 앞날을 생각하자 암울한 기분이 되었다.

프라우가 흥미를 가진 이상 어차피 말려도 소용없다. 왕비가 된 그녀는 돈이나 권력에 일절 집착을 보이지 않는 한편, 자신이 흥미를 가진 일에는 폭주하는 경향이 있다.

전력을 다하면 프라우를 아주 뜯어말리지 못할 것도 없지만 아마 주위에 어지간한 피해가 가리라. 그러니 그냥 내버려 두자. 몬스터의 군단화니 하는 쓸데없는 일이 벌어지겠지만, 성이 붕괴하는 것보단 낫다.

XIII ◆ 승려 루이다

대관중 속에서 두 남자가 싸우고 있다.

한 사람은 짧게 깎은 금발에 날카로운 인상을 가진 남자로, 헌드레드의 1위 오그마다. 다른 한 사람은 그 친구 브루노로, 랭킹은…… 5위 정도일 거다. 뭐랄까, 브루노는 오그마보다 몸집도 크고 다부진 체격이지만 순박한 생김새라 농부에 더 잘 어울린다.

브루노는 랭킹 5위에서 8위 정도를 왔다 갔다 해서 지금은 몇 위인지 정확히 기억나지 않는다. 오그마는 내내 1위를 유지하고 있어서 기억하기 쉽다.

그 두 사람이 격투를 벌이고 있다. 그걸 보며 투기장에 모인 관객들이 열광하고 있었다. 기분은 알겠다. 헌드레드 톱랭커의 실력은 모험가로 치면 S랭크급. 보통 사람이 다다를 수 있는 영역을 넘었으니 이보다 재미있는 구경거리도 별로 없으리라.

그러나 오그마의 실력은 그중에서도 월등해서 브루노는 선전은 하고 있으나 조금씩 밀리기 시작하고 있다. 단순한 힘만으로는 브루노가 더 위지만, 오그마는 힘, 속도, 기술의 밸런스가 좋아서 틈이 별로 없다.

이러저러하는 사이에 브루노가 오그마의 일격을 받아내

지 못하고 밸런스가 무너졌고, 오그마가 그 오른팔을 날려 버렸다.

와, 하고 관중석에서 비명인지 고함인지 모를 함성이 일어나고, 브루노가 패배를 인정했다. 그것을 확인한 오그마는 자신이 날려 버린 브루노의 팔을 줍더니 다른 쪽 손으로 브루노와 악수했다.

싸우고 나서 서로의 건투를 칭찬하는 그 모습에 관중들이 따뜻한 박수를 보냈다.

아니야, 이건 아니야. 친구끼리 죽고 죽이는 싸움을 하는 건 이상해. 적어도 모의전용 목검이라도 썼으면 좋겠는데. 게다가 이놈들이 쓰는 검은 미스릴제로 마법의 가호가 부여되어 있는 놈인데, 보통 갑옷이라면 종이처럼 맥없이 잘리는 위험한 물건이다.

두 사람 모두 상쾌하게 웃고 있지만 물건이라도 떨어뜨린 것처럼 자신이 베어 버린 친구의 팔을 줍는 행위는 인간으로서 어떤지?

……그런 생각을 하고 있는데 오그마가 브루노의 팔을 들고서 오그마가 이쪽을 향해 걸어왔다. 내가 있는 곳은 투기장 내 의료시설이다. 긴급 시를 대비해서 대결이 잘 보이는 장소에 설치되어 있다.

"누님, 이거 부탁해."

내 눈앞 탁자에 브루노의 팔이 턱 놓았다. 술이 든 맥주잔을 내려놓을 때처럼 거리낌 없는 태도다.

나는 한숨을 푹 내쉬고, 다소 겸연쩍은 표정을 하고 있는 브루노의 상처에 잘려 나간 팔을 갖다 대고 신께 기도를 올린다.

얼마쯤 지나자 황금색 빛이 절단부를 감싸고 브루노의 팔이 붙었다.

"역시 괜히 A랭크 승려가 아니라니까."

브루노가 인사치레와 진심의 중간 정도의 투로 말했다. 그리고 품속에서 작은 금화 한 닢을 꺼내 휙 던졌다.

나는 그것을 공중에서 낚아채고 "패배는 더 빨리 인정하라고. 목이 떨어지면 고칠 수 없으니까. 오그마도 팔을 날려 버리지 말고 패배를 인정시키고. 고치는 입장도 생각해야지!" 하고 평소처럼 쓴소리를 날렸다.

둘 다 무안한 표정이지만 반성할 마음은 요만큼도 없다는 걸 알고 있다.

헌드레드 녀석들은 지고는 못 사는 성격이라 중상을 입거나 기절하지 않는 한 절대 패배를 인정하지 않는다. 그렇기 때문에 투기장이 대인기인 거지만.

또 이놈들은 착각을 하나 하고 있다. 나는 분명히 A랭크 모험가였지만, 그렇다고 해서 잘려 나간 팔을 간단히 이어 붙일 수 있는 건 아니다. 내 장기는 대미지 컨트롤로, 파티 멤버가 늘 적절하게 움직일 수 있도록 회복을 걸거나 치명상을 피할 정도로 세심하게 상처를 치유하는 걸 잘할 뿐이다.

이렇게 치유 기능이 향상된 건 헌드레드에 들어오고 나서다.

나는 전에 은빛 날개의 매라는 파티에 속해 있었다. 검사 키스, 전사 하인츠, 도적 차드, 마법사 미카, 그리고 승려인 나 이렇게 5명으로 구성된 파티였다.

은빛 날개의 매는 특출난 뭔가가 있었던 건 아니었지만 모두 나름대로 우수하고 파티 밸런스가 좋아서 착실히 의뢰를 수행하면서 랭크를 올려 나갔다.

그러던 어느 날, 우리는 이 나라 재상 가마라스로부터 의뢰를 받았다.

의뢰 내용은 가마라스가 파룬 왕국의 불온분자인 마르스 왕자를 제거하는데, 최악의 경우를 상정해서 은빛 날개의 매를 고용하고 싶다는 것이었다. 쉽게 말해 우리는 백업요원이라 전면에 나설 일은 없을지도 모르지만, 그런 것 치고는 보수가 좋았다.

물론 그런 솔깃한 이야기가 있을 리 없다는 건 안다. 의뢰를 수락하기에 앞서 우리는 파룬 왕국의 성으로 가서 가마라스와 이야기를 매듭짓기로 했다.

성에 가서 안 것인데, 파룬 왕국의 기사는 약했다. 하얀 기사단이라는 근위기사들은 귀족의식이 높고 거만하기만 하지 실력이 없는 게 훤히 보였다. 모험가라면 D랭크 정도의 실력밖에 안 될 것이다.

가마라스의 수하가 이 정도라면 우리를 고용하고 싶어

지는 것도 당연하다고 납득했다.

또, 가마라스와의 대화에서 두 가지 우려사항이 대두되었다.

첫 번째는 마르스 왕자 자신이 수많은 암살을 극복했으며, 아마 전사로서도 나름대로 힘을 갖고 있다는 것. 두 번째는 파룬 왕국에는 뇌제라고 불리는 비장의 카드 격인 여자 마법사가 있는데 그녀는 마르스 왕자의 약혼녀이며, 주위의 설득도 듣지 않고 지금도 파혼하지 않고 있다는 것이었다. 뇌제가 어떻게 나올지는 몰라도 최악의 경우에는 적으로 돌릴 수도 있어 보였다.

그런 것들을 전부 고려한 결과, 우리는 가마라스의 의뢰를 수락했다. 그 이유도 두 가지였다. 첫 번째는 마르스 왕자의 편이 거의 없어서 가마라스의 계획의 성공률이 높다고 생각한 점. 두 번째는 소문이 자자한 뇌제라고 해도 마법사 혼자라면 A랭크 파티인 우리가 한꺼번에 상대하면 어려운 적은 아닐 거라고 판단한 점이다.

그러나 사태는 가마라스와 우리의 예상을 뛰어넘었다. 뒤에서 헌드레드라는 비밀결사를 조직해 놓은 마르스 왕자가 붉은 기사단과 검은 기사단까지 수중에 넣고 가마라스의 계략을 역이용해서 대규모 쿠데타를 일으킨 것이다.

마르스 왕자는 눈 깜짝할 사이에 왕성까지 쳐들어와 우리가 대기하고 있던 옥좌의 방에 홀홀단신으로 들어왔다. 가마라스는 "주모자인 마르스 왕자만 붙잡으면 어떻게든 된다"라고 했고, 우리도 같은 생각이었다.

이것이 대실패였다.

마르스 왕자 자신이 S랭크급의, 아니 그것조차 뛰어넘는 실력의 소유자였던 것이다. 중력 마법 '그래비티'와 차드가 사용한 맹독도 전혀 아랑곳하지 않고 단번에 하인츠와 차드, 그리고 키스를 죽였다.

마르스 왕자의 외모나 말투는 평범한 청년 귀족 그 자체였지만, 그래서 더 그 강함이 도드라졌다.

나와 미카는 도망도 치지 못하고 그 자리에 주저앉아 있었다.

이리하여 왕자의 쿠데타는 성공했다.

나는 "마침 회복술사가 필요했다"라는 이유로 마르스 왕자에 의해 헌드레드 전속 승려가 되었다. 미카는 "이건 내가 가질래"라는 뇌제 크라우의 한마디로 고양이라도 입양하는 것처럼 아무렇지도 않게 마도사단에 넣어졌다.

내가 헌드레드에 들어가기 전까지는 회복술사 같은 존재가 없어서 멤버들은 자연 회복에만 기댈 뿐이라 온몸에 상처와 멍이 가실 날이 없었다고 한다. 그래도 서로 죽지 않을 정도로만 공격했었는데, 나라는 회복술사가 등장함으로써 랭크전은 격화되어 갔다.

처음에는 단순한 자상이나 타박상을 치료했지만 점점 그 정도가 심해져 팔다리가 잘려 나가는 데까지는 그리 오래 걸리지 않았다.

“그런 건 못 고쳐!” 나는 맹렬하게 항의했지만 “제발 회복 마법을 걸어줘”라며 막무가내라 하는 수 없이 마법을 걸었다. 그러자 의외로 쉽게 팔이 붙는 것이었다.

“역시 A랭크 승려는 다르네”라고 칭찬받았지만 내 능력은 그렇게까지 높지 않을 터다.

이건 내 추측인데 전장이나 다름없이 매일 중상자가 나오는 헌드레드에서 쉬지 않고 회복 마법을 쓴 덕분에 내 승려로서의 능력이 향상된 것이리라. 그리고 또 다른 원인은 몬스터 고기다.

“헌드레드에 들어왔으면 고기를 먹어!”라며 몬스터 고기를 강제로 먹인 것이다. 맛없었다, 아니 그냥 독이었다.

나는 그 독을 먹으면서 나 자신에게 해독 마법을 거는 신을 모독하는 행위를 했다.

“누님, 꽤 잘 먹는데 그래”라는 칭찬을 들었지만, 장난이 아니다. 이건 인간이 먹을 수 있는 게 아니다. 설령 굶어 죽게 되었어도 이따위를 먹을 바엔 인간으로서의 존엄을 선택해서 굶어 죽어야 마땅하다.

몬스터 고기를 일상적으로 먹는 헌드레드는 상식 밖이다.

……그러나 그 효과는 인정하지 않을 수 없었다. 애초에 헌드레드 멤버들의 회복력은 보통 사람들보다 훨씬 높다. 내가 들어가기 전까지 자연 회복으로 어떻게든 해나갔던 만큼 보통은 치유가 필요한 상처라도 시간이 지나면 간단히 낫는 것이다. 멤버 전원이 다 그런데, 아마 몬스터 고기

를 섭취하기 때문이리라.

내 회복 능력이 향상된 것도 몬스터 고기를 먹었기 때문일 것이다. 아무리 매일 죽을 만큼 회복 마법을 부린들 애송이 시절이면 모를까 한계가 보이기 시작한 지금 나이에 그리 쉽게 회복 능력이 향상되진 않는다.

그런데 느리긴 해도 향상되고 있는 것이다. 그리고 결정적인 사건이 일어났다.

"제발 고쳐줘! 내 친구란 말이야!"

그 말에 쳐다보니 가슴에 검이 박힌 시체였다.

찌른 범인은 아론, 찔린 피해자는 발리인데 둘 다 헌드레드의 고참 멤버였다. 랭크전에서 흥분한 나머지 찔러 버렸다고 한다.

살인범도 이것보단 나은 변명을 할 것 같다. 친구면 찌르지를 말라고!

"무리, 무리, 무리. 이건 무리야!"

나는 거절했다. 이걸 고칠 수 있으면 우리 파티 멤버들도 죽지 않았을 것이다.

그러나 아론은 물론이고 오그마까지 눈에 핏발을 세우고 부탁하길래, 아니 하지 않으면 죽을 것 같아서 밑져야 본전이라는 심정으로 소생 마법을 걸었다. 옛날에 내가 소생 마법을 배웠을 때는 쥐의 사체도 부활시키지 못했다. 능력이 부족했던 것이다. 그 이래로 써본 적 없는 마법이다.

나는 온 정신을 모아 기도했다. 살기등등한 남자들한테 둘러싸여 글자 그대로 내 목숨까지 달려 있었다. 그리고 기적이 일어났다. 발리가 소생한 것이다. 죽은 지 얼마 안 되는 것도 성공한 요인 중 하나겠으나 틀림없이 내 능력도 향상되어 있었다.

"과연 A랭크 승려! 역시라니까!"

남자들은 흥분했지만 나는 폭발했다.

"놀고들 있네! 이런 거 두 번 다신 안 해! 다음번엔 죽은 놈은 좀비로 만들어 버릴 거야! 그리고 죽은 놈은 조용히 지옥에나 가!"

라고 눈물을 글썽거리며 설교했다.

이후 내 별명은 '누님'이 되었고, 헌드레드의 바보들도 치명상을 피해서 싸우게 되었다.

그리고 현재에 이른다.

아까 그 오그마와 브루노의 싸움으로 랭킹전은 종료되고, 이제부터 특별 시합이 시작된다.

새로 투기장에 등장한 것은 이 나라의 국왕 제로스다. 정식 호칭은 마르스 왕이지만 헌드레드의 멤버들은 여전히 제로스라고 불렀는데, 그것이 주위로 퍼져 나가 제로스 왕이 정식 호칭이라고 생각하는 사람도 많다.

제로스는 진심으로 임한다는 것을 보여 주려고 팔찌와 반지를 뺐다.

팔찌에는 중력 마법, 반지에는 독의 저주가 걸려 있다.

그런 것을 차고 있는 사람은 제로스나 사형수 정도일 것이다.

과연 광기의 집단 헌드레드의 지도자답게 제로스가 제일 미친놈이다.

그 대전 상대는 오늘 랭킹전의 승리자 전원이다. 그들에게는 진심으로 임하는 제로스와 싸우는 것이 최고의 보수라고 한다.

그리고 그 전원이 반격을 당해 초주검이 되게 되어 있다.

그들을 회복시키는 것이 내 일.

그건 그렇고, 제로스는 이루 헤아릴 수 없이 속이 깊다. 이 특별 시합에는 두 가지 계획이 숨겨져 있다. 하나는 헌드레드의 멤버를 유린함으로써 그의 힘과 무시무시함을 몸에 새겨 자신에 대한 충성심을 한층 강고히 다지려는 것. 다른 하나는 헌드레드에게 승리함으로써 관객인 신민들에게 왕의 위엄을 보여주고 왕국에 대한 귀속 의식을 고취시키는 것이다.

보통 왕이란 구름 위의 존재로 '뭐가 됐든 대단하겠지' 정도로밖에 생각하지 않지만, 왕이 왕인 이유를 힘으로 알기 쉽게 보여줌으로써 파룬의 국민들은 제로스를 열광적으로 지지하고 있다.

헌드레드라는 정예집단과 뇌제가 이끄는 강력한 마도사단, 그리고 국민으로부터 탄탄한 지지를 얻어 이번에는 몬스터로 군단을 조직한다는 이야기도 들었다. 제로스는 대체 뭘 하려는 걸까?

아레스 대륙의 통일을 꾀하고 있다는 소문도 있다. 파룬 같은 소국이 할 수 있는 일은 아니지만 제로스라면…… 하는 생각도 든다.

내가 제로스를 어떻게 생각하느냐 하면, 파티 멤버들을 살해당한 원한이 없다고 하면 거짓말이지만 지금의 대우에는 만족하고 있다. 일은 바쁘지만 투기장의 급료와 출전자들이 주는 팁으로 내 수입은 모험가 시절의 몇 배는 된다. 몬스터 고기는 맛없지만, 승려로서의 능력도 이전 같으면 생각할 수 없는 레벨에 달했다. 돈과 힘이 생겼으니 불만은 없다.

마도사단에 들어간 미카와도 가끔씩 만난다. 그녀도 마법사로서 능력이 올라갔다고 한다. 가끔 공허한 눈으로 뇌제를 예찬하는 것이 마음에 걸리지만 괜찮을 것이다. 아마도.

헌드레드 녀석들도 이러니저러니 해도 좋은 녀석들이고 제로스의 야망도 궁금하기 때문에 나는 당분간 이 나라의 미래를 지켜보려고 한다.

XIV ◆ 왕의 일

몬스터 양산 계획이 개시되었다. 하지만 잘 생각해 보면, 몬스터를 군단화해서 전력으로 삼는 것에 무슨 의미가 있는가? 국내에서 몬스터의 피해는 줄어들었고, 이런 변경의 소국을 굳이 침략해 오는 나라도 없으니 써먹을 데가 없는 것이다.

나 대신 헌드레드라도 상대하게 시킬까?

나는 투기장이 생기고부터 매일같이 헌드레드와 싸우고 있었다.

왜냐하면 내가 옥좌의 방에서 모험가들을 쓰러뜨렸을 때 중력의 팔찌와 독 반지를 빼고 진심으로 싸웠다는 것을 헌드레드 녀석들에게 들켜 버렸기 때문이다. 그러자 "진심으로 안 했다니 속았다!" "외부자인 모험가하고 진심으로 싸우다니 치사하다!" 같은 의미불명의 비난이 나에게 쇄도했다.

요컨대 진심으로 자신들과 대전하라는 말인데, 헌드레드의 거의 전원이 그런 요구를 해오니 매우 귀찮았다.

그래서 내가 생각한 것이 '희망자는 투기장에서 열리는 랭크전에서 이기면 그 뒤에 특별 시합에서 붙어 주겠다'라는 아이디어. 랭킹전에서 힘을 빼 놓았다가 일망타진해서 단숨에 녀석들의 불만을 잠재우겠다는 나만이 생각해낼 수 있는 훌륭한 아이디어다.

그리고 이것이 적중했다. 랭킹전은 실력이 비슷비슷한 자들끼리 싸우기 때문에 그 후에 한 번 더 붙으면 제아무리 근육뇌라도 녹초가 되기에 10명 넘게 상대해도 쉽게 때려눕힐 수 있었다.

내 계산으로는 이 특별 시합을 두세 번 반복하면 대전 희망자를 대강 소화할 수 있었다.

……그랬는데 그 바보들은 뭘 오해한 건지, '랭킹전에서 이기면 몇 번이든 특별 시합에 참가할 수 있다'고 멋대로 생각해서 랭킹전에서 이길 때마다 특별 시합을 요구해 온 것이다.

일일이 응해 줬다간 매일같이 투기장에서 시합을 해야 한다. 랭킹전의 단골손님도 몸을 쉬기 위해 5일은 휴식한다. 왜 나만 매일 투기장에서 싸워야 하느냔 말이다. 검투사 노예냐? 검투사 노예도 매일 싸우지는 않겠다.

그런 인도적인 이유에서 거절하려 했지만 가마라스도 요청하고 나섰다.

"왕께서 특별 시합에 나가시면 입장객 수도 달라지니 몇 번이든 나가십시오."

잘은 몰라도 내가 시합에 나가면 관객이 많아진다. 국민들은 내 시합을 열망하고 있다. 오히려 내 시합을 즐기러 온다. 그러니까 매일 싸우라는 말이었다.

그런 말을 들으니 약해진다. 확실히 관객들은 열렬한 성원을 보내 주고, 이기면 "제로스 왕 만세!"라고 대합창을 한다. 마냥 싫지만은 않다. 물론 내 정식 호칭은 마르스 왕이지만.

"그렇게까지 말한다면……."

그만 분위기에 휩쓸려 특별 시합을 매일 개최하는 데 동의하고 말았다.

이것이 대실패였다. 회복술사로 고용한 모험가 승려 루이다가 점점 회복 마법의 수준을 끌어올린 결과, 거의 무승부로 끝난 시합의 승리자까지 특별 시합에 참가하게 된 것이다. 제발 부탁이니 얌전히 있어 주면 안 될까?

게다가 "다친 몸으로 왕과 싸우는 것은 실례다"라는 둥 하면서 별다른 대미지도 입지 않은 녀석들까지 피로회복 치료를 받기 시작했다.

지금은 10명이 넘는 최상 컨디션의 랭커들을 상대로 나는 매일 투기장에서 싸우는 처지가 되었다.

게다가 나날이 강해지기 때문에 상대하기 힘들어지고 있다.

왜 이렇게 된 거냐고! 왕은 검투사 노예 이하의 존재인 건가? 그런 승려 따위 고용하는 게 아니었는데.

그런 연유로 가마라스에게 클레임을 걸까 싶었지만, 정무를 완전히 떠넘긴 결과 과로사 라인을 여유롭게 넘는 기세로 일하고 있는 재상에게 그런 말을 할 수 있을 리 없었다.

왕의 존재의의에 관해 의문을 느끼면서도 하루하루를 보내고 있는데 이번에는 헌드레드의 상위권 사이에서 팔찌가 유행하기 시작했다. 그렇다, 죄수에게 채우는 그 팔찌 말이다.

일부러 외국 상인한테서 사왔다고 한다.

"이걸로 조금이라도 제로스 왕하고 비슷해지면 좋겠습니다……."

라고 크롬 등이 수줍은 얼굴로 말했지만, 너희 말이야, 힘들게 번 돈으로 어째서 죄수 굿즈 같은 걸 사는 거야? 외국에서 죄를 지으면 공짜로 얻을 수 있는 아이템에 돈을 들이다니 바보냐? 나도 좋아서 차고 있는 거 아니거든!

덕분에 가마라스를 제외한 우리나라의 중신들은 죄수용 팔찌를 차고서 왕성을 활보하고 있다. 이 성은 감옥인가?

참고로 내가 찬 팔찌는 옛날 거하고 다르다.

내가 왕이 되고 처음 맞은 생일에 아내인 프라우한테 선물로 받은 것이다.

"선물이 있어."

침실에서 프라우가 이렇게 말했을 때는 "아, 이 녀석도 귀여운 구석이 있네."라고 생각했지만, 프라우가 내민 것은 팔찌였다.

"내가 만들었어. 효과는 5배."

"……잠깐. 5배라니 뭐가? '그래비티'의 효과가? 그런 걸 차고 어떻게 걸어다니라고?"

"'그래비티' 5배 부여는 고난도. 힘들었어."

하나도 힘들어 보이지 않는 프라우의 평소와 같은 무표정이지만 확실히 '그래비티' 5배 마법이라는 말 자체를 들어본 적이 없고, 그것을 팔찌에 부여하는 것도 어려운 기술이겠지. 민폐지만.

"힘든 건 알겠는데, 그걸 차면 내 일생생활이 힘들어질 텐데?"

독을 극복하고, 중력 3배짜리 팔찌도 극복하고, 암살의 위험도 없어져 겨우 내 일상에 평화가 찾아왔는데 뭐가 아쉬워서 그런 고생을 해야 한단 말인가.

"다른 여자의 팔찌는 차고 있으면서?"

"윽……."

그 말을 들으니 약해진다. 내 사부인 카산드라의 존재를 프라우만은 알고 있었다.

지금 차고 있는 반지와 팔찌는 분명 사부님의 선물이다. 아내인 프라우 앞에서 그것을 차고 있는 것은 예의가 아니라고 할 수도 있다. 부여된 효과는 최악이지만.

거기다 사부님을 여자로 취급하는 건 무리가 있는 것 같다. 그 이전에 그걸 인간으로 쳐도 괜찮은지조차 의문이다.

"프라우, 그건 그런데, 뭘 굳이 그래비티 5배짜리를 만들고 그래? 선물이라면 어떤 마법적인 가호를 부여한 아이템이 더 좋은데."

이왕 찰 거면 몸을 지켜주는 멋진 마도구가 좋지. 뭐가 아쉬워서 저주받은 아이템의 효과를 굳이 강화해야 하느냔 말이다.

"남편을 강하게 만드는 것도 아내의 역할."

"그런 아내는 들은 적도 없어!"

"안 돼?"

프라우가 뚫어지게 쳐다본다. 프라우는 무슨 생각을 하는지 알 수 없지만, 나를 위해 일하고 있다는 건 알고 있다. 주위에서 나와 파혼하라고 했을 때도 완강하게 거절했다고 한다.

나도 프라우는 싫지 않다. 다소 인간미는 없지만 아내로서 사랑스러운 존재다. 어쨌든 결혼 전까진 내 주위에 아무도 없었으니까.

"……알았어. 찰게. 선물 고마워, 프라우."

프라우의 표정은 만족스러워 보였다.

다음 날, 옥좌가 내 무게를 견디지 못하고 부서졌다. 급히 새 옥좌를 만들게 했는데 내구성을 중시한 결과, 무지막지하게 크고 튼튼하고 위압적인 의자가 됐다.

아내의 사랑이 물리적으로 무겁다.

카도니아 왕국의 외교관인 오드는 무거운 발걸음으로

파룬 왕국의 왕성을 걷고 있었다.

그가 이번에 온 목적은 파룬 왕국에 어떤 요구를 하기 위해서이다.

카도니아 왕국은 파룬 왕국의 이웃나라로, 남쪽으로 마수의 숲과 영지가 접해 있는 사이이다. 말하자면 카도니아 왕국도 파룬 왕국도 중앙의 국가들을 위한 마수의 숲의 완충지대인 셈이다.

국가 규모는 비슷하지만, 카도니아 왕국이 건국 역사가 깊어서 파룬 왕국보다 좀 더 위로 치고 있다.

그 카도니아 왕국에서는 현재 골치 아픈 일이 벌어지고 있었다. 몬스터의 피해가 급증한 것이다.

마수의 숲과 접하고 있어 원래부터 몬스터의 피해가 많은 나라이긴 하지만 요즘 들어 그 피해가 막대해졌다.

피해의 원인은 분명하다. 파룬 왕국이 몬스터를 적극적으로 토벌하기 시작하면서 마수의 숲을 개척한 결과, 카도니아 측 마수의 숲으로 몬스터가 대량으로 도망친 것이다.

이에 카도니아 국왕이 분노했다. 격이 낮은 나라 때문에 자기 나라가 피해를 보고 있으니 분노하는 것도 당연했다.

그러나 파룬 왕국도 카도니아 왕국도 국가의 태생상 몬스터 토벌은 사명과도 같은 것이고, 마수의 숲 개척은 국가 이념, 국시(國是)이기도 하다. 파룬 왕국이 하는 일은 당연한 것이지 비난받을 일이 아닌 것이다.

이번에 카도니아 왕국이 파룬 왕국에 요구한 것은 카도

니아 왕국 측의 몬스터 토벌과 지금까지 입은 피해의 보상금으로 금화 3000닢을 달라는 것.

외교적으로 무리한 요구다. 아무리 격이 낮은 국가라도 국가 규모는 비슷하다. 이런 불합리한 요구가 통할 상대가 아니다.

더욱이 상대는 악명 높은 파룬 왕국의 미치광이 왕이다.

현 파룬 국왕인 마르스 왕은 원래 첫째 왕자였지만 소행이 좋지 않아 폐적 직전이었다. 그러나 차기 국왕 자리에서 쫓겨날 것 같자 제로스라는 이름으로 망나니들을 데리고 반란을 일으켰다. 그리고 힘과 공포로 기사단을 장악하더니, 자신을 거스른 귀족들을 뿌리째 뽑아 버리는 피의 숙청을 단행한 것이다.

잘은 몰라도 마르스 왕은 자신의 부하가 된 사람에게 맹독인 몬스터 고기를 먹여서 충성의 증서로 삼는다고 한다. 몬스터 고기를 먹으면 강해진다는 소문도 있지만 그것이 먹으면 안 되는 독이란 것은 갓난아기도 아는 상식이다. 있을 수 없는 일이다.

그러나 독을 먹여 충성을 맹세시키니 그 관계는 강고한 것이리라. 왕 직속 군단은 헌드레드라는 이름인데, 실력만 있으면 어떤 경력을 갖고 있어도 들어갈 수 있다고 한다. 소문에 의하면 살인을 저지른 중범죄자도 다수 있는데, 마르스 왕자는 그런 흉악범들을 굴복시키는 것이 취미라고 한다.

왕이 된 후에는 투기장을 건설. 거기서 매일같이 헌드레드의 전사들을 서로 싸우게 하고 희열에 젖으며, 그것을 도박의 대상으로 만듦으로써 수익까지 얻고 있다. 게다가 대결에서 이긴 자들을 마지막에 자기 손으로 유린하여 관객에게 힘을 과시하고 있다는 것이다.

그야말로 미치광이 왕. 그가 지나간 자리에는 피와 시체가 강과 산을 이룬다고 한다.

그런 미치광이 왕이 이번 요구를 들어줄 리가 없다. 아마 그는 살아서 돌아가지 못하리라.

그래서 그는 길을 떠나기 전에 가족들에게 유서를 남기고 비장한 각오로 이 나라에 왔다.

뜻밖에도 파룬 왕국은 전왕 시절보다 활기찼다. 거대한 투기장을 중심으로 새로운 건축물이 몇 개나 지어져 있다. 평민들의 표정도 밝다.

그러나 왕성에 도착해서 안으로 들어가자 귀족들의 모습은 전혀 볼 수 없었다. 역시 귀족을 뿌리 뽑았다는 소문은 사실인 것이다.

그리고 옥좌의 방에 들어갔을 때, 오드는 놀랐다. 재상인 가마라스 이외의 중신들은 모두 무인인데 전원이 원래 죄인이나 차는 중력의 팔찌를 차고 있는 것이다.

중범죄자를 부하로 삼았다는 소문이 사실이었나!

오드는 등골이 오싹해졌다. 범죄자들을 신하로 삼다니,

마르스 왕은 미친 게 틀림없다.

자세히 보니 옥좌도 전왕하고 다르다. 이전보다 더 거대하고 묵중한 것이 보는 이를 압박했다.

지금의 왕을 상징하는 듯한 옥좌다.

그리고 마르스 왕이 들어왔다. 예상과 달리 평범한 귀족 청년 같은 인물. 그러나 당연히 방심은 금물이다. 선한 얼굴을 하고서 뒤로는 모략을 꾸미는 인간은 귀족 사회에 드물지 않은 것이다.

XV ◆ 카도니아 왕국의 요구

카도니아 왕국에서 사신이 왔다는 보고를 받았다.

타국 사람을 만나는 것은 즉위 이래 처음이다. 나는 국왕이 되고 나서 외교란 것을 아예 한 적이 없다. 아니, 외교를 담당했던 귀족들이 전부 죽어 버렸으니 할래야 할 수가 없었다는 것이 사실이다.

가마라스는 내정을 돌보느라 바쁘고, 그 이상 일을 늘렸다간 과로사할 것이다.

즉위 후 내 일이라고는 투기장에서 헌드레드를 상대하는 것뿐. ……이게 국왕이 할 일이냐.

드디어 처음으로 국왕다운 일을 할 수 있을 것만 같아 카도니아 왕국에서 온 사신과 만나는 것이 기대되었다.

오드라고 이름을 밝힌 카도니아 왕국의 사신은 딱할 정도로 안색이 나빴다.

내 신하로서 옥좌의 방에 있는 것은 거의 헌드레드의 멤버다. 일단 무관이라는 취급이지만 연일 계속되는 랭킹전으로 멍과 상처가 가실 날이 없고, 인상도 우락부락하다. 기사나 무인 같은 우아한 느낌이 아니라 밑바닥 인생 느낌이 풀풀 난다.

이런 놈들한테 둘러싸여 있으니 오죽 긴장되겠는가.

한차례 인사를 나누자 오드가 카도니아 왕의 서신을 가마라스에게 건넸고, 가마라스가 그것을 나에게 주었다. 대단히 왕스러운 느낌에 흐뭇하다.

서신에는 카도니아 왕의 불만사항이 적혀 있었다.

요컨대 "너희가 생태계를 망가뜨리는 수준으로 몬스터를 남획하는 바람에 우리 영지로 몬스터들이 우르르 몰려와 피해가 발생하고 있다. 책임지고 우리 영지의 몬스터를 토벌하고, 지금까지의 배상금으로 금화 3000닢을 지불하라!"라는 것이었다.

……음, 그렇겠지. 드래곤이 우리 영토를 우회할 정도로 몬스터를 사냥했으니 주변국에 피해가 가겠지. 미안하게 됐다.

"흠."

나는 한 번 읽고서 서신을 다시 가마라스에게 넘겼다.

가마라스가 서신을 읽더니 분노로 얼굴이 빨개졌다.

"카드니아 왕국은 몬스터의 피해를 우리나라 탓으로 돌리고, 몬스터 토벌과 배상금을 요구하고 있는 거요! 믿을 수가 없군요. 몬스터 토벌은 각국의 책임하에 이루어지고 있는 일. 그것을 우리나라에 떠넘기고 지금까지의 보상까지 요구하다니…… 카도니아 왕국에는 국가로서의 체면이란 것도 없소?"

가마라스가 오드를 힐문한다.

"지금까지는 잘 대처했습니다만 몇 년 전부터 귀국이 몬스터를 대량으로 남획하고, 또 급속도로 마수의 숲을 개척하는 바람에 도망친 몬스터들이 우리나라로 우르르 몰려왔습니다. 이에 대응에 애를 먹고 있는데 사람도 비용도 충분하지 않아 배려해 주십사 하고……."

오드가 쩔쩔매며 대답했다.

그렇겠죠. 우리나라 머저리들이 폐를 끼쳤습니다.

"응할 수 없소. 우리나라는 국시로서 몬스터 토벌과 마수의 숲 개척을 추진하고 있을 뿐. 그걸 타국으로부터 비난받을 하등의 이유가 없소."

가마라스는 가차없다. 정론이지만 우리나라에도 책임은 있지 않나.

"옳소! 몬스터가 많아졌으면 스스로 박멸하면 될 일. 물러터진 데도 정도가 있지!"

붉은 기사단 단장 워렌도 가마라스에게 동조했다. 그걸 계기로 헌드레드의 면면이 일제히 카도니아 왕국을 비난하기 시작했다.

"몬스터를 쓰러트리지 않으면 훈련이 부족하다고"라는 둥 "몬스터가 늘어나면 잡아먹으면 되잖아"라는 둥 "우리나라에서는 몬스터가 부족해서 난린데"라는 둥 멋대로들 지껄인다.

세상 사람들이 다 너희처럼 근육뇌인 줄 아냐.

오드는 어쩔 줄 몰라 하며 잔뜩 움츠리고 있다.

끝도 없을 것 같아서 내가 중재에 나섰다.

"잠깐."

일단 왕이라 모두 입을 다문다.
"카도니아 왕국의 요구를 수락해도 좋을 것 같군."
그 말에 모두 경악한다. 오드조차도 믿을 수 없다는 얼굴을 하고 있다.
우리나라에는 몬스터를 쓰러뜨리고 싶어서 근질근질한 놈들이 잔뜩 있고, 돈이라면 투기장에서 벌고 있으니 특별히 문제없을 것이다. 무엇보다 나는 평화주의자라 이웃나라와 사이좋게 지내고 싶단 말이다.
"왕이시여, 재고해 주시옵소서! 이런 요구를 수락한다면 우리나라를 업신여길 것이옵니다!"
검은 기사단 단장 크롬이 나에게 간언했다. 무슨 말인지는 알겠다. 외교에서 지나치게 양보하는 것은 좋지 않다. 그러나 피해를 준 것은 사실이고, 이것도 좋은 기회이니 가끔씩은 프라우를 데리고 다른 나라에 가 보고 싶다.
"나한테 생각이 있다. 이웃나라와의 외교도 중요하고. 배상금도 즉위 인사 겸 프라우도 데리고 내가 가지고 가겠다. 어디 보자…… 한 달이면 준비되겠지? 문제없겠나, 가마라스?"
"한 달이면 충분하긴 합니다만, 왕께서 직접이요? 그것도 프라우 님까지 데리고요?”

가마라스는 의아한 얼굴을 한다.

“그렇다. 한 달 뒤. 그동안 카도니아 왕국 측에서 몬스터를 토벌하겠다. 오드 경도 그거면 되겠나?”

“예! 여부가 있겠습니까! 마르스 왕의 관대한 결정에 감사드리옵니다!”

오드는 고개를 납작 조아린다.

“그동안 몬스터 토벌을 위해 우리나라 사람들이 카도니아 왕국에 들어가도 문제없겠지?”

“물론이옵니다!”

“좋다. 그럼 이만 물러가도록.”

“예!”

내가 그만 물러가라고 하자 오드는 옥좌의 방에서 번개처럼 사라졌다.

뒤에 남은 것은 우리나라 사람들뿐이지만 모두 어쩐지 불만스러운 표정이다.

“왕이시여, 이번 건은 무슨 생각으로 그렇게 처리하신 겁니까? 가능하면 저희도 이해할 수 있게 설명해 주시면 감사하겠습니다만…….”

대표로 가마라스가 물었다. 나의 이번 판단에 어지간히 의문이 있는 모양이다.

좀 그랬나? “그냥 다른 나라에 좀 가 보고 싶어서”라고는 말할 수 없고, 적당히 둘러대야 할 텐데.

"……스탬피드가 일어날 가능성이 있어."

"스탬피드……요? 왕께서는 스탬피드를 염려하시는 겁니까?"

가마라스가 물었다.

스탬피드란 갑자기 대량의 몬스터들이 대량으로 몰려오는 현상을 말한다. 원인은 밝혀지지 않았지만 몬스터 생태계의 변화나 몬스터 간 영역다툼 같은 게 아닐까 추정된다. 그러니 몬스터 남획 때문에 발생하더라도 이상하지 않다.

그리고 스탬피드가 한번 일어나면 이웃나라들은 괴멸적인 피해를 입는다. 가령 카도니아 왕국에서 일어나면 파룬 왕국도 피해를 면치 못할 것이다.

……그런 이유로, 변명으로는 적당하다.

"응. 지금 카도니아 왕국에서는 몬스터들이 날뛰고 있어. 여기서 더 몬스터들을 자극하는 일이 일어나면 스탬피드로 이어질 가능성이 높지. 그러면 카도니아 왕국은 어떻게 될까?"

"괴멸적인 피해를 입겠죠. ……그렇군요! 그래서 카도니아 왕국에서 몬스터 토벌을 한다는 것이군요!"

가마라스는 이해한 듯하다. 표정이 밝다. 다른 사람들도 "설마 그런 계획이 있었을 줄이야!" "거기까지 내다보셨다니!" 하고 있다. 모두 납득해 줘서 다행이다.

"그런즉슨 한 달 뒤에 왕께서 카도니아 왕국에 가신다는 건, 그 타이밍에……!”

크롬이 질문했다.

“그래. 그전에 끝내 버리자고.”

내가 카도니아 왕국에 가는 타이밍에 몬스터 토벌이 끝나 있으면 상대도 좋은 인상을 받으리라.

“알겠습니다. 그럼 카도니아 왕국에서 몬스터를 토벌하는 일은 저희 검은 기사단에 맡겨 주십시오. 반드시 그 대임을 완수해 보이겠습니다!”

뭔가 묘하게 의욕적이지만 그렇게 말해 주니 고맙다.

“그래. 그럼 검은 기사단에게 맡기지. 한 달 뒤가 기대되는군.”

“예, 맡겨 주십시오!”

크롬이 무릎을 꿇고 대답했다.

역시 우리 왕의 지략은 헤아릴 수 없다니까!

왕이 퇴실한 뒤, 우리는 저마다 제로스 왕을 찬양했다. 이야기가 새나갈 경우를 대비해서 왕은 분명히 말하지 않았지만, 이걸 기회로 카도니아 왕국을 제압할 작정이다. 그것도 스탬피드라는 기발한 책략을 써서.

카도니아 왕국이 어처구니없는 요구를 들고 온 것도 계산에 들어 있으리라. 아니, 그렇게 되도록 유도하기 위해 마수의 숲 개발을 추진한 게 틀림없다.

당초 카도니아 왕국의 요구를 전면적으로 수용하겠다고 했을 때는 그 속셈을 이해할 수 없었는데, 과연, 몬스터 토벌을 가장해서 카도니아 영내에서 몬스터를 선동하여 왕이 배상금을 치르러 오는 타이밍에 스탬피드를 일으킨다.

스탬피드가 정말 일어날지 어떨지는 모르지만 마수의 숲에서 몬스터들을 그쪽으로 몰면 그 비슷한 일은 가능할 것이다.

그러면 카도니아 왕국은 괴멸적인 피해를 입는다. 그리고 그 타이밍에 우리나라의 최대 전력인 제로스 왕과 프라우 양이 카도니아 왕국에 들어간다.

완벽하다. 우리나라는 카도니아의 요구대로 움직인 것뿐이다.

아니, 왕이라면 카도니아 왕국의 수도인 모스를 단숨에 제압할 속셈인지도 모른다.

몬스터를 토벌하는 것처럼 꾸며서 어떻게 몬스터들을 스탬피드로 유도할 수 있을지, 우리 검은 기사단의 임무가 막중하다.

그러나 우리나라에서는 몬스터 양산을 위해 몬스터 연구도 하고 있다. 그 연구성과를 활용하면 몬스터들을 성공적으로 선동하는 것도 가능하리라. 훌륭해. 하여간 제로스 왕은 허튼 일은 안 한다.

아마 제로스 왕의 머릿속에는 아레스 대륙의 통일이라는 판도가 그려져 있을 것이다. 우리 같은 범인은 그 생각을 헤아릴 수조차 없지만 적어도 도움은 되어 드려야 한다.

카도니아는 우리나라와 동등한 레벨의 상대지만, 그다음은 더 큰 국가와의 싸움이 될 것이다. 제로스 왕은 우리한테 계속해서 싸움의 장을 하사하실 생각인 것이다. 몹시 즐겁다.

XVI ◆ 스탬피드

카도니아 왕국으로 떠나는 날이 왔다.

이웃나라라고는 하지만 먼 길을 떠난 적이 거의 없어서 매우 기대된다.

호위로 따라오는 것은 오그마를 필두로 한 헌드레드의 랭커로 구성된 정예 50명과 프라우 직속 마도사단 10명.

처음에는 기사단을 호위로 붙이자는 말도 나왔지만 "그렇게 많이는 필요 없다"라고 거절했더니 "과연, 소수 정예라는 거군요!"라고 해서 이렇게 됐다.

……뭐지. 나는 친선으로 가는 거니까 더 외교관이나 문관이 많은 우아한 사절단 같은 것을 상상했는데 이건 마치 무슨 토벌부대 같다.

그래도 여행길은 즐거웠다. 프라우하고 같이 호화로운 (주로 내구성이) 마차를 타고 느긋하게 어디론가 가는 것도 나쁘지 않다. 호위들이 몬스터를 발견하기가 무섭게, 저쪽이 덤벼들기도 전에 달려나간 것은 못 본 걸로 하겠다.

"도적떼가 습격하면 더 즐거울 텐데."

오그마 등은 그런 말을 했지만 이런 살기등등한 집단을 습격하는 도적은 없으리라.

아무튼 3일쯤 가자 카도니아 왕국 수도 모스가 보였다.

그런데 뭔가 이상하다. 연기가 몇 줄기나 피어오르고 있다.
더 가까이 가자 모스의 둘레를 심상치 않은 숫자의 몬스터가 포위하고 있는 것이 보였다.
무슨 일인가 하고 마차에서 고개를 내밀어 보니 오그마가 말을 바짝 붙였다.
"검은 기사단이 예정대로 잘 하고 있나 보군요."
예정대로? 무슨 예정? 나는 이런 살벌한 예정은 세운 적이 없는데?!
"이제 어떻게 할까요?"
오그마가 물었다. 어쩌긴 뭘 어쩌냐. 인간으로서 돕는 것 말고 선택지는 없겠지.

"몬스터들을 쓸어 버린다!"

이 말에 호위들이 흥분했다. 앞다투어 몬스터 무리를 향해 돌진한다.
마도사들도 이때다 하고 강력한 마법을 암송하기 시작한다.
정신을 차리고 보니 프라우도 마차에서 내려 마법 준비에 들어가 있었다. 대기가 파르르 떨리는 걸 보니 상당히 강력한 주문인 것 같다. 기분 탓인지 프라우의 표정이 기뻐 보였다.
"진홍을 넘어 모든 것을 허무로 되돌리는 어둠, 저승에서 태어난 검은 불길…….”

프라우가 눈을 감고 이중으로 울리는 목소리로 주문을 외우기 시작했다.

기분 탓인가? 내가 아는 주문보다 내용이 훨씬 과격하게 들린다.

그리고 프라우가 손을 내밀자, 그 끝에서 발생한 것은 검은 불꽃의 소용돌이. 그것이 파도처럼 몬스터 무리를 삼킨다.

다크니스 플레임이라는 프라우가 새로 습득한 주문인데 엄청난 위력이다. 늘 생각하는 건데, 평범하게 살아가는데 이런 위험한 주문을 외울 필요가 있을까?

프라우의 주문으로 단숨에 숫자가 줄어든 몬스터들은 호위들의 추가 공격을 받고 빠르게 기세를 상실했다.

나는 약속된 시간에 카도니아 왕과 면회하고자 마차에서 내려 성문에서 버티고 있는 몬스터를 쓰러뜨리면서 모스로 들어갔다.

안에서 침입한 몬스터들과 필사적으로 싸우고 있는 기사단이 있길래 그 몬스터들을 단칼에 베어 버렸다. 숫자는 많지만 몬스터의 힘은 중급 정도다.

“도와주셔서 감사합니다!”

기사단을 통솔하고 있던 대장인 듯한 인물이 나에게 감사 인사를 했다.

“파룬 왕국의 마르스 왕이다. 카도니아 왕에게 안내해라.”

검은 기사단을 몬스터 토벌에 파견했는데 몬스터의 숫자가 줄기는커녕 왕도에까지 피해가 미치고 있다. 카도니아 왕에게 뭐라고 변명한담?

"마르스 왕! 실례했습니다. 저는 게오르크라고 합니다. 모스의 호위를 맡고 있는 기사단 단장입니다. 그리고 송구합니다만…… 카도니아 왕은 안 계십니다."

게오르크라는 초로에 접어든 기사는 고뇌에 찬 표정이었다.

"카도니아 왕은 몬스터 무리가 몰려온다는 보고를 듣자마자 근위 기사단을 데리고 모스에서 탈출하셨습니다."

다행이다! 사과하지 않아도 된다! 아닌 게 아니라 오늘 만나기는 좀 그랬거든.

카도니아 왕과 얼굴을 마주하기 전에 몬스터를 최대한 박멸해야지.

그런 생각을 하고 있는데 호위들이 찾아왔다.

"성 밖은 몬스터 토벌이 끝났습니다. 성 안으로 침입한 몬스터도 거의 쓰러뜨린 것 같습니다."

오그마가 보고했다. 온몸에 몬스터 피를 뒤집어쓰고 있지만 무척 만족스러운 얼굴이다. 봤더니 다른 호위들도 황홀한 표정을 하고 있다. 오랜만에 대규모 전투를 즐긴 것이리라. 다른 건전한 취미를 가지면 좋겠다.

"그 많던 몬스터를 전멸시켰다니! 믿을 수가 없군!"

카도니아의 기사들이 술렁거렸다.

그야 뭐 영내의 몬스터를 멸종위기로 몰아넣는 놈들이니까 그깟 숫자밖에 안 되는 몬스터를 박멸하는 건 일도 아니지.

"모스뿐만 아니라 카도니아의 다른 도시에도 몬스터 피해가 확산 중인가?"

게오르크에게 물었다.

"네. 현재 몬스터 피해는 카도니아 남부로 번지고 있습니다. 유감이지만 우리 전력으로는 제압할 수가……."

큰일이다. 그렇게 피해가 번진다면 배상금이 부족해진다. 그렇다고 이 이상 배상금을 늘리면 이번에는 가마라스에게 혼날 것 같다.

"알았다. 우리가 어떻게 해 보지."

"오오! 하지만 파룬 왕국에 그렇게까지 부탁할 수는……. 카도니아의 체면도 있고……."

"나라의 체면 때문에 백성을 희생하겠다는 건가?"

나는 일부러 화를 냈다.

제발 우리가 토벌하게 해 주세요. 이 이상 돈을 지불하고 싶지 않다고요.

"그건…… 그렇지만……."

게오르크는 고개를 꺾었다.

"들었나? 우리는 지금부터 카도니아에 침입한 몬스터를 토벌한다! 한 마리도 놓치지 마라!"

"예, 모든 것은 우리 왕을 위하여!"

내 호령에 오그마 등이 신이 나서 대답했다.

——그로부터 3일 뒤, 카도니아에 침입했던 몬스터들은 마르스 일행의 손에 멸종된다.

시간은 마르스 일행이 모스에 도착하기 조금 전으로 거슬러 올라간다.

카도니아 국왕은 근위 기사들의 호위를 받으며 모스에서 탈출했다.

보고받은 몬스터의 숫자로 판단컨대 모스 함락은 피할 수 없다는 판단에서였다. 그리고 그것은 틀리지 않았다. 물론 어느 정도 시간을 벌었다면 마르스 일행이 알아서 몬스터를 격퇴시켜 주었겠지만…….

"왜! 왜 이렇게 된 것인가! 왜 내가 성에서 도망쳐야 하는가! 파룬 녀석들은 뭘 하고 있었던 것이냐! 검은 기사단인가 하는 작자들이 확실히 몬스터의 숫자를 줄이고 있지 않았던가?"

마차 안에서 카도니아 왕은 자문했다.

마르스보다 먼저 카도니아에 도착한 크롬이 이끄는 검은 기사단은 도착하자마자 마수의 숲 근처의 몬스터를 격퇴했다고 들었다. 다른 몬스터를 박멸하기 위해 마수의 숲 속으로 들어갔다고도.

현재는 검은 기사단과 연락이 닿지 않는다. 연락을 위해 남겨 놓은 부대와 정기 연락이 끊겼기 때문이다.

"……설마 검은 기사단이 이렇게 되도록 꾸민 건가? 아니, 처음부터 파룬의 책략은 아니었을까?"

카도니아 왕이 그리 생각했을 때, 갑자기 마차가 멈췄다.

"무슨 일이냐!"

마부에게 호통을 친다.

"그게…… 사방이 포위당해서……."

마차에서 밖을 내다보니 검은 갑주를 입은 기사들에게 포위되어 있었다.

이미 근위 기사들과 전투를 벌이고 있었는데 일방적으로 당하고 있다.

"검은 갑주? 설마 파룬의 검은 기사단인가!"

검은 기사단의 강함은 보고로 들었다. 카도니아의 기사들이 고전했던 몬스터들을 가지고 노는 강력한 기사단이라고.

근위 기사들은 카도니아의 기사 중에서도 정예 중의 정예지만, 그런 그들이 차례차례 쓰러져 간다. 검은 기사단은 한 사람도 놓치지 않을 기세로 포위망을 좁혀 왔다.

그리고 마침내 카도니아 왕이 탄 마차만 남았다.

도망치려던 마부가 단칼에 쓰러져 마차를 몰 사람도 없다.

그러자 검은 기사단의 기사 한 사람이 마차로 다가왔다.

"처음 뵙습니다. 검은 기사단을 맡고 있는 크롬이라고

합니다."

검은 기사단 단장 크롬이 카도니아 왕에게 말했다.

카도니아 왕이 단념하고 마차에서 천천히 밖으로 나온다.

"몬스터를 쓰러뜨리겠다는 약속을 깬 것도 모자라 나까지 죽일 셈이냐?"

카도니아 왕이 따졌다.

"약속을 깨다니요. 저희는 상당한 숫자의 몬스터를 쓰러뜨렸습니다. 적어도 저희가 도착한 시점에 침입해 있던 몬스터는 격멸했습니다."

"그럼 왜 우리나라가 몬스터의 침공을 받고 있는 것이냐!"

카도니아 왕의 그 말에 크롬이 씩 웃었다.

"몬스터의 습성 중에 쓰러진 몬스터의 피 냄새를 맡고 상위 몬스터를 부르는 습성이 있다고 합니다. 몬스터를 어설프게 쓰러뜨리면 도리어 몬스터를 부르게 되지요."

"말도 안 되는 소릴! 몬스터를 쓰러뜨려서 스탬피드가 일어났다는 소리는 들은 적이 없다!"

그 말을 듣고 크롬은 품속에서 작은 병을 꺼냈다. 안에는 끈적이는 액체가 들어 있다.

"또 이런 것도 있지요. 우리나라 마도사가 만든 몬스터를 부르는 약입니다. 여기에 몬스터의 피를 섞으면 극적인 반응을 일으켜 몬스터 유인 효과가 수백 배가 된다고 합니다. 이걸 마수의 숲에서 모스까지 뿌렸지요."

"역시 너희가 스탬피드를 일으켰구나……."

"글쎄요? 확실히 저희가 스탬피드를 일으키기 위해 행동하긴 했지만, 애초에 당신이 타국의 기사단을 부르지 않았더라면 이런 일은 없었을 텐데요? 우리 왕에게 배상금을 요구한 것도 모자라 몬스터 토벌까지 시키는 파렴치한 짓을 하지 않았다면 말입니다."

크롬의 차가운 시선에 카도니아 왕은 움츠러들었다.

"잠깐. 싫으면 거절했으면 됐을 것 아니냐. 이런 짓까지 할 필요가 어디 있느냐?"

"당신의 그 어리석은 행동까지 전부 우리 왕의 계획대로랍니다. 자, 저는 사실을 밝힌 것으로 왕에 대한 예의는 전부 갖췄습니다. 슬슬 끝내도록 하겠습니다."

크롬은 작은 병의 뚜껑을 뽑더니 안에 든 액체를 카도니아 왕에게 뿌렸다.

"무슨 짓이냐!"

"그 약은 몬스터의 피가 아니어도 효과를 발휘하지요."

당황한 카도니아 왕에게 크롬이 검을 향한다.

"잠깐! 돈을 주겠다! 아니, 너희가 카도니아로 들어오면 영지도 지위도 얼마든지 주겠다! 그러니까……."

크롬은 필사적으로 애원하는 카도니아 왕의 가슴팍에 검을 푹 찔렀다.

"안됐지만 우리나라에는 돈과 영지로 유혹할 수 있는 기사가 없거든요."

더는 말할 수 없게 된 카도니아 왕의 시체에 대고 크롬이 중얼거렸다.

카도니아 왕의 피와 약이 뒤섞여 비릿하고 달큼한 냄새가 사방으로 퍼지기 시작한다.

크롬을 비롯한 검은 기사단이 그 자리를 벗어나자 어디선가 몬스터들이 몰려와 카도니아 왕 및 근위 기사들의 시체를 뜯어먹기 시작했다.

“불쌍한 카도니아 왕이 도망 중에 몬스터의 습격을 받았구나.”

증거 인멸을 확인한 뒤, 크롬은 그 자리에서 모습을 감췄다.

XVII ◆ 진압

내가 태어난 곳은 카도니아 남부에 있는 림이라는 작은 마을이다.

이렇다 할 특색도 없어서 어디에나 있는 부락 중 하나일 것이다.

이 마을은 카도니아의 수도 모스와 마수의 숲 중간쯤에 있다. 나는 촌장의 딸이라 1년에 한 번꼴로 모스에 따라갈 기회가 있었다. 모스에 가는 것이 제일 큰 즐거움이자 다른 마을 아이들에 대한 자랑거리이기도 하다.

또, "나쁜 짓을 하면 몬스터가 와서 잡아먹는다"라고 어른들이 겁을 줄 정도로 몬스터는 가까운 공포였다.

하지만 실제로 몬스터가 마을에 나타나는 일은 없고, 이따금 "근처에서 몬스터를 봤다!"라는 목격담이 나오는 정도. 그때마다 어른들은 허둥거리지만 피해를 본 적은 없었다.

최근에는 몬스터의 움직임이 활발해져서 더 남쪽에 있는 마수의 숲과 가까운 마을에서는 피해가 속출하고, 마을 근방에서 몬스터를 봤다는 이야기를 자주 듣게 되었다. 그렇지만 나 자신은 본 적이 없어서 "한번 보고 싶다!"라고 막연히 생각했던 정도다.

그러니까 몬스터가 얼마나 무서운지는 몰랐다.

오늘까지는.

아침식사를 한 뒤, 농사일을 돕고 있는데 마을 밖에서 누군가가 달려오며 소리쳤다.

"몬스터 무리다! 처음 보는 숫자다!"

마을 사람들이 일제히 마을 밖으로 내달린다. 나도 같이 보러 갔다.

멀리 흙먼지가 보인다. 엄청난 숫자의 뭔가가 달려오고 있다.

자세히 보니 커다란 동물 같은, 하지만 조금 다른 뭔가다.

"일직선으로 모스를 향하고 있어!"

누군가가 그런 말을 했다.

확실히 방향으로 보면 모스 쪽을 향하고 있다. 하지만 모스에는 거대한 성벽이 있다. 기사와 병사도 많으니까 분명 괜찮을 거다.

"왠지 몬스터 무리가 점점 퍼지고 있지 않아?"

자세히 보니 일직선인 줄 알았던 몬스터 무리에서 일탈하듯 살짝 방향을 바꾸고 있는 몬스터가 등장하기 시작했다.

모스까지는 퍽 멀다. 귀찮아져서 다른 곳으로 가려는 걸까?

"다른 도시나 마을로 가려는 거 아니야?"

나하고 같은 생각인지 어른들 사이에 동요가 번진다.

나는 이쪽으로 오지 않기를 빌었다. 그런 거대한 것들이 이곳에 오면 어떻게 할 도리가 없다.

"모두 도망칠 준비해! 몬스터가 온 다음에는 늦어! 자경단도 싸울 준비를 하도록!"

어느새 내 옆에 서 있던 아빠가 말했다.

촌장인 아빠의 말을 듣고 모두 일제히 준비에 들어갔다.

자경단은 남자들이 활이나 창을 들고 비상시에 몬스터와 싸우는 집단이다. 가끔씩 생각났다는 듯이 훈련을 하지만, 실제로 싸우는 모습을 본 적은 없다.

그렇게 모두가 저마다 준비를 마치고 숨죽인 채 사태를 지켜보는 가운데, 그것은 정오가 조금 지났을 무렵에 왔다.

하얀 고양이 같은 무언가. 고양이라고는 해도 이빨을 드러낸 채 눈은 이글이글 핏발이 서 있어 전혀 귀엽지 않고, 무엇보다도 크다. 어른 두 명을 합친 것만 한 크기다.

그런 것이 림 마을에 온 것이다.

자경단이 활을 쏘지만 족족 빗나간다. 휙휙 잘도 피한다. 별로 신경 쓰는 것 같지도 않다.

"도망쳐!"

아빠가 마을 사람들에게 지시를 내렸다. 모두 짐을 챙겨서 일제히 달아나려는데…….

"촌장님! 틀렸습니다! 이쪽에도 있어요!"

달아나려는 방향에도 거대한 고양이가 나타났다. 그럼 다른 방향으로……라고 생각하면서 주위를 둘러보자 흙먼지가 보였던 방향에서만이 아니라 마을 주위에 고양이 몇 마리가 더 보였다.

포위당했다!

그 거대한 고양이들은 우리가 달아나려는 것을 알고 있기라도 한 것처럼 마을을 에워싸고 있는 것이다.

갈 곳을 잃은 마을 사람들은 마을에서 제일 훌륭한 건물인 교회에 모였다.

우리는 서로 모여 그 거대한 고양이가 어디론가 가 주기만을 신께 빌었다.

그러나 그런 기도도 보람 없이 교회 문이 허무하게 부서지더니 그 거대한 고양이들이 모습을 드러냈다.

자경단 대원들이 들고 있던 창으로 필사적으로 쫓아내려 하지만 장난이라도 하는 것처럼 앞발로 자경단을 픽픽 쓰러트린다.

"으악!"

자경단 대원이 교회 벽으로 나가떨어졌다. 엄청난 힘이다. 이게 몬스터. 무서운 정도가 아니다. 어찌할 도리조차 없다.

고양이가 입을 일그러뜨렸다. 겁먹은 우리를 보고 웃은 것 같았다. 그리고 자세를 잔뜩 웅크린다. 우리한테 달려들 요량이리라.

끝장이다!

이렇게 생각한 순간. 뒤에서 뭔가가 내려와 우리와 고양이의 사이를 막아섰다.

젊은 남자였다. 나보다 조금 연상 정도? 손에 검을 들고 있다. 일단 갑옷 같은 건 입고 있지만 기사가 입는 튼튼한 갑옷이 아니라 더 가벼워 보인다.

아무래도 교회 지붕에 달린 용도를 잘 알 수 없는 창을 깨고 들어온 모양이다.

"화이트 타이거군. 그냥저냥이네."

남자가 고양이를 향해서 말했다. 이 고양이는 화이트 타이거라는 몬스터인가 보다.

그 화이트 타이거는 조금 전까지의 여유가 거짓인 것처럼 남자를 경계하기 시작하고 있다.

남자가 검을 가볍게 옆으로 고쳐 잡더니 부드러운 동작으로 화이트 타이거에게 다가간다.

화이트 타이거는 이빨을 드러내고 앞발의 발톱을 세우고서 남자를 훽 덮쳤다.

그리고 다음 순간, 화이트 타이거의 목이 뎅강 떨어졌다.

남자가 검을 휘두른 것이다. 내 눈에는 전혀 보이지 않았다.

모스에서 본 분수처럼 화이트 타이거의 목에서 피가 솟구쳤다.

"히익!" "우욱!" 하고 마을 사람들이 비명을 지른다.

남자는 그런 소리에도 아랑곳하지 않고 곧바로 다음 화

이트 타이거와 싸우고 있었다.

이번 화이트 타이거는 이빨과 발톱을 써서 빠르게 공격하고 있다.

"좋아, 좋아, 그렇게 나와야지!"

남자는 왠지 몬스터의 공격을 칭찬하면서 잽싸게 피하더니 검을 연달아 휘둘렀다. 눈 깜짝할 사이에 난도질되어 가는 화이트 타이거.

그렇게 약해진 몸에 남자가 검을 찔러 숨통을 끊었다.

한 마리 남은 화이트 타이거가 겁에 질려서 교회 밖으로 슬금슬금 물러난다.

"몬스터를 전부 쓰러뜨리면 돌아올 테니까 그때까지 거기서 기다리고 있어!"

남자가 그렇게 말하더니 남은 화이트 타이거를 쫓아 교회 밖으로 나갔다.

"누구지?"

"기사는 아니겠지?"

"모험가인가?"

"모험가면 보수가 필요해질지도 몰라."

어른들은 그런 말을 하고 있었다.

잠시 뒤 남자가 돌아왔다.

"마을에 있던 몬스터는 전부 해치웠어. 사체를 태우든지 묻든지 하지 않으면 다른 몬스터가 몰려올 거야."

"아, 알겠습니다. ……그런데 누구신지?"

촌장인 아버지가 대표해서 남자에게 질문했다.

"난 헌드레드의 100위, 주우자. 파룬 왕국 제로스 왕의 명령으로 이 마을을 구하러 왔지."

헌드레드? 그건 잘 모르겠지만 파룬 왕국은 카도니아의 이웃나라다. 어째서 이웃나라 왕이 이 마을을 구해 주는 거지?

"파룬 왕국의 제로스 왕이? 어째서 이 마을을?"

나와 똑같은 생각을 했는지 아빠가 물었다.

"이 마을만이 아니야. 우리 왕은 몬스터의 습격을 받은 모든 도시와 마을에 도움을 보내셨거든."

"모든 도시와 마을에? 파룬 왕국에는 당신처럼 강한 분이 또 있단 말입니까?"

"나는 100위니까. 헌드레드에서도 제일 꼴찌지. 큰 도시에는 더 상위권이 갔어. 이런 말 하긴 뭣하지만 여긴 작은 마을이니까. 나 정도면 충분할 거라는 판단이었고, 실제로 그랬어."

주우자 님은 별것 아니라는 듯이 말했지만 우리는 충격이었다. 주우자 님이 꼴찌? 100위라면 위로 강한 사람이 99명이나 더 있다는 거야?

그런 술렁거림을 듣고 주우자 님이 대답했다.

"99명이 아니야. 헌드레드의 위에는 제로스 왕이 계시니까. 그분은 진짜 위대하시지. 헌드레드가 한꺼번에 덤벼도 이기지 못할 정도로 강하신 데다 마음도 넓으시지. 타국 마을에까지 원조를 보내시니 말이야."

강하고 다정한 왕? 그런 왕은 옛날이야기에서나 들었다.

"그래, 당신이 촌장인가?"

주우자 님이 아빠에게 물었다.

"네, 제가 촌장입니다."

아빠는 긴장하고 계셨다. 타국의 왕이 마을을 구한 것이다. 그냥 넘어갈 일이 아니다. 뭔가 요구해올 거라고 생각하셨으리라.

"마을에 피해는 있었나?"

"조금은."

밭과 작물이 엉망이 되고 건물도 몇 채 부서졌을 것이다. 하지만 주우자 님이 부순 교회 지붕의 창이 제일 비쌀 것도 같다.

"그래? 그럼 이걸 주지."

주우자 님이 품속에서 작은 가죽 자루를 꺼내더니 아빠에게 건넸다.

"이건?"

"안에 금화가 들어 있어. 피해는 그 금화로 보전해."

"금화!"

놀란 아빠가 가죽 자루의 내용물을 꺼내자 금화가 10닢이나 들어 있었다.

금화는 쉽게 볼 수 없는 것이다. 이 마을 전원의 재산을 합쳐도 금화 10닢은 안 될 것이다.

"이걸…… 저희가 써도 된다고요?"

"써도 되지. 원래 우리 왕께서 이 나라를 위해 가져오신 금화거든."

마을 사람들이 웅성거렸다. 도와준 것도 모자라 금화까지 주는 왕. 그런 왕은 옛날이야기에서도 들어본 적이 없다. 그건 왕이 아니라 신이다.

"우리 왕은 최고의 왕이니까!"

그렇게 말하고 껄껄 웃더니 주우자 님은 가 버리셨다. 떠나면서 화이트 타이거의 살점을 잘라내어 질겅질겅 씹으셨는데, 조금 신경 쓰였지만 중요한 일은 아니다.

우리는 뒤에 남은 화이트 타이거의 사체를 태워서 처분하면서 저마다 파룬 왕국의 제로스 왕을 찬양했다.

일이 귀찮게 됐다.

카도니아 왕이 몬스터의 습격을 받고 죽어 버린 것이다.

모스에서 북쪽으로 향하는 길가에 버려져 있던 시체는 몬스터에게 뜯어먹혀서 무참한 상태였다고 한다. 그 밖에 근위 기사들의 시체도 있었던 것으로 보아 카도니아 왕이 틀림없다고 했다.

그건 됐다. 어차피 만난 적도 없는 타국의 왕이라 특별히 가슴이 아프지도 않다.

무엇보다도 스탬피드의 책임을 묻거나 불평하지 못하게 된 것은 행운이라고 할 수 있을 것이다.

그러나 그 때문에 우리는 파룬 왕국으로 돌아가지 못하고 있다.

모스에 도착한 뒤, 곧바로 데리고 온 호위들을 몬스터 토벌에 파견했다. 나 자신도 비교적 피해가 큰 도시를 몇 군데 돌면서 몬스터를 토벌하고 있다. 그 김에 가지고 온 금화를 뿌렸다. 카도니아 왕국을 위해 금화를 써서 기정사실을 만들어 버리면 나중에 배상금을 문제 삼지 않지 않을까 하는 계산이다. 금화를 받은 카도니아 왕국의 백성들이 모두 기뻐했다고 하니 잘못 쓰지는 않은 것 같다.

그러고 나서 다시 모스에서 호위들과 검은 기사단과 합류했는데, 이 타이밍에 카도니아 왕이 죽었다는 보고를 받은 것이다. 이 소식이 모스 전역으로 퍼졌는지 다양한 반응이 일어났다.

특히 남부 일대 영주들의 반응이 뜨거웠는데, "국왕이 제일 먼저 도망친 끝에 몬스터한테 살해당하다니 한심한 것도 정도가 있지"라는 것이었다. 뭐 거기까지는 좋다.

문제는 "이런 나라에서는 살 수 없으니 파룬 왕국에 귀속되자!"라는 말이 나온 것이다.

엥…… 뭐야 그게, 귀찮아. 어째서 카도니아 왕국 문제에 내가 휘말려야 하는 거냐?

그러나 내가 머물고 있는 모스로 영주, 이장, 촌장 등이 속속 찾아와서 나와 면담하고 멋대로 충성을 맹세해 버렸다. 하는 말은 대개 비슷비슷한데, 요약하자면 '도와줘서 고맙다, 돈을 줘서 고맙다'였다.

거기다 "한번 말을 꺼낸 이상 다시 카도니아로 돌아갈 수 없습니다!"라고 협박하듯 파룬 왕국으로의 귀속을 허락시키려고 해서 어쩔 수 없이 허락했다.

때로는 카도니아의 귀족과 싸움이 벌어지기도 했는데, 그런 곳에는 헌드레드의 멤버가 신이 나서 원군으로 갔기 때문에 간단히 해결되었다고 한다.

그리고 정신을 차리고 보니 어느새 카도니아 남부는 대부분 파룬의 영토가 되어 있었다.

XVIII ◆ 카도니아의 왕녀

"카도니아의 왕녀가 모스에 있다고?"

"네. 저희가 보호하고 있었습니다."

뜻하지 않게 카도니아 남부를 평정해 버린 나에게 게오르크가 묘한 말을 했다.

카도니아 왕에게는 당연히 자식이 몇 있는데 후계자 싸움을 했다가 이번 스탬피드로 대부분이 모스에서 탈출했다고 한다. 각각 외가쪽 귀족에게 몸을 의탁했다고 하는데, 루비스라는 왕녀만 성에 남아 있었던 모양이다.

"루비스 양은 '남아 있는 백성이 있는데 자신들만 도망칠 수는 없다'라며 성에 남아 있었습니다."

"오호, 그거참 기특하군."

귀족들이 거의 다 탈출한 모스에서 왕족인데도 백성을 위해 남으려고 했으니 대단하다.

"그런데 그게…… 모스를 구출해 주셨는데 이런 말씀드리기 뭐합니다만, 아무리 마르스 왕이시어도 타국의 왕인지라 어떻게 나올지 알 수 없어 지금까지 감춰 두었습니다."

"흠."

뭐 모르는 바도 아니다. 혼자 남은 왕녀를 타국의 왕이 어떻게 이용할지 누가 알겠는가.

"그걸 이제 와서 나한테 알리는 이유는? 탈출할 기회라면 얼마든지 있었을 텐데?"

"루비스 양의 뜻입니다. 마르스 왕이 카도니아의 백성을 구하는 모습을 보시고는 만나고 싶다고 하셨습니다."

오호, 그렇게 말하니 기분이 나쁘진 않은데.

"그렇군. 그럼 만나 볼까?"

"또한 회담은 극비로 하고 싶으니 마르스 왕과 단둘이 식사를 하는 형태로 만나고 싶다고 하시는데 괜찮으시겠습니까?"

"그건 상관없지만……."

극비로 해 봤자 프라우는 계약문장을 통해서 다 들여다보는데.

"감사합니다! 그럼 그렇게 준비하겠습니다!"

그렇게 말하더니 게오르크는 서둘러 물러갔다.

카도니아의 왕녀 루비스는 왕국을 걱정하고 있었다. 민중을 버리고 모스를 달아난 끝에 죽어 버린 부왕 탓에 카도니아의 민심은 왕가를 떠나, 대신 도와준 파룬 왕국의 왕 마르스에게 옮겨가고 있다.

게다가 마르스 왕은 스탬피드의 피해를 입은 곳에 아낌없이 돈을 풀어 카도니아 남부의 민심을 장악해 버렸다. 카도니아를 방문한 마르스 왕이 왜 그렇게 많은 돈을 갖고 있었는가 하면, 그 출처는 부왕이 파룬 왕국에 요구했던 배상금이라고 한다.

너무나도 잘 만들어진 이야기다. 처음부터 모든 것은 계획된 것 아닐까 루비스는 의심하고 있었다.

애초에 카도니아 왕국이 파룬 왕국에 배상금을 요구하는 것 자체가 억지였는데 그것을 순순히 승낙한 것도 이상한 이야기다.

파룬 왕국이 스템피드를 일으켰다.

그렇게 생각하면 모든 것이 말이 된다. 말은 되지만 파룬 왕국에 몬스터 토벌을 요청한 것도 부왕이고 배상금을 요구한 것도 부왕.

파룬 왕국은 이쪽이 요구한 것을 실행했을 뿐, 비난받을 이유는 없다.

이제 와서 "모든 것은 파룬 왕국의 계략이다!"라고 규탄해 봤자 확실한 증거도 없고, 성에서 도망친 카도니아 왕가의 변명으로밖에 들리지 않으리라.

아니, 증거가 있다 한들 파룬 왕국의 강한 힘과 후한 인심이 널리 퍼진 지금에 와서는 민중은 그것을 믿으려 들지 않을지도 모른다.

이게 정말 마르스 왕이 꾸민 짓이라면 무서운 지략이다. 카도니아의 요구를 역이용해 침략을 추진한다. 심지어 지금은 대응할 수단도 없다.

……아니, 있다. 딱 하나 수가 남아 있었다. 예로부터 비

상시에 썼던 수단, 암살이다. 마르스 왕의 행동을 시시각각 보고시킨 결과, 이 왕은 시식시종을 거느리고 있지 않다고 한다. 시식을 시키지 않는 것은 자신의 호방함을 과시하기 위해서일지도 모르지만 왕족으로서는 허술하다고밖에 할 수가 없다.

독살밖에 없다———게오르크와도 의논한 결과, 그렇게 결론지었다.

자는 틈을 노리거나 불시에 습격하는 수도 있었지만 모스 입성 시에 보여 준 이 왕의 강력함은 상식을 벗어난 것이었다. 암살자를 몇 명 준비시킨다고 성공할 것 같지는 않다.

우선 호위로 붙은 헌드레드부터가 글자 그대로 일당백의 용사들이다. 실력 행사는 통하지 않으리라.

그렇다면 독살밖에 없다. 그러나 마르스 왕의 아내인 프라우는 강력한 마법사. 동석시킨다면 어떤 마법으로 독이 들킬 위험이 있으므로 마르스 왕이 혼자일 때를 노려 독을 타야 한다.

자신이 직접 식사 자리로 불러내는 수밖에 없다.

오히려 누구의 짓인지 알 수 없는 상태에서 독살했을 경우, 파룬 왕국이 어떤 규모로 카도니아 왕국에 복수할지 모르기 때문에 범인은 명확히 해 두는 편이 낫다.

무엇보다도 카도니아의 나머지 북쪽은 그녀의 외할아버지인 고든 공작이 큰 영향력을 갖고 있는 땅이다. 자신의 다정한 할아버지에게는 폐를 끼치고 싶지 않다.

모든 일은 자기 한 사람의 목숨으로 끝내고 싶다. 루비스는 비장한 각오를 다졌다. 겨우 14세지만 그녀는 어엿한 왕족이었다. 고든 공작의 친척이자 어려서부터 루비스와 가깝게 지낸 게오르크도 그런 각오를 눈물로 받아들이고 마르스 왕에게 그 제안을 전달했다.

그리고 맞이한 회담 당일. 장소는 모스의 왕성의 한 방이었다.

마르스는 호위도 대동하지 않고 혼자 그 자리에 찾아왔다.

그 사실에 루비스도 놀랐지만 마르스는 극비라고 해서 혼자 왔을 뿐이다. 단독 행동은 어렸을 때부터 익숙해서 주위 사람들도 이런 마르스의 행동에 익숙했다. 애초에 실질적으로 마르스에게 호위가 필요하다고는 아무도 생각하지 않는 것이다.

방의 테이블에는 카도니아의 전통 궁정 요리가 가득 차려져 있었다.

서로 인사를 나눈 뒤, 먼저 루비스가 요리에 입을 댄다. 요리의 안전성을 어필하기 위해서지만, 루비스는 미리 해독약을 먹은 데다 요리에 넣은 독의 양은 그리 많지 않다.

일정량을 먹지 않으면 독이 바로 그 효과를 발휘하지는 않는다.

또한 독은 모든 요리에 균일하게 들어 있다.

마르스가 갑자기 마르스와 루비스의 접시를 바꾸라고 요구해 올 가능성도 있었기 때문이다. 왕족으로서 당연한 자기 보호 수단이다.

물론 마르스는 그런 요구는 하지 않았지만.

"그래서 나를 만나고 싶다는 일 말인데, 구체적으로는 어떤 얘기가 하고 싶어서지?"

마르스가 물었다.

"네. 제 할아버지인 고든 공작은 카도니아 북부의 유력 귀족인데 현재 카도니아 남부를 평정하신 마르스 왕과 할아버지가 손을 잡으면 혼란스러운 카도니아를 안정시킬 수 있지 않을까 하여……."

루비스는 일부러 마르스가 솔깃해할 화제를 꺼냈다. 이야기에 빠지게 해서 자연스럽게 식사를 진행시키는 것이 목적이다.

그러나 마르스는 "그렇군"이라고 말하면서도 '정치적인 화제는 귀찮은데' 하고 속으로 생각하고 있었다.

그러나 카도니아의 궁정 요리는 의외로 맛있어서 이야기를 들으면서 와구와구 먹고 있다. 향신료가 톡 쏘는 것이 아주 기가 막히다.

사실 카도니아 요리에 향신료가 들어 있는 것은 전통적인 부분도 있지만 이번만큼은 독의 존재를 숨기기 위한 측면도 있었다.

한편 루비스는 카도니아의 통일을 넌지시 이야기하고 있는데도 마르스가 심드렁해하자 당혹스러웠다. 그러나 요리는 적극적으로 먹고 있기 때문에 독살의 성공은 확신하고 있었다.

처음에만.

그 후 마르스가 아무리 요리를 먹어도, 상태에 변화가 전혀 없었기 때문이다.

한편 루비스는 아무리 해독약을 먹었다고는 하나 양이 늘어나 버리면 그 효과도 희석되어 버린다.

식사 시간이 길어지면 길어질수록 루비스만 일방적으로 상태가 악화되어 갔다.

루비스는 옆에서 대기하고 있는 게오르크를 한 번 쳐다봤다. 게오르크는 "마르스 왕의 요리에도 분명히 독이 들어 있습니다!"라고 눈짓으로 대답한다.

마르스가 해독 효과가 있는 액세서리를 차고 있지 않다는 것은 사전 조사에서 확인한 바다.

마법사들을 시켜 멀리서 마르스의 장식품을 감정시킨 결과,

"마르스 왕은 가호의 효과를 가진 장식품을 차고 있지 않습니다. 단, 몸에 찬 팔찌와 반지는 가호와는 반대의 불길한 저주 같은 효과를 가진 것인 듯합니다만……."

라고 말했다.

마르스가 저주의 액세서리를 차고 있다는 것에 일말의 불

안을 느꼈지만 어쨌든 해독 효과가 없다는 것은 확실했다.

그런데도 요리를 기분 좋게 먹어치우고 있는 마르스는 멀쩡하고, 소식을 가장해 별로 먹지 않은 루비스는 서서히 의식이 몽롱해지고 있다.

"그런데 루비스 양은 지금 몇 살이지?"

정치적인 이야기에 질린 마르스가 화제를 돌렸다.

"……14살입니다."

루비스는 자신의 변화를 들키지 않으려고 괜찮은 척 대답했다.

"14살이라. 역시 그랬군. 실은 내 남동생도 14살인데, 루비스 양을 보고 있으니 비슷한 나이겠다 싶었지."

루비스는 이 말을 듣고 긴장했다. 이 이야기의 종착점은 틀림없이 혼인을 전제로 한 것이다. 마르스 왕은 남동생에게 자신을 시집보내려는 게 틀림없다.

그 목적은 단 하나. 북부의 유력 귀족을 할아버지로 둔 왕녀와 결혼시킴으로써 자신의 남동생을 카도니아 왕에 앉혀 손쉽게 카도니아를 병합하려는 것이다.

처음부터 그것이 목적이었다?

루비스는 전율했다. 마르스 왕은 자신들의 계획을 전부 꿰뚫어 보고서 손바닥 위에서 놀아나게 놔둔 것이다.

어떻게 해서든지 그것만은 피해야 한다.

"어떤가? 내 동생은 정사에 밝고, 루비스 양하고 잘 해나갈 것 같은데?"

거절하고 싶지만 직접적으로 거절하는 것은 당치도 않다. 정중하고 완곡하게 거절하는 것이 상도다. 그것이 왕족으로서의 당연한 태도다.

그러나 총명하기로 유명한 루비스도 지금은 독의 효과로 사고가 흐릿하다. 오히려 회담을 빨리 끝내고 빨리 해독하고 싶었다.

죽을 각오는 했지만 여기서 죽으면 개죽음이 문제가 아니라 자신의 죽음에 카도니아 측이 폭발해서 유혈사태가 빚어질 가능성도 있다.

"……네. 긍정적으로 검토하겠습니다."

루비스는 겨우 그렇게 대답했다.

한편 마르스는 14살인 루비스가 열심히 왕족의 역할을 다하려는 것을 보고 어떤 생각이 떠올랐다.

남동생 니콜도 14살이니 왕족으로서 일하게 하겠다는 생각이었다.

슬슬 카도니아의 존재가 귀찮아지기 시작했지만 떠넘길 적당한 상대가 없었다. 파룬 왕국에는 귀족이 별로 없어서 큰일을 맡을 인재가 고갈된 것이다.

그러나 카도니아의 왕녀 루비스는 14살에 어엿한 왕족으로서 행동하고 있다. 그렇다면 남동생 니콜도 똑같이 할 수 있는 게 당연하지 않은가?

니콜을 자신의 대행으로서 카도니아로 불러서 루비스와 의논해 가면서 카도니아를 운영하게 하자.

마르스는 그렇게 생각했다. 그래서 루비스에게도 "잘 해나갈 것 같다"라고 말한 것이다. 결혼 같은 건 일절 생각하지 않았다. 마르스는 남동생에게 귀찮은 일을 떠맡기고 빨리 파룬으로 돌아가고 싶었을 뿐이다.

루비스에게서도 "긍정적으로 검토하겠다"는 대답을 들었으므로 식사가 끝난 뒤, 마법을 통해 왕국에 있는 가마라스와 연락을 취했다.

물론 정상적인 귀족적 사고를 하는 가마라스는 일이 돌아가는 상황을 듣더니 '혼담이다'라고 판단해서 결혼 준비를 갖추어 니콜을 카드니아로 보냈다.

가마라스로서도 손자가 카드니아 왕이 되는 것이니 대찬성이었다.

오히려,

"과연 마르스 님. 즉위했을 때 니콜을 죽이지 않은 건 자비로워서만이 아니라 길게 봐서 이런 역할을 맡기기 위해서였나!"

라며 마르스의 선견지명에 감탄했다.

그리하여 마르스가 관여하고 있지 않은 사이에, 그리고 루비스가 독 때문에 몸져누워 있는 사이에 일은 빠르게 진척되었다.

XIX ◆ 니콜의 결혼

카도니아에서의 내 거점은 스탬피드 때 도망친 카도니아 귀족의 저택이었다.

그 귀족은 도망쳤을 때 몬스터에게 습격받아 죽었기 때문에 돌아올 걱정도 없다. 카도니아에서도 손꼽히는 커다란 건물이라는데 내장도 훌륭하다. 요새를 개축해서 만들어진 파룬 왕성과는 천지차이다.

문제가 있다면 '그래비티' 5배 팔찌를 끼고 있어서 내가 앉으면 예술품 같은 의자가 부서진다는 것이랄까.

하는 수 없이 커다란 통나무를 잘라 의자 대신 쓰고 있다.

아깝게도 예쁜 인테리어가 못쓰게 됐다. 이거야 원, 산적 우두머리도 아니고.

그 저택에 파룬에서 불러들인 니콜이 도착했다. 그러나,

"마르스 님, 니콜에게 좋은 연분을 만들어 주셔서 감사드리옵니다!"

니콜과 함께 카도니아에서 온 릴리아가 나를 보자마자 무릎을 꿇고 이렇게 말했다.

니콜을 불렀는데 왜 모친인 릴리아가 같이 온 거지?

혹시 니콜은 마마보이? 아니 그보다, 좋은 연분이라니?

"형님, 저에게 이런 큰 역할을 주셔서 감사드립니다. 반드시 기대에 보답해 보이겠습니다!"

릴리아의 옆에서 니콜도 무릎을 꿇고 있다. 의욕이 있어서 다행이다.

14살이 된 니콜은 온화하고 똑똑하게 생겼다. 자못 유능한 문관의 느낌이다.

나도 카도니아를 니콜에게 떠맡기고 빨리 파룬으로 돌아가고 싶다.

"음. 카도니아는 너에게 맡기마. 루비스 왕녀와 힘을 합쳐서 잘 해다오."

"알겠습니다! 형님, 어서 그 루비아 왕녀와 인사하고 싶은데 왕녀는 지금 어디에 계십니까?"

오, 적극적이군. 니콜도 루비아 왕녀가 꽤 예쁘다는 소문을 듣고 뭔가 기대하고 있는 건지도 모른다.

"왕녀는 성에 있지만 지금 몸이 안 좋아서 만날 수 있을지 모르겠구나."

나와의 회담 후, 갑자기 몸이 안 좋아졌다고 들었다. 어쩌면 나와 만났을 때 너무 긴장한 건지도 모른다. 회의 중에도 안색이 점점 나빠졌으니까.

"왕이시여, 제가 니콜 님을 성으로 안내할까요?"

내 옆에 서 있던 크롬이 제안했다.

일단 성을 둘러보는 것도 좋을지 모른다. 크롬이 있으면 성가신 일도 생기지 않을 것이다. 니콜에게도 헌드레드에서 비교적 정상적인 사람을 두 명 골라서 호위로 붙였다.
“그래, 크롬, 니콜을 안내해 줘.”
“네!”
크롬은 기쁘게 고개를 끄덕였다.

“잠깐! 아무리 파룬 왕의 신하라고 해도 이런 짓은…….”
게오르크는 갑자기 찾아온 크롬 일행을 막아서느라 필사적이었다.
그들은 강제로 루비스 왕녀의 방 앞까지 쳐들어온 것이다.
“게오르크 경. 남편이 되실 니콜 님께서 모처럼 오셨소. 아내를 한번 보겠다는 그 마음도 헤아리지 못하겠소?”
크롬이 생긋 웃었다.
그 주위에는 왕녀의 호위로 서 있던 카도니아의 기사들이 쓰러져 있다. 물론 크롬과 니콜의 호위가 한 짓이다.
“그런 이야기는 듣지 못했습니다. 그건 파룬이 멋대로 꺼낸 이야기입니다!”
게오르크는 얼굴이 벌게져서 부정했다.
“게오르크 경, 우리가 멋대로 하는 이야기가 아니오.”
역시 파룬 녀석들은 이놈이고 저놈이고 다 이상하다고 게오르크는 생각했다.
“이미 끝난 이야기요. 내 아버지 가마라스와 왕녀의 조부이신 고든 공작 사이에서 말이지. 두 분 모두 무척 기뻐하고 계시오. 내 형님, 마르스 왕에게 감사하라면서 말이오."

"거짓말! 고든 공작이 그런 말을 했을 리가……."

"왜 그렇게 생각하시오? 고든 공작 입장에서는 하나밖에 없는 손녀가 카도니아의 왕비가 되는 것이니 나쁘지 않을 텐데."

"그건……."

니콜의 말이 맞다. 루비스 왕녀는 이번 사건의 흑막을 마르스라고 의심해서 파룬을 카도니아에서 쫓아내려 했지만, 그건 고든 공작과 의논해서 한 일이 아니다.

고든 공작 입장에서는 카도니아의 일에 파룬이 개입하게 될지언정 자신은 차대 왕의 외척이 될 가능성이 높은 것이다.

"그리고 말이오. 왕녀가 형님께 무엇을 하려 했는지, 우리는 어느 정도 예상하고 있소."

니콜은 미소를 띤 채로 말했다.

"대체 그건 무슨……."

게오르크의 벌건 얼굴이 파랗게 바뀌었다. 그것을 추궁하는 순간 왕녀도 자신도 없는 목숨이 된다.

"어느 나라에서나 형님을 대하는 태도는 다 똑같은 법이오. 어리석기도 하지. 진정 위대한 왕은 속인들이 좌지우지할 수 없는 존재인데 말이지."

니콜이 더 웃었다. 그가 마르스에게 빠져 있다는 것이 훤히 들여다보였다.

크롬도 웃고 있지만 인상은 험상궂다. 이 이상 저항하면 목숨은 없는 줄 알라는 듯이.

'더는 어찌할 도리가 없는 것인가…….'

게오르크의 마음이 꺾이려 할 그때, 지키고 있던 방문이 열렸다.

나타난 것은 루비스 왕녀였다.

"게오르크, 그만 됐어요."

루비스의 안색은 창백한 것이 회복이 되려면 아직 멀어 보였다.

"니콜 님, 방으로 드시지요. 단, 혼자 들어오세요."

그래도 루비스는 도도하게 행동했다.

"물론입니다."

니콜은 빙그레 웃는 얼굴로 루비스의 방에 들어갔다.

"당신들이 저희한테 요구하는 게 뭔가요?"

방에 있던 시녀들을 물린 뒤, 루비스가 니콜에게 물었다. 두 사람은 의자에 앉아 탁자를 끼고 마주보고 있다.

"요구가 아닙니다. 같이 카도니아를 좋은 나라로 만들자는 것뿐."

잔뜩 긴장한 루비스와 대조적으로 니콜은 태연한 표정을 하고 있다.

"좋은 나라로 만들자니…… 파룬이 오기 전에는 카도니

아는 좋은 나라였어요.”
루비스는 니콜에게 날카로운 시선을 던졌다.
“그렇습니까?”
니콜은 그 시선을 가볍게 받아넘긴다.
“좋은 나라였으면 아무리 형님이 훌륭한 왕이더라도 국민들이 쉽게 복종하진 않았겠죠. 애초에 정말 좋은 나라라면 타국이 개입할 구실은 주지 않았을 겁니다. 하지만 그렇지 않았죠. 카도니아는 파룬이 오기 전부터 분열 조짐을 보였어요.”
“그건…….”
루비스도 속으로 자국에 잘못이 있었다고 생각한다. 그러나 그렇다고 파룬의 개입을 인정할 수는 없었다.
“루비스 왕녀, 당신은 나라가 누구를 위해 있다고 생각하십니까?”
니콜의 얼굴이 진지하게 변했다.
“물론 백성을 위해서죠.”
그건 루비스의 신념이기도 하다. 그녀가 카도니아에서 파룬을 몰아내려 하는 것도 그 때문이었다. 미치광이 왕으로 이름난 마르스에게 나라를 넘기면 안 된다고 생각해서 열심히 저항하고 있는 것이다.
“백성을 위해서라면 더 우리와 같이하셔야죠. 형님만큼 백성을 생각하는 왕은 없으니까요.”
“그런 헛소리를! 파룬의 미치광이 왕에 대한 소문은 이

근방에서는 어린애라도 다 알아요! 그 왕이 지나간 자리에는 피와 시체가 강과 산을 이룬다고!"

마르스의 평판은 아레스 대륙 전역에서 최악 중 최악이었다. 무법자들을 이끌고 나라를 빼앗고, 귀족들을 몰살하고, 몬스터 고기를 먹고, 투기장을 짓고 흡족해한다. 왕이 어쩌고 하기 이전에 인간으로서 위험하다고 인식되고 있었다.

단, 실제로 만나 본 마르스는 지극히 평범한 사람이라는 인상도 루비스는 갖고 있었다.

"그 피와 시체는 귀족들의 것이죠. 민중에게는 일절 손해가 없습니다. 카도니아에서도 그랬잖아요?"

"그런……."

그렇게 말하면서도 루비스는 다시 생각해 보았다. 확실히 민중에게는 피해가 없다. 죽은 것은 귀족들뿐이다.

"아뇨, 그렇다고 해서 귀족이 죽어도 좋다는 이유는 못 돼요!"

루비스가 볼 때는 귀죽들도 소중한 신하다. 그 목숨을 함부로 다뤄도 될 리 없었다.

"그래요? 귀족이 국가를 위해 뭘 해 주죠? 밭을 갈아 주나요? 나라를 위해 싸워 주나요? 물론 개중에는 뛰어난 인재도 있겠죠. 하지만 그건 극히 일부이고 전체적으로는 불필요한 존재라고 생각하지 않으십니까?"

"말도 안 돼요! 귀족이 없으면 나라는 성립할 수 없어요!

누가 영지를 관리하죠? 누가 정치를 해요? 귀족처럼 교육받은 자들이 없으면 못 하는 일도 많다고요!"

"제가 말하고 싶은 건 그 숫자가 너무 많다는 겁니다."

니콜은 루비스의 눈을 들여다보았다.

"귀족의 존재는 많은 비용을 필요로 합니다. 그건 민중에게 부담밖에 되지 않아요. 당신은 귀족을 위해 민중이 고통받아도 좋다는 겁니까? 거기에 교육이 필요하다면 우수한 인재를 골라서 교육받게 하면 됩니다. 귀족일 필요는 없습니다."

선뜻 부정할 수 없는 말이었다. 단, 반론하려 해도 말이 나오지 않았다.

"파룬에서는 나라가 그렇게 성립되고 있습니다. 귀족들이 사라짐으로써 중간착취가 없어져서 국가의 세수는 늘어나고, 반대로 백성의 조세 부담은 줄어들었죠. 모두 기뻐하고 있습니다. 우리나라에서 형님을 나쁘게 말하는 사람은 아무도 없습니다."

실제로 파룬에서는 마르스의 인기가 절대적이었다. 자신이 왕이었다면 그러지 못했을 거라고 니콜 자신도 생각하고 있었다.

"……믿을 수 없어요."

루비스는 겨우 그 말밖에 할 수 없었다. 자신이 믿고 있던 것을 쉽게 뒤집을 수는 없다.

"한번 파룬에 오시지요. 그 눈으로 진실을 보세요."

니콜이 상냥하게 말했다.
"그리고 전 기쁘군요."
"네?"
"제 결혼 상대가 이렇게 현명하고 귀여운 사람이라는 게 말입니다."

니콜과 루비스의 결혼식은 성대하게 치러졌다.
파룬의 산하로 들어가게 될 거라고 하자 카도니아 남부는 결혼을 열광적으로 지지했다. 북부도 고든 공작이 지금까지의 귀족의 권익을 인정해 줌으로써 여론을 모아 최종적으로 이 혼인을 인정했다.
이로써 니콜이 새 카도니아 왕이 되고, 카도니아는 사실상 파룬의 속국이 되었다. 남부의 대부분은 카도니아 왕의 직할지가 되었고, 니콜은 수완을 발휘해 개혁을 추진하게 된다.
신혼여행으로 파룬을 방문한 루비스도 그 실정을 접하자 파룬의 선진성을 인정했다. 이후로는 니콜을 지지하여 카도니아를 위해 일했고, 두 사람은 금슬 좋은 부부가 되었다.

그리고 마르스는 말했다.

"저 두 사람은 어쩌다 결혼한 거지?"

Chapter.3

VERY VELL.THEN LET IT BE KRIEG

XX ◆ 도르센 왕국

파룬 왕국과 카도니아 왕국의 북쪽에는 도르센이라는 나라가 있다.

도르센의 국토는 파룬의 5배로, 파룬과 카도니아를 합쳐도 도르센의 절반에도 미치지 못한다.

그 역사도 깊어서 아레스 대륙이 생겼을 때부터 존재했다고 전해지며, 국왕의 혈통은 여신의 후예라고 칭해졌다. 현재도 아레스 대륙 중앙에 위치하는 열강 중 하나로, 국토뿐만 아니라 경제와 군사면에서도 파룬을 압도한다.

도르센의 입장에서 보면 파룬도 카도니아도 마수의 숲의 완충지대 정도의 취급이었다.

그 완충지대끼리 느닷없이 합체했다.

도르센 왕으로서는 탐탁지 않은 움직임이었다.

최근 파룬이 마수의 숲을 개척해서 급속히 발전하기 시작했다는 것은 당연히 파악하고 있다.

그건 좋다. 소국이 아무리 발전해 봤자 그 규모에는 한계가 있었다. 투기장이라는 야만적인 시설을 짓고 도박으로 수익을 올렸던 것에도 “가난한 나라는 필사적이지”라며 코웃음쳤다.

그러나 이웃나라를 합병해서 국가 규모를 배로 불리는

것은 간과할 수 없다.

물론 아직 파룬은 도르센에 훨씬 못 미치는 나라이다. 그러나 이웃나라를 합병했다는 것은 영토에 야심이 있다는 뜻이다.

군사적으로는 크게 성장하지 않았지만, 헌드레드라는 신분을 불문한 소수 정예 시스템을 도입하고 있다. 또 성격에는 문제가 있지만 실력 있는 마법사들이 윤리를 따지지 않는 마법 연구가 가능하다는 소문을 듣고 파룬으로 모여들고 있다는 정보도 입수했다.

그리고 카도니아에서 발생한 스탬피드의 진압.

그것도 파룬은 대군을 쓰지 않고 소수 인원으로 해냈다고 한다.

이는 파룬의 힘이 만만하지 않다는 것을 시사하고 있었다.

정보에 의하면 이번 스탬피드는 소규모였던 것 같지만 그래도 파룬의 힘을 얕잡아볼 수는 없다.

지금 도르센 왕의 앞에서는 두 명의 남자가 머리를 조아리고 있었다.

카도니아의 첫째 왕자와 둘째 왕자다.

스탬피드가 일어나자마자 모스를 탈출하고, 아버지인 왕의 죽음을 알자마자 후계자 싸움을 벌인 머저리들이다.

그 때문에 국내의 지지를 잃고 파룬의 카도니아 병합을 보게 된 것이다.

이들과 죽은 카도니아 왕이 좀 더 괜찮은 인물들이었다면 지금 같은 사태는 초래하지 않았을 것이다.

이 두 사람은 도르센 왕에게 자신들의 궁한 처지를 호소하고 있었다.

말하자면 "부당하게 카도니아에서 추방당했다" "이번 사건은 파룬에 의한 침략이다" "부왕도 몬스터가 아니라 파룬에 살해당했을 것이다" "스탬피드는 파룬이 일으켰다" "왕비가 된 여동생이 파룬과 꾸민 모략이다" 등등.

증거도 뭣도 없는 글자 그대로 개소리다. 이런 놈들이 자신의 수하였다면 목을 날려 버릴 참이다.

그러나 도르센 왕에게 지금 필요한 것은 대의명분이다. 그 주장이 아무리 황당무계할지언정, 두 사람에게는 카도니아를 물려받을 권리가 일단은 있는 것이다.

"무슨 말인지는 잘 알겠다."

도르센 왕이 엄숙하게 대답했다.

"도르센으로서도 파룬의 폭거를 내버려 둘 순 없지. 대응책을 생각해 보마."

그 말에 카도니아의 왕자들이 뛸 듯이 기뻐하며 도르센 왕에게 감사했다.

생각 없는 놈들.

도르센 왕은 속으로 욕했다.

중앙의 강국 중 하나인 도르센이 움직이면 다른 열강이 그 동향을 주시하게 된다. 자칫 잘못하면 타국의 간섭을 받게 된다. 그에 상응하는 사전 준비와 사전 교섭이 필요하므로 많은 수고와 노력이 든다. 개전이라도 하게 되는 날엔 금전적 부담도 막대해진다. 그리 간단한 일이 아닌 것이다.

그러나 그럼에도 해야 한다. 문제의 싹은 크기 전에 짓밟는다. 그것이 정치가의 임무다.

우선 외교 루트를 통한 왕위 양도 요구. 그동안 카도니아 측 귀족들에게 손을 써 놓고, 카도니아 국경으로 군대를 집결시킨다.

가능한 한 많은 병력을 동원해서 군사 훈련을 통해 시위한다.

아마 그러면 카도니아 북측의 귀족은 대부분 이쪽의 뜻에 응할 것이다.

얌전히 왕위를 양도해 주면 다행이지만 파룬 왕국이 그것을 허락할 리 없다.

최종적으로는 도르센군과 카도니아 · 파룬 연합군의 싸움이 예상된다.

그 싸움에서만 이기면 다음은 카도니아에 괴뢰 왕을 세워 마음대로 조종하면 그뿐이다. 전쟁 비용도 카도니아에서 가차없이 징수하면 된다.

원망을 듣는 것은 새 카도니아 왕이고, 그 뒤 카도니아가 혼란에 빠지건 말건 알 바 아니다.

이번 목적은 대두하기 시작한 파룬 왕국을 때리는 데 있으니까.

새 카도니아 왕이 된 니콜은 도르센 왕국에서 온 서신을 읽고 한숨을 쉬었다.

서신의 내용은 카도니아를 탈취한 파룬 왕국에 대한 비난과 왕위의 양도다.

요구에 응하지 않았을 경우에는 실력 행사에 나서겠다는 뜻이 완곡하게 적혀 있었다.

솔직히 니콜에게는 예상했던 사태이다.

이렇게 멋대로 굴다 보면 인접한 대국들에게 찍히는 게 당연하다. 생각보다 오래 걸렸을 정도인데, 아마 국내외를 조정하느라 시간이 걸린 것이리라.

물론 카도니아 왕위 양도는 논외다. 어렵게 형으로부터 위임받은 일국의 운영인데 이 기회를 호락호락 놓칠 수는 없다.

니콜은 어려서부터 제왕학을 강제로 주입받으면서 자랐다. 파룬 왕국의 왕태자는 마르스였지만 폐적은 기정사실이어서 니콜도 그런 줄 알고 지냈다.

어머니와 조부로부터는 "네가 파룬 왕국의 미래를 짊어지는 거다!"라며 정치와 경제의 기초를 배웠다.

특히 조부인 가마라스에게서는 구체적인 정책과 실전을 수반한 사람 부리는 법도 배워서, 진작부터 니콜의 정치가로서의 능력은 상당히 높은 레벨이 되어 있었다.

니콜 자신도 "왕이 돼서 파룬을 멋진 나라로 만들겠다!"는 이상으로 불타고 있었다.

그러나 어느 날 갑자기 그 미래가 사라졌다.

마르스의 군사 쿠데타다.

조부인 가마라스는 절대적인 정치 권력을 갖고 있었지만 폭력 앞에 쉽게 굴복했던 것이다.

가마라스나 귀족들이 평범하다고 생각하고 있던 마르스는 뒤에서는 군사적 카리스마가 있어 사병이라 할 수 있는 헌드레드를 조직하고, 지방군벌이던 검은 기사단과 붉은 기사단의 지지도 얻고 있었다.

또 마르스는 약혼녀이자 강력한 마법사이기도 했던 프라우와도 관계가 돈독해서 마도사단까지 접수하더니 압도적인 군사력으로 왕도를 제압한 것이다.

주요 귀족들은 숙청당하고, 니콜도 어머니와 함께 일시 구속되었으나 가마라스가 용서받자 목숨을 구할 수 있었다.

그 후 마르스는 적이었던 가마라스를 중용하고 기득권층이었던 귀족들을 일소한 뒤, 대담한 개혁까지 단행했다. 니콜 자신도 개혁에 일조했다.

파룬 왕국에 필요했던 정치적 · 경제적 개혁을 쉽사리 달성해 보인 것이다. 그것도 정적이었던 인재를 활용해서.

"당해낼 수 없는 사람이다."

니콜은 무시했던 형을 진심으로 존경했다. 암살이 두려

워 방에 틀어박혀 지냈던 것은 거짓 모습이고, 그 뒤에서는 차기 왕으로서 착착 준비를 진행시키고 있었던 것이다.

니콜은 왕이라기보다 정치가로서 성장했지만, 형은 "왕이란 무엇인가"를 보여주었다.

그리고 마르스는 카도니아의 왕으로서의 직책을 니콜에게 부여했다.

이것은 존경하는 형이 니콜의 능력을 인정해 준 것이 틀림없다. 아마도 자신이 어려서부터 해온 노력을 인정해 주는 것이리라.

카도니아 왕녀와 결혼한 니콜은 북쪽 귀족들에게는 유화책을 쓰고 남쪽에서는 왕국 직할지를 늘려서 급속도로 왕국을 재건시켰다.

카도니아 왕녀는 특권의식에 젖은 전형적인 귀족 영애와는 다르게 마음에 쏙 드는 총명한 여성으로, 능력적으로도 최적의 파트너였다. 좋은 반려자를 선택해 주었구나 하고 형에게 감사하고 있다.

헌드레드의 간부도 몇 명쯤 데리고 와서 카도니아에서도 같은 시스템을 도입했다.

강력한 군사력의 유용성은 이미 마르스가 증명했으니 그것을 쓰지 않을 이유가 없다.

그렇지만 성취하기까지는 아무래도 시간이 걸린다. 코앞에 닥친 도르센 왕국의 위협에 대항하기에는 당분간 무력하다.

전쟁이 벌어지면 북쪽 귀족들의 대부분이 돌아서리라.

왕비의 조부이자 북쪽의 유력 귀족인 고든 공작에게도 급박해지면 항복해도 좋다는 뜻을 은밀히 전달해 놓았다. 저항해 봤자 소용없다.

그러나, 그러나. 생각하기에 따라서는 좋은 기회이기도 하다. 도르센으로 돌아선 죄를 묻는다면 남은 북쪽 귀족들을 제거할 수도 있다.

기득권층인 귀족은 왕국에는 불필요한 존재일 뿐이다.

그들을 제거할 수 있다면 카도니아의 국력을 단숨에 끌어올릴 수 있다.

어쩌면 형 마르스는 여기까지 내다본 것일지도 모른다.

그렇다면 무서운 선견지명이다.

아마 도르센과의 전쟁에서도 승리할 거라는 계산이 서 있으리라.

현재 파룬 왕국에 군사적 지원을 요청해 놓았고, 이미 붉은 기사단이 도착해 있다. 숫자는 적지만 사기가 높고, 그 실력은 보증되어 있다.

만일에 대비해 마르스와 프라우의 참전도 요청해 놓았다. 그 둘이 있으면 어떤 싸움에서도 이길 자신이 있다.

물론 니콜 자신도 전장에 나갈 생각이다. 왕이 전선에 나감으로써 사기를 고무시키는 것도 중요하지만, 모스를 일부러 비워서 도르센 쪽으로 돌아서는 자들을 색출할 좋은 기회이기도 하다.

전쟁은 외교적 실패요 정치적 실책이며, 경제적 부담을 가져다주지만 피해서는 지나갈 수 없는 길이다.

형 마르스는 도르센에 승리함으로써 중앙 진출을 꾀하고 있는 것이 틀림없다.

항간에 떠도는 소문대로 마르스는 아레스 대륙의 통일을 최종 목표로 하는 것이리라.

니콜도 마르스가 소국의 왕에 머물 그릇이 아니라고 생각하고 있고, 아레스 대륙 최초의 통일왕이 될 인물이라고 믿고 있다.

그러기 위해서라도 니콜은 동생으로서, 카도니아 왕으로서 마르스에게 헌신할 작정이다.

XXI ◆ 몬스터 군단

어쩌다 이렇게 됐지?

니콜이 보낸 서신을 받은 나는 머리를 싸맸다.

도르센으로부터 카도니아의 전 첫째 왕자에게 카도니아의 왕위를 넘기라고 촉구하는 서신이 왔다.

그건 뭐 좋다. 넘기면 그만이다. 귀찮기도 하고.

문제는 니콜이 왕녀와 결혼해서 카도니아 왕이 되어 버렸다는 것이다. 결혼은 왜 한 거지? 왜 그렇게 급 친해진 거야?

그리고 그 니콜이 왕위를 넘기기는커녕, '도르센과 개전할 가능성이 높으니 파룬의 최대 전력을 파견해 달라'라고 요청해 왔다.

응? 왜? 니콜이 무투파였던가? 온건한 문관 타입인 줄 알고 카도니아를 통째로 준 건데 이야기가 다르다.

게다가 이 서신의 내용을 알게 된 부하들은 펄펄 끓어오르고 있었다.

"좋아! 전쟁이다!"

"박살 내주자!"

"아예 먼저 쳐들어갑시다!"

등등 수습이 안 된다.

지난번 카도니아 스탬피드 때는 나설 기회가 없었던 붉은 기사단은 앞장서서 카도니아로 가 버렸다.

"도르센의 압력에 동요하는 카도니아를 안정시키기 위해서라도 우리가 다녀오겠습니다!"라는 붉은 기사단 단장 워렌의 그럴싸한 말에 "그, 그래? 알았어"라는 말밖에 할 수 없었다. 어떻게 말릴 수가 없었다.

유일하게 전쟁에 반대해 줄 것 같은 가마라스는 "역시 폐하이십니다. 몬스터 군단이 완성될 시기에 개전을 맞추신 겁니까? 모든 것은 폐하의 계획대로군요!"라는 등 영문 모를 소리를 하고 있다.

그런 거 계획한 적 없거든.

누가 좋아서 전쟁을 하냐. 평화가 제일인 게 당연하잖아.

어쩌다 보니 카도니아를 병합한 꼴이 되었지만 원래 파룬의 영토는 아니었으니 잃어도 상관없을 터다.

어떻게든 전쟁을 막을 순 없을까?

그렇게 생각한 나는 "잠깐. 도르센의 국력은 파룬의 5배야. 전쟁이 벌어지면 국민들도 동요할 거야. 여기서 섣불리 결정할 일이 아니라고"라며 판단을 미루기로 했다.

일단 형세를 관망한 건데 중신들은 특별히 이의를 제기하지 않았다.

모두 '저희도 다 압니다'라는 얼굴로 미소 짓고 있다.

이 녀석들과 나는 의사소통이 전혀 되고 있지 않은 것 아닐까?

그리고 다음 날, 왕성 내부의 정원에 헌드레드 멤버들이 집결했다.

딱히 내가 부른 건 아니다. 도르센과 개전한다는 정보를 듣고 알아서 모인 것이다.

나는 내 방 창문으로 그 모습을 내려다보고 있었다.

오그마가 왕성 발코니에 서서 연설을 시작한다.

물론 나는 허가하지 않았다.

요컨대 불법 무허가 집회인 셈인데 어째서 아무도 뭐라고 하지 않는 거냐?

"잘 모여 주었다, 우리 정예들이여!"

멋대로 모이지 말라고.

"너희도 알다시피 도르센 왕국이 카도니아 왕국을 양도하라고 요구해 왔다!"

아니, 카도니아를 원래 왕위 계승자한테 반환하라는 지극히 정당한 요구를 했을 뿐이야.

"도르센 놈들, 이 폭거를 용서해서야 되겠는가!"

왕을 제쳐두고 멋대로 왕성에서 연설을 시작하는 건 폭거가 아니고?

"카도니아를 눈뜨고 빼앗기려는 상황에 너희는 입 다물고 보고만 있을 건가?!"

부탁이니 네가 입 좀 다물어 줄래? 멋대로 선동하지 마.

집결한 헌드레드 멤버들 사이에서 함성이 일어난다.

"그냥 둘 수 없지!" "도르센의 도둑놈들에게 철퇴를!" "상응하는 대가를 치르게 해 주마!" 등등 혈기왕성한 의견이 대부분이다.

그들의 반응에 만족한 오그마는 일단 말을 끊었다.

그리고 자리가 진정되기를 기다렸다가 이번에는 조용히 말하기 시작했다.

"도르센은 대국이자 강국이다. 파룬 왕국의 5배는 되는 병사를 준비할 것이다. 그것도 훈련되고 장비도 갖춘 병사들로."

모두들 이 말에 다소 당황한 듯 술렁거리기 시작한다. 5배의 병력 차에 냉정해진 건가?

"두려운 사람 있나? 딱히 돌아가도 상관없다! 제로스 왕이 원하는 건 강한 사람이다! 병력 차가 걱정되는 겁쟁이는 집으로 돌아가서 벌벌 떨기나 해!"

그런 말을 듣고 진짜로 돌아갈 사람이 있겠냐? 진짜로 보내 주고 싶으면 더 다정하게 말해 주겠니?

물론 아무도 미동조차 하지 않는다. 모두 말없이 오그마의 다음 말을 기다렸다.

"전원 싸울 의지가 있다는 건가. 그렇다면 말하겠다! 병력 차는 고작 5배다. 한 사람이 5명을 쓰러뜨리면 되는 것이다!"

대체 무슨 소리를 하는 거지? 곱하기 문제 같은 걸 갖다 붙이기 시작했는데?

"설마 5명 정도도 쓰러뜨리지 못하는 약해빠진 놈은 없겠지? 나는 헌드레드 1위의 이름을 걸고 그 10배인 50명을 쓰러뜨리고 그 목을 우리 왕 제로스께 바칠 것을 선언한다!"

"필요 없어!"

나도 모르게 소리쳤다. 방 안이라 물론 그들에게는 닿지 않는다.

눈 앞에 50개의 목이 굴러다니는 광경을 상상하고 진저리를 친다.

"나도 10명의 목을 베어 제로스 왕에게 바치겠다!"

"그럼 난 20명!"

"그럼 난 30명!"

급속도로 떨어지는 목숨의 가치.

그리고 내 상상 속에서 굴러다니는 목도 점점 불어난다.

이렇게,

"제로스 왕에게 도르센의 돼지들의 목을 바쳐라!"

라는 전혀 고맙지 않은 구령과 함께 무허가 불법 집회는 최고조의 흥분 속에서 끝났다.

그 후 온 나라에 "도르센과 전쟁을 한다"는 소문이 돌았지만, 국민들은 특별히 동요하지 않았다.

수집시킨 중론은,

"파룬에 부조리한 요구를 하는 도르센에 대가를 치르게 해야 한다!"

"헌드레드의 강함을 타국에 알릴 기회다!"
"제로스 왕의 위광을 아레스 대륙 전역에 알릴 때가 왔다!"
등등 전쟁에 긍정적인 것이 대부분이었다.
추측컨대 국민들은 투기장에서 매일 격렬한 전투를 관전하다 보니 싸움에 대한 거부감이 덜해진 것 아닐까?
동시에 헌드레드에 대한 신뢰가 두텁다. 그들이 싸워서 질 리가 없다고 생각하고 있다.
덕분에 수집한 국민들의 목소리 가운데는 전쟁에 반대하는 소리가 거의 없었다.

그리고 열린 대(對)도르센 대책회의에서는 당연히 "때가 무르익었다!"라는 의견밖에 없었다.
"전사들의 사기는 왕성합니다!"
"국민들도 도르센과의 싸움을 지지하고 있습니다!"
"몬스터 군단도 준비되었습니다!"
등등 도망갈 구실이 전혀 없다.
"좋다. 그럼 전쟁이다."
나는 마지못해 고했고, 도르센과의 전쟁이 결정되었다.

도르센과의 개전이 결정된 다음 날, 나는 몬스터 양산 계획의 책임자와 만나기로 했다.
책임자는 프라우 휘하의 마법사로, 지금까지 만나지 않

고 마음대로 하게 놔두었지만 전쟁이 닥치니 그 진척상황이 궁금했다.

몬스터 양산 계획의 거점으로 성 뒤쪽에 있는 마수의 숲을 개척해서 새 시설을 하나 지어 놓았었다.

귀족의 저택 정도 되는 크기의 건물 하나와 그 주변으로 거대한 텐트를 빙 둘러 쳐 놓았다.

나는 프라우와 같이 갔다.

"처음 뵙겠습니다, 키리라고 합니다. 프라우 님의 휘하에서 몬스터를 연구하고 있습니다."

우리를 맞은 것은 자신을 키리라고 소개한 여자 마도사였다. 검은 머리, 검은 눈에 키는 작다. 소녀 같은 외모이지만, 광신적인 종교관계자처럼 눈이 형형하게 빛나고 있다.

"들었다. 몬스터에 대해서 잘 안다고?"

"네! 키엘 마도국에서 몬스터를 연구했습니다."

키엘 마도국은 시조가 마법사인 특이한 나라로, 마법 연구를 국시로 삼고 있다. 아레스 대륙 중앙에 위치하는데, 각지에서 마법사들이 모여들며 마법사의 이상향이라고도 일컬어진다.

"왜 키엘 마도국에서 파룬 왕국으로 온 거지?"

"그 나라는 몬스터 연구가 얼마나 유용한지 이해하려 들지 않습니다! 이 연구를 진행하려면 다소의 희생은 불가피한데 피해가 좀 생겼다고 저를 국외추방……."

그리고 키리는 중얼중얼 불만을 말하기 시작했다. 그녀

가 연구에서 강화한 몬스터가 폭주해서 몇 사람이 죽었다고 한다.

……음 이 녀석, 필요 없어.

나는 옆에 있는 프라우를 슬쩍 쳐다보았다. 프라우는 가볍게 고개를 가로저었다.

일단 이야기를 들으라는 뜻이리라. 같이 생활하게 되면서 대충 프라우와 의사소통이 되게 되었다.

"그래, 몬스터 군단은 잘 되고 있나?"

"네, 물론이죠! 몬스터 군단은 제 꿈이기도 했습니다! 키엘에서는 연구 허가가 떨어지지 않았지만 파룬 왕국에서는 마음껏 하라고 하셨으니 온 힘을 다해 열심히 하겠습니다!"

몬스터 군단이 꿈…… 그러니까 추방당하지. 그리고 마음껏 하라고 한 기억은 없는데.

"그건 그렇고 몬스터를 식용, 구경거리, 군용으로 쓰다니 역시 소문으로 듣던 파룬 왕국의 왕이십니다! 범인은 도저히 생각하지 못할 발상입니다. 저는 오로지 몬스터를 연구하고 싶다는 생각밖에 없지만, 그 연구를 이렇게까지 활용할 수 있을 줄은 꿈에도 생각하지 못했습니다!"

"소문? 타국에서는 나에 대해 어떻게 말하고 있지?"

그러고 보니 다른 나라에서 나를 어떤 식으로 말하고 있는지는 모른다.

"네! 제로스 왕이라고 하면 망나니들을 이끌고 왕위를 찬탈한 뒤 반역자들을 뿌리 뽑고, 기존의 윤리와 상식을 무시한 채 나라를 다스리고 있다는 평판입니다!"

"……그래. 그렇게까지 윤리를 무시할 마음은 없는데."

새삼 지적받고 보니 내가 말도 못 하게 악한 왕 같잖아. 게다가 부정할 수 있는 근거가 하나도 없다는 게 슬프다.

"아닙니다! 거기다 마법의 발전을 위해서는 인체실험도 마다하지 않는다고 들었습니다! 마도사에게는 이상적인 왕이십니다! 지금 파룬 왕국에는 저처럼 나라에서 쫓겨난 떨거지 마도사들이 속속 모이고 있습니다. 이것도 다 제로스 왕의 인덕 때문입니다!"

떨거지 마도사? 그거 윤리적으로 문제 있는 연구를 하다가 나라에서 추방당한 마법사들 아니야?

왜 그런 녀석들이 멋대로 파룬 왕국에 집결하고 있는 거야?

그리고 전쟁을 틈타서 마법 인체실험을 한 건 프라우야. 내가 아니라고.

다시 프라우에게 시선을 던졌더니 얼굴을 홱 돌리고 있었다.

……아, 머리가 이상한 마법사들을 모으고 있는 범인이 이 녀석인가.

"그러고 보니 식용화는 어떻게 되어 가고 있지?"

"순조롭게 진행되고 있습니다. 이쪽은 킬러 래빗의 포획에 성공해서 번식의 가능성이 생겼습니다."

저기 보세요, 하고 손가락으로 가리킨 끝에는 높다란 울타리로 둘러싸인 부지 안에 수많은 킬러 래빗이 활기차게 뛰어다니고 있었다.

"꽤 많군. 멸종 위기라고 들었는데."

"원래 이 나라 풍토에 맞는 몬스터라 어느 정도의 숫자만 보호해도 알아서 늘어납니다. 헌드레드의 토벌 페이스가 너무 빠른 것뿐입니다. 역시 파룬 왕국이에요! 보통은 킬러 래빗 같은 하위 몬스터는 아무리 토벌해도 끝이 없습니다! 그걸 멸종 직전까지 몰고 가다니 대단해요! 저도 몬스터 포획 현장에 따라가 봤는데, 이 나라에서는 몬스터가 사람만 봐도 도망가더라고요. 완전히 사람과 몬스터의 입장이 뒤바뀌었습니다! 이건 놀라운 일이에요!"

몬스터가 사람만 봐도 도망간다니…… 안전 면에서는 좋은 것도 같지만 기뻐할 수만은 없는 건 왜일까?

"……그래. 그럼 몬스터 군단은 어떤가?"

"그건 저쪽에."

키리가 죽 늘어선 텐트 가운데서도 유독 커다란 텐트 안으로 안내했다.

안에 있던 것은 워울프라고 불리는 개의 형상을 한 몬스터였다. 개의 형상이라고 해도 성인 인간 정도의 크기인데다 집단으로 습격해 오기 때문에 얕잡아볼 수 없다.

수는 전부 100마리쯤일까? 텐트 안을 어슬렁거리기도

하고 웅크리고 있기도 하다.

"좀 커 보이는데……."

내가 아는 워울프보다 배는 크다. 성인 인간의 사이즈를 넘었다.

"먹이로 몬스터 고기를 주고 있습니다. 원래 다른 몬스터의 고기를 먹는 습성이 있는데 평소에 먹을 수 없는 상위종 몬스터의 고기를 줘서 대형화시켰다고 합니다. 스탬피드 때 가지고 온 대량의 몬스터 고기를 유용하게 활용할 수 있었습니다. 거기에 제가 조합한 약도 섞었더니 전투력도 대폭 향상되었습니다."

키리가 가슴을 펴고 대답했다.

그러고 보니 스탬피드 때 몬스터 고기를 마도사들이 냉동보존했었지.

그게 사육하던 몬스터용이었구나. 저희끼리 먹는 것치고는 많더라 싶더니.

그리고, 전투력을 향상시키는 약이란 게 뭐지? 그거 위험한 약 아니야?

"하지만 이 안에 있는 건 100마리 정도잖아. 전쟁에서 쓰기엔 수가 적지 않나?"

도르센의 장병들은 잘 훈련되어 있다고 들었다. 100마리쯤은 간단히 대처할 수 있다.

"여기 있는 건 일부입니다. 길들이기가 끝난 무리는 마수의 숲에다 풀어 놓고 기르죠. 너무 많으면 먹이를 주는 것도 일이니까요. 그런데 일단 전달해 놓았습니다만, 마수의 숲에서 워울프를 보더라도 절대 만지시면 안 됩니다."

그 말이라면 들었다. 마수의 숲의 워울프는 만지지 말라고. 포획 대상이라 보호하는 거라고 생각했는데 그런 거였군.

"풀어 놓아도 되나? 녀석들이 정말로 돌아오겠나?"

숲에 풀어 놓은 워울프가 얌전히 돌아올 것 같진 않다.

"워울프는 무리의 우두머리에게 절대복종하는 몬스터입니다. 무리의 우두머리가 이쪽의 말을 듣는 한 이쪽의 부름에 응하게 되어 있습니다."

무리의 우두머리? 그러고 보니 워울프는 누구의 말을 듣지?

설마 키리의 뜻대로 움직이는 건가? 그건 엄청 불안한데?

"그 무리의 우두머리가 어디에 있지? 녀석들은 누구의 명령을 듣나?"

"무리의 우두머리는 마수의 숲에서 세력을 확장 중입니다. 덕분에 지배하의 워울프는 그 숫자가 날로 늘어나고 있습니다. 또 무리의 우두머리는 제로스 왕에게 절대복종합니다. 아니, 형식적으로는 제로스 왕이 무리의 정점에 위치해 계십니다."

"내가 정점에? 왜?"

그런 이야기는 지금 처음 듣는데.

"어라? 기억 못 하세요? 1년 전쯤에 워울프를 잡아 오셨죠?"

1년 전? 그러고 보니 그쯤에 워울프를 잡았었지.

사실 군단화할 몬스터로서 워울프를 고른 건 나다.

이유는 간단. 사람을 잘 따르는 개에 가까우니까.

파충류계나 곤충계 같은 징그러운 몬스터는 별로 쓰고 싶지 않았고, 레이스 같은 유령계나 토렌트 같은 식물계는 으스스하고, 고블린이나 오크 같은 인간형도 거부감이 들었다.

그래서 생각 끝에 워울프로 정한 것이다.

프라우가 그 샘플이 필요하다고 말한 것이 약 1년 전.

어째서 왕인 내가 그런 걸 해야 하나 싶었지만, 몬스터를 종속시키는 데는 쓰러뜨리는 인간이 강하냐도 중요한 요소인데 파룬에서 제일 강한 내가 적격이라는 것이었다.

그런 말을 들으니 마냥 싫지도 않아서 마수의 숲속을 돌아다니면서 제일 멋진 워울프를 잡아왔다.

포획하려면 죽이면 안 되기 때문에 검을 쓰지 않고 맨손으로 때려눕혀서 성으로 가지고 돌아왔다.

그 후의 일은 모른다.

"그러고 보니 샘플로 붙잡아 왔었지. 그게 어쨌다는 거지?"

"그 워울프는 제로스 왕에게 포획될 때 트라우마가 생겼는지 딱할 정도로 잔뜩 겁을 먹었더라고요. 덕분에 제로스 왕을 자기보다 높은 존재라고 인식했던 모양이라 제로스 왕에게 종속시키는 것은 간단했습니다."

……내가 뭘 잘못했던가? 좀 얌전해질 때까지 두들겨 팬 게 다인데.

"'말 안 들으면 제로스 님을 데리고 온다!'라고 하니까 얌전히 지시에 따라서 군단화도 의외로 순조롭게 진행되었죠. 잡아오신 워울프가 원래 한 무리의 우두머리로 우량개체였던 것도 효과가 있었던 것 같습니다."

"……아, 그래? 그거 잘됐네."

"그래서 지배하에 있는 개체 수는 500마리가 넘을 겁니다. 전력으로서는 충분하지 않겠습니까?"

그 정도면 확실히 충분할 것이다. 일개 군단에 필적하는 숫자다.

뭔가 석연치 않은 기분이지만 도르센 군과 싸울 준비는 갖춰져 가고 있었다.

XXII ◆ 브릭스 전투

킴브리는 도르센 왕국의 역전의 장군이었다.

호리호리한 몸매에, 나이가 50세가 넘어서인지 원래 잿빛이었던 머리가 거의 하얗게 변하기 시작했다. 군인답게 등줄기가 곧게 펴지고 표정은 늘 엄숙해서 주위에 긴장감을 주었다.

크고 작은 전쟁을 수없이 경험했으며 견실한 전략과 전술을 취한다.

도르센 왕의 신뢰가 두터워 카도니아 침공의 전권을 위임받은 킴브리는 전쟁을 단단히 준비했다.

우선은 카도니아 국경에서의 군사 훈련.

목적은 카도니아 북부의 귀족에 대한 시위인데, 주로 파룬 왕국에 대한 시뮬레이션을 연습했다.

파룬 왕국의 예상 병력은 2000명. 국력을 생각하면 최대 동원 수는 그 정도일 터였다.

한편 도르센 왕국의 병력은 1만. 병력 차는 5배이다.

상식적으로 생각하면 패배할 수가 없다.

그러나 파룬 왕국의 주력으로 지목되는 헌드레드라는 왕의 사병집단은 스탬피드도 진압했으니 그 실력은 얕잡아볼 수 없다.

이에 킴브리는 기사와 병사를 3명씩 그룹으로 묶어서 늘 다수로 한 사람을 상대하도록 훈련시켰다.

아무리 강한 전사라도 복수의 인원과 싸우는 것은 어렵다. 인간은 조직되어야만 힘을 발휘하는 동물이다. 그렇기 때문에 인간보다 훨씬 강한 몬스터를 쓰러뜨릴 수 있다.

훈련된 병사 3명이 한꺼번에 싸우면 쉽게 대처할 수 있을 터다.

그 밖에도 문제가 있었다.

파룬 왕국의 현 왕비인 뇌제 프라우다. 어려서부터 신동으로 알려진 천재 마법사.

전장에서 마법사는 위험하다. 강력한 마법은 일격으로 전황을 뒤집을 수 있는 힘이 있다.

단, 마도사단도 수적 우위는 이쪽에 있다. 아무리 뛰어난 마법사라도 한 사람이 가진 마력에는 한계가 있는 것이다.

킴브리는 그 대책으로 철저하게 방어 결계를 치도록 마도사단에 지시하고, 그것을 훈련시켰다.

공격 마법을 쓸 필요는 없다. 마법의 영향이 없으면 병력 차로 찍어누를 수 있다고 생각했던 것이다.

그리고 최대 문제가 파룬 왕국의 왕 제로스다.

무력으로 정권을 잡고, 파룬 왕국의 투기장에서는 최강을 자랑하며, 카도니아의 스탬피드에서도 용명을 떨친 남자.

아마도 조상인 용사의 피가 진하게 발현한 것이리라.

용사는 신의 가호를 받은 자. 인간을 뛰어넘는 힘을 발휘한다 해도 이상하지 않다. 괜히 인원을 늘렸다가 손해가 커질 가능성이 있다.

이에 킴브리는 오천위(五天位)라고 불리는 왕 직속 기사 중에서 두 사람을 빌려왔다.

오천위는 도르센 최고의 무용으로 이름난 용사들이다. 모험가로 치면 S랭크에 필적한다.

아마 제로스와 동등한 힘을 지녔을 것이고, 설령 제로스가 그 이상의 힘을 지녔다 하더라도 두 사람이 한꺼번에 덤비면 이길 수 있을 터다.

파룬의 군대만 쓰러뜨리면 카도니아의 군세는 그 시점에 와해될 것이다. 전의가 낮아서 상대할 필요조차 없다.

실제로 카도니아 북부를 차지했던 영주들은 간단히 이쪽의 책략에 응하고 있다. 새 국왕이 파룬의 왕족이라는 점도 쉽게 배신하는 바탕이 되었으리라.

이렇게 준비를 마친 킴브리는 카도니아에 침공을 개시했다.

침공 루트 상에 있는 카도니아의 귀족들은 아무런 저항 없이 항복했다.

김빠질 정도로 아무것도 없다.

난관으로 예상했던 산간부에도 병사가 배치되어 있지 않았다.

진군을 계속하던 도르센 군대가 카도니아 북부를 빠져나가려고 했을 때, 마침내 적군과 만났다.

파룬과 카도니아의 연합군이다.

장소는 산과 숲으로 둘러싸인 평원이다. 브릭스 평원이라는 이름이다.

훗날 '브릭스 전투'라고 불리게 되는 도르센 군과 파룬 · 카도니아 동맹군의 싸움은 이렇게 시작되었다.

전쟁 초반에는 원거리 마법 공격이 펼쳐졌다.

도르센 군은 예상대로 결계를 쳐서 철저하게 방어했다.

그 결계에 파룬 군이 날린 공격 마법이 몇 개나 날아와 박힌다.

대기가 진동하는 굉음이 울리고, 군마가 동요한다.

킴브리는 옆에 있는 마도사에게 상황을 들었다.

"예상보다 더 강력한 마법입니다. 하지만 막아낼 수 있습니다. 상대의 마력이 다했을 때를 기다렸다가 반격할까요?"

"아니, 그럴 필요 없다."

이쪽이 마법 공격을 날린 틈에 역공당할 것을 우려한 킴브리는 마도사단에 결계를 유지하라고 명령했다.

그리고 파룬의 공격 마법이 그치자 공세로 전환했다.

"우익 제3, 제4기사단, 좌익 제5, 제6기사단을 출격시켜라."

적인 파룬 군은 우익에 붉은 기사단 500, 좌익에 검은 기사단 500이 포진해 있었다.

그에 비해 도르센 군의 양익에는 4개 기사단을 투입했다. 1개 기사단의 인원은 500명으로, 한쪽 날개당 1000명의 병력. 파룬 군의 2배다.

기병이 주축인 양측 기사단은 즉시 격돌했다.

수적으로는 압도적으로 우위지만 밀어붙이는 양상은 아니다.

"강하군……."

킴브리는 혼잣말했다.

출격시킨 것은 모두 경험이 풍부한 숙련된 기사단이다.

그것을 상대로, 그것도 배의 숫자를 막아내고 있으니 적의 기사단은 상상 이상으로 강하다.

그러나 예상한 범위 내이다. 붉은 기사단, 검은 기사단은 거의 전원이 헌드레드에 소속되어 있다는 정보를 입수한 그는 사실상 최정예 부대라고 생각하고 있었던 것이다.

오히려 2000의 병력으로 파룬 군의 약 절반의 병력을 상대하고 있다고 생각하면 충분했다.

남은 파룬 군은 1000명. 카도니아 군이 후위로 1000명 정도 있지만, 그건 아마 전력이 되지 못할 것이다.

반면 이쪽의 남은 병력은 8000. 본진에 3000이 있으니 주력군은 5000명이다. 상대 병력의 5배다.

전혀 문제없다.

그렇게 판단한 킴브리는 주력군에 공세를 명령했다. 이쪽은 보병이 주축이다.

양익의 기사단이 싸우고 있는 전장의 한복판을 가로지르듯이 5000명의 병사가 진군한다.

파룬 군도 즉각 응전에 나서지만 수적 열세는 명백하며, 이쪽 군세가 서서히 밀어붙이고 있다.

이제 제로스 왕이 전장에 모습을 보이면 오천위 두 사람을 전장에 투입하면 된다.

그것으로 이 전쟁은 끝이다.

이겼군.

킴브리는 아군의 승리를 확신했다.

마르스는 도르센 군이 싸우는 모습에 만족하고 있었다.

도르센 군사는 수적 우위를 살려 늘 1 대 2 아니면 1 대 3의 전투를 하도록 잘 훈련되어 있었기 때문이다.

특히 도르센 군의 주력인 보병은 3명이 한 그룹을 이루고 있다. 대형 방패를 든 병사가 방어, 창을 든 병사가 견제, 검을 든 병사가 공격을 맡고서 마치 몬스터를 상대할 때처럼 이쪽 병사와 싸우는 것이다.

헌드레드 멤버들도 대응에 애를 먹고 있었다.

아마 자신들이 늘상 사냥하는 몬스터가 된 기분일 것이다.

그러나 마르스는 아군의 고전을 개의치 않는다.

마르스가 염려했던 것은 헌드레드의 상위권이 순식간에 적병을 유린하는 것이다.

그렇게 되면 하위권, 특히 헌드레드 랭킹 100위에 들지 못한 멤버들은 충분히 싸우지 못한다.

그건 곤란하다.

몬스터와의 싸움과 인간과의 싸움은 다르고, 투기장에서의 싸움과 전장에서의 싸움도 다르다.

이 상태라면 언제 다음 전쟁이 일어날지 모르므로 전장에서 싸우는 법을 되도록 모두가 경험하도록 해 두어야 한다.

집단전에 익숙해질 필요도 있다.

이 싸움은 마르스가 이끄는 파룬 군의 첫 출진이라 최대한 경험치를 쌓아 두고 싶었기 때문이다.

양익인 붉은 기사단, 검은 기사단의 기사단장인 워렌과 크롬에게는 적을 적당히만 막아내도록 철저히 지휘하라는 지시를 내렸다.

프라우에게도 직접 공격하지 말고 마도사단의 마법사들을 잘 활용하라고 말했다.

윗사람이 툭하면 나서는 것도 생각해 볼 문제인지라 이번에는 전장에서 부하들을 통솔하는 법을 익히게 할 생각이었다.

그런 연유로 현재는 랭킹 밖에 있는 자들이 주축이 되어 싸우고 있어 적당히 고전하고 있다.

도르센 군도 적당히 싸우다가 지쳐서 퇴각해 주었으면

한다.

너무 큰 피해를 주면 원한이 남게 된다.

그런 생각을 하고 있는데 오그마가 이렇게 말했다.

"제로스 왕이시여, 하위권은 슬슬 한계입니다. 상위권을 투입시켜도 되겠습니까?"

오그마의 말대로 중앙의 군대와 싸우고 있는 병사들은 눈에 띄게 지치기 시작했다.

다수를 상대하는 싸움에 익숙하지 않은 데다 애초에 죽느냐 사느냐의 싸움에 익숙하지 않은 자들이 대부분이었다.

뭐, 경험으로서는 충분하겠지.

"좋다. 천천히 교대하라."

그렇게 허가를 내렸다.

교대라고는 해도 갑자기 오그마 등 상위권이 전장에 나가는 것은 아니다. 그보다 약간 아래 랭크에 속한 자들이 아군이 고전 중인 위치에 들어가는 것일 뿐이다.

그러나 그 효과는 충분했다.

헌드레드에는 왕푸라는 남자가 있다.

위로도 옆으로도 커다란 남자로, 대머리에 수염은 덥수룩하다. 눈은 언제나 부라리고 있다.

원래 나무꾼이었는데 어떤 거목이라도 쓰러뜨리는 괴력으로 유명했다고 한다.

비교적 초기에 헌드레드에 가입했는데 그 외모 때문에 눈에 띄었다.

힘으로 공격한다는 신조를 갖고 있어 기술이고 나발이고 검과 도끼로 때려 부수듯이 싸웠다.

이것이 어찌나 강렬한지 정통으로 막아도 아프고, 받아넘기려 해도 왕푸의 힘이 너무 강력해서 마음대로 되지 않는다.

그래서 '왕푸의 공격은 피하는 게 상책'이라는 것이 헌드레드 내의 공통 인식이 되었다.

톱랭커들은 왕푸를 요리조리 피해 다니다가 틈을 봐서 공격하는 것으로 대처했다.

투기장에서는 그 괴력으로 인기가 있었지만 랭크는 20위 전후에 머물고, 그 이상으로는 좀처럼 올라가지 못하고 있었다.

그러나 왕푸는 본인의 스타일을 바꾸지 않았다.

그러기는커녕 이기지 못하는 것은 힘이 부족하기 때문이라고 생각하고 있었다.

먹는 몬스터 고기도 곰이나 덩치 큰 원숭이처럼 힘센 몬스터 고기만 먹고, 훈련도 힘을 기를 수 있는 훈련만 했다.

그런 보람도 있어 점점 힘을 키워가더니 '힘만큼은 헌드레드 최강'이라는 평가를 얻게 되었다.

마르스도 왕푸와 싸워본 적이 있다.

몇 년 전쯤에 마수의 숲 깊은 곳에 거대한 나무 몬스터가 있었다. 자이언트 트리라는 몬스터의 아종인데 보통의 자이언트 트리보다 거대하고 단단했다.

그 단단함에 압도당한 마르스는 힘센 나무꾼인 왕푸를 토벌에 데리고 갔던 것이다.

방어력은 높지만 움직임은 둔한 그 몬스터와의 싸움에 왕푸는 안성맞춤이라, 그 괴력을 십분 발휘해서 몬스터 토벌에 공헌했다.

토벌 때 자이언트 트리의 아종은 검붉은 몽둥이 같은 물건을 남겼다. 그것은 몬스터의 핵심을 이루던 부분이었다.

길이도 두께도 창보다 한 뼘씩 크고, 아무튼 무겁고 단단하다.

마르스는 어떤 것의 재료로 쓸까 생각했지만 너무 단단해서 가공하기 어려운 데다 너무 무거워서 써먹을 데가 없을 것 같아서 토벌의 공로로 왕푸에게 주기로 했다.

여기에 감격한 왕푸는 그 이후로 그 몽둥이를 그대로 무기로 써서 싸우고 있다.

헌드레드 내의 평판은 최악이었다.

좌우지간 아프고, 맞은 방어구나 무기가 파손되고, 투기장의 설비가 부서지는 등등 비난이 폭주했지만 왕푸는 아랑곳하지 않고 계속 썼다. 블러디 로드라는 이름이 붙은 그 몽둥이는 왕푸와 함께 유명해졌다.

그 왕푸가 전선에 나섰다.

즉각 막아서는 3명의 적병에게 왕푸는 블러디 로드를 휘둘렀다.

방어를 맡은 커다란 방패를 든 병사가 그것을 받았지만, 맞은 방패는 찌그러지고 그 병사는 팔이 부러져 나뒹굴었다.

한순간에 방어를 잃고 동요한 나머지 두 사람에게 왕푸는 무자비하게 공격을 퍼붓는다.

괴력에서 나오는 블러디 로드의 질량 앞에 그것을 받아 내려던 검과 창은 구부러지고, 저만치 날아간 병사들은 글자 그대로 몸을 꺾은 채 죽었다.

예상을 뛰어넘는 왕푸의 힘 앞에 도르센 군의 집단 전법은 무의미했다.

왕푸가 블러디 로드를 휘두를 때마다 도르센 병사들은 죽어 나갔다.

두세 명이 한 덩어리가 되어 날아가는 병사들도 있다.

머리를 정통으로 맞은 병사는 머리가 공처럼 날아갔다. 남은 몸통에서는 피가 솟구쳤다.

블러디 로드는 그 피를 빨아먹었다. 블러디 로드의 원형인 자이언트 트리의 아종은 흡혈종이기도 해서 그 핵을 이루던 블러디 로드도 그 성질을 이어받은 것이다.

왕푸는 몰랐지만 블러디 로드는 새 피를 공급해 주는 왕푸를 숙주로 인정해서 그 흡혈의 효과를 환원하고 있었다. 즉 체력과 상처의 자동 회복이다.

결코 민첩하지 않은 왕푸는 싸움에서 아예 다치지 않는

건 아니지만 블러디 로드가 회복시켜 주기 때문에 상관 않고 싸울 수 있었다.

마치 걸어 다니는 요새다.

블러디 로드의 효과로 잔뜩 피를 뒤집어쓴 왕푸는 도르센 군에게는 공포였다.

인간이 아니다, 괴물이다, 라고.

왕푸뿐만 아니라 새로 전선에 투입된 헌드레드 랭커들은 그 힘을 충분히 발휘해서 눈 깜짝할 사이에 전황을 뒤집고 있었다.

XXIII ◆ 오천위

우세였던 아군이 돌연 후퇴하기 시작하자 킴브리는 놀랐다.

5배의 병력으로 밀어붙이던 전투의 흐름을 바꾸는 것은 그리 쉬운 일이 아니다.

'설마 제로스 왕이 전선에 나선 것인가?'

그렇다면 이쪽도 오천위를 투입해야 한다.

일정 레벨을 넘은 전사를 일반병에게 상대시켜 봤자 개죽음이 늘어날 뿐이다.

킴브리는 서둘러 전선에서 소식을 가져오게 했다.

그리고 돌아온 전령으로부터 "전선 곳곳에 적의 정예가 투입된 모양입니다"라는 보고를 받았다.

"정예? 제로스 왕이 아니라?"

"네, 정예의 숫자는 10명 정도입니다. 외모로 보아 제로스 왕은 아닙니다. 하지만 상당한 강적입니다. 3인조의 연계가 전혀 기능하지 못하고 일방적으로 유린당하고 있습니다. 인원을 늘려도 막아내지를 못합니다."

제로스 왕이 아니라는 것은 헌드레드 랭킹 상위의 인간이리라.

랭킹 상위권이 투기장에서 어떻게 싸웠는지는 들었지만

그건 흥행적으로 과장된 이야기라고 킴브리와 그 참모들은 판단하고 있었다. 전해 들은 이야기가 모두 인간의 레벨을 뛰어넘은 것이었기 때문이다.

파룬 같은 소국에 그렇게나 강한 전사가 몇 명이나 있다는 것은 예상외였다.

“일단 퇴각시킬까.”

킴브리는 즉시 판단했다. 무너진 전선은 그리 간단히 회복시킬 수 없다.

적의 전력을 과소평가한 것도 실수다.

“하지만 적의 기세가 대단해서 퇴각했다간 모조리 붕괴할 가능성도…….”

전령으로는 상황 판단이 가능한 우수한 기사를 쓰고 있다. 그런 기사가 그렇게 말한다면 퇴각은 그리 간단한 문제가 아니리라.

‘직속을 투입할까?’

킴브리의 직속 기사단은 전원 정예다. 전선을 되찾을 수 있을지는 몰라도 본진을 비우는 위험과 실패했을 때의 리스크가 크다.

“킴브리 장군님. 저희가 가겠습니다.”

옆에 서 있던 오천위 중 한 사람, 마테우스가 진언했다.

마테우스는 기다란 금발을 뒤에서 하나로 묶은 잘생긴 사나이로, 오천위답게 귀신같이 빠른 검기로 유명한 기사다.

오천위의 또 다른 일원인 단테도 킴브리의 시선을 받고

고개를 끄덕였다. 이쪽은 구릿빛 피부를 가진 대장부로, 거대한 대검을 가볍게 휘두르는 장사다.

"계속 여기 있어서 뭐하겠습니까."

마테우스가 빙그레 웃으며 툭 말했다.

아마도 킴브리가 예상 밖의 일로 오천위를 쓰는 것을 꺼린다고 생각해서 일부러 그러는 것이리라.

"……알았다. 부탁한다. 주력부대가 퇴각할 시간을 벌어 주면 된다. 깊이 들어갈 것도 없다. 저쪽에는 아직 제로스 왕이 있다."

"알겠습니다. 그럼."

그렇게 대답하더니 마테우스와 단테는 전장으로 향했다.

블러디 로드를 붕붕 휘두르고 있던 왕푸는 기분이 좋았다.

투기장에서는 쉽게 이기지 못하지만 이곳에서는 자신의 강함을 실감할 수 있다.

'역시 완력은 위대해.'

쓰러뜨린 적의 수는 헤아릴 수조차 없다. 자신이 전진한 만큼 적이 후퇴한다.

다른 아군들도 자신의 기세를 따라 공세로 전환하고 있다.

'톱랭커들이 나오기 전에 이대로 적을 단숨에 쳐부술까.'

왕푸가 그렇게 생각했을 때, 한 명의 기사가 앞을 막아섰다.

남자 주제에 기다란 금발을 휘날리고 있는 잘생긴 기사다.
"오, 큰데? 인간이 아니라 뭐 곰 그런 거냐?"
금발의 남자가 입가에 미소를 띤 채 농담을 날렸다.
"훅!"
왕푸는 대꾸하지 않고, 대신 블러디 로드를 옆으로 붕 휘둘렀다.
금발의 남자는 가볍게 도약해서 피하더니 공중에서 빙글 돌아 착지했다.
"대답이 없는 걸 보니 역시 사람 말이 통하지 않는 건가?"
"……누구냐, 넌?"
몸놀림이 예사롭지 않은 남자였다. 헌드레드에서도 상위에 들어갈 수 있다.
"어라, 말을 알아듣잖아, 곰씨. 내 이름은 마테우스. 오천위의 일원이라고 하면 알려나?"
오천위. 그 이름은 알고 있었다. 도르센 왕국에서도 최강의 5명이 쓸 수 있는 이름. 일당백이라고 일컬어지는 용사들이다.
"오천위라, 재미있군! 나는 헌드레드의 왕푸다! 때려눕혀 주마!"
왕푸는 아까까지 힘으로만 밀어붙이던 공격 패턴을 속도를 중시한 공격으로 바꿨다.
그 거구에 어울리지 않는 바람을 가르는 질풍과도 같은 봉술. 투기장에서 이기기 위해 습득한 스타일이다.

가로 세로 대각선을 가로지르는 타격에 찌르기를 더한 연속 공격. 일격이라도 검으로 막으면 블러디 로드의 초중량으로 그 방어 위로 상대에게 대미지를 입힐 자신이 왕푸에게는 있었다.

그러나 마테우스는 그 모든 공격을 피한다.

"허, 무서워라. 그 공격을 정통으로 받았다간 뼈가 부러지겠는걸?"

마테우스는 왕푸의 공격 의도를 간파하고 있었다.

그리고 일단 거리를 둔 뒤, 자세를 낮추고 검을 뒤로 뺀다. 마테우스가 들고 있는 것은 날씬한 검이었다.

'제길!'

왕푸가 반격을 예측한 순간, 마테우스의 모습이 사라졌다. 반사적으로 블러디 로드로 방어 태세를 취한다.

쨍하고 미세하게 블러디 로드로 튕겨낸 감촉이 있었지만 옆구리에 뜨거운 감각을 느꼈다.

확인해 보니 옆구리가 베어 있다.

그러나 마테우스의 공격은 끝이 아니다. 도르센에서는 귀신같이 빠르다고 일컬어지는 엄청난 속도의 참격이 계속해서 날아온다.

왕푸는 블러디 로드로 방어하면서 몸을 비틀어 치명상을 피했지만 몸은 서서히 난도질당하고 있었다.

그리고 마침내 무릎을 꿇었다.

'죽음이군.'

왕푸는 패배를 깨달았다.

'하지만 그냥은 안 죽지. 최후의 일격이 왔을 때 한 방 먹여 주마.'

몸이 베어질 때 근육으로 검을 꼼짝 못 하게 붙들어 두고, 움직이지 못하게 된 상대를 맨손으로 때려눕힐 심산이었다.

왕푸가 투기장에서 몇 번 했던 목숨을 건 공격으로, 할 때마다 회복술사 루이다에게 혼났다.

"실전에서 이런 걸 했다간 죽는다고!"라고.

싸우다 죽는 건 상관없다. 헌드레드는 모두 그런 각오가 되어 있다. 오히려 죽음이 두려워서 도망 다니는 것은 도저히 생각할 수 없었다.

'자 와라!'

왕푸가 각오를 다졌을 때, 마테우스가 주위의 도르센 병사들에게 지시를 내렸다.

"좋아, 퇴각하라!"

"퇴각 말입니까? 조금만 더 하면 이 괴물을 쓰러뜨릴 수 있는데도요?"

도르센 병사가 말했다.

"장군의 지시는 퇴각이다. 나는 그 시간을 벌러 온 것뿐이다. 여기 말고 다른 곳도 고전하고 있으니 내가 다니면서 구원해야 하니까. 그리고…….”

마테우스가 왕푸를 쳐다보았다.

“이 남자는 아직도 포기하지 않았어. 상처 입은 곰은 무슨 짓을 할지 알 수 없지. 그가 움직이지 못하는 사이에 퇴각해. 적의 구원군이 오기 전에 말이다.”

그 말을 들은 도르센 병사들은 뒤로 물러나기 시작했다.

‘목숨을 건진 건가?’

사라져 가는 마테우스를 본 왕푸는 긴장의 끈이 끊어져 의식을 잃었다.

도르센 군이 물러가는 것을 본 마르스는 추격을 금지했다.

아군에도 피해가 나왔으니 부상자 치료를 우선한 것이다.

특히 최전선에 나간 20위급의 헌드레드 멤버들은 오천위 두 명에 의해 전원 전투불능에 빠졌다.

왕푸는 의식불명이었으나 블러디 로드의 회복 효과와 루이다의 치료 덕분에 목숨을 건졌다.

한편 도르센 군은 주력 부대에서 상당한 피해가 나온 데에 충격을 받았다.

5배의 병력으로도 이 꼴이다. 대체 파룬 군은 얼마나 강하다는 것인가.

"어떻게 할까."

본영의 천막 안에서 킴브리는 참모들과 앞으로의 전개를 재검토하고 있었다.

정공법으로 나가면 손해가 막심하다. 그러나 싸우는 방법은 얼마든지 있다. 참모들은 오천위와 직속 기사단이 선두에 서서 쳐들어가는 안과 파른 군을 꾀어내어 각개격파하는 안 등을 헌책했다.

군사회의 중에 천막으로 전령이 들어왔다. 상당히 긴장한 표정이다.

"보고드립니다! 이쪽으로 오던 보급부대가 습격당해 전멸했습니다!"

"보급부대가? 카도니아 귀족들이 배신한 건가?"

한 참모가 캐물었다.

설정한 보급 루트는 도르센에 붙은 카도니아 귀족들의 영토다. 그곳을 습격당했다는 것은 그 카도니아 귀족들의 배신이라고밖에 생각할 수 없었다.

"아닙니다, 습격한 것은 몬스터인 듯합니다. 산간부에서 늑대 같은 몬스터 무리한테 습격당한 것 같습니다. 그 수는 수백 마리라는 이야기도."

"몬스터 수백 마리한테 습격당했다고?! 그런 정보는 들어오지 않았다! 남부라면 모를까 카도니아 북부에 그런 몬스터 무리가 있을 리가 없어!"

마수의 숲에 인접한 카도니아 남부는 몬스터가 빈번히

출몰하는 지대지만 그 이외의 지역에서 몬스터를 보는 일은 드물다. 보급부대라고는 해도 호위가 붙어 있는 군대를 습격할 정도로 큰 무리는 있을 수 없었다.

"그 몬스터를 움직이는 건 파룬의 짓일지도 몰라."

보고를 듣고 생각에 잠겨 있던 킴브리가 입을 열었다.

"스탬피드도 그렇고 몬스터들이 너무 파룬 쪽에 유리하게 움직이고 있어."

"설마! 인간의 힘으로는 그 큰 몬스터 무리를 움직일 수 없습니다!"

몬스터 한두 마리를 조종하는 테이머라 불리는 자들은 있지만 한꺼번에 수백 마리를 조종할 수 있는 사람이 있다는 이야기는 동서고금에 알려진 바가 없다.

"어디까지나 추측이야. 늘 최악을 상정하도록. 하지만 지금 문제는 그게 아니다. 보급이 없으면 군대는 움직일 수 없다. 카도니아 북부를 빠져나간 건 다행이지만 보급 루트는 길어졌다. 그 안전이 확보되지 않으면 이 이상의 군사행동에 지장이 생겨."

즉시 다른 보급부대를 보낸다 하더라도 보급 루트의 안전이 확보되지 않으면 같은 일이 벌어질 가능성이 있다.

인근 카도니아 영주들로부터 현지 조달하는 수도 있지만 1만 군사의 보급은 쉬운 일이 아니다. 잘못하면 도르센 왕국이 약탈을 했다는 악명이 퍼질 우려도 있다. 그렇게 되면 정치적인 문제도 발생한다.

"퇴각이군. 여력이 있는 사이에 퇴각해야 해."

킴브리는 그렇게 판단했다.

"잠깐만요, 장군님! 눈앞의 파룬 군을 단기 결전으로 깨부수면 카도니아 군은 항복할 겁니다. 그러면 보급 문제는 상관없어집니다."

참모들이 반론했다. 그들 입장에서는 파룬 같은 소국을 상대로 퇴각이라니 불명예스럽기 짝이 없었다. 다소 무리를 해서라도 싸워야 한다고 생각했다.

"보급로를 차단한 것이 파룬 군의 소행이었을 경우, 이쪽이 단기 결전을 희망해도 저쪽은 수비로만 나올 것이다. 최악의 경우 병사들을 데리고 농성할 가능성도 있어. 안 그래도 단기로 승부를 보려면 오천위와 직속 기사단을 써야 하는데 파룬 군에는 제로스 왕이라는 비장의 카드가 남아 있다. 확실성이 낮아."

킴브리의 말에 참모들은 침묵했다. 모스에서 농성하면 함락시키는 데 시간이 필요해진다.

또 이번 싸움으로 파룬 군의 강함은 뼈저리게 깨달았다. 그렇다면 제로스 왕의 강함은 헤아릴 수조차 없다. 오천위를 전선에 내보냈을 경우, 제로스 왕과 일대일로 붙으면 패할 수도 있다.

지금은 상황이 너무 나쁘다는 것을 참모들도 이해했다.

그리하여 도르센 군은 다음 날 아침에 퇴각하기로 결정했다.

XXIV ◆ 결말

도르센 군이 퇴각한 뒤, 워울프 부대의 지휘를 맡겼던 키리로부터 마술 통신으로 연락을 받았다.

"들어보세요, 제로스 님! 우리 귀여운 멍멍이들이 대활약했어요!"

마술 통신으로 쓰는 수정구슬 너머로 보이는 키리는 눈을 반짝반짝 빛내며 워울프들의 활약에 대해서 이야기하기 시작했다.

"……멍멍이?"

그 말보다도 커다란 늑대들을 멍멍이라고 부르는 거야?

"적 부대가 목표지점에 올 때까지 '기다려'를 지켰고, '가!'라고 하니까 모두 일제히 달려갔어요. 귀엽지 않나요?"

500마리가 넘는 워울프의 습격을 '귀엽다'고 표현하는 것은 세상에 이 녀석뿐이리라.

단, 그런 변태 같은 인간이라 온갖 몬스터와 의사소통이 가능한 것이어서 이번 워울프 부대의 지휘를 맡겼다.

"그래, 보급부대는 박살 냈나?"

"물론이죠! 멍멍이들이 깨끗이 먹어치웠답니다!"

……보급물자를 말이냐, 적병들을 말이냐?

무서우니까 그건 확인하지 말자.

"너는 모습을 들키지 않았겠지? 파룬 왕국이 워울프 부대를 부린다는 건 아직 비밀로 하고 싶은데."

안 그래도 안 좋은 소문이 돌아서 내 평판은 최악 중의 최악이다. 몬스터를 군사에 이용했다는 사실이 이 이상 알려지는 날엔 인류의 적으로 취급받을지도 모른다.

들통나더라도 조금씩 소문을 퍼트려서 세간의 이해를 얻고 싶다.

어떻게 하면 이해를 얻을 수 있을지는 상상도 못하겠지만.

"네. 저는 멍멍이들의 활약을 숨어서 감상하고만 있었으니까 들키지 않았을 거예요. 단, 마술 통신으로 멍멍이들에 관해서는 알려졌을 걸요?"

"그건 상관없다. 오히려 보급부대가 깨졌다는 게 알려지지 않으면 곤란하니까. 단, 이번에는 야생 몬스터에게 습격당한 걸로 해 두고 싶을 뿐이야."

"네? 야생 워울프는 그렇게 큰 무리를 짓지 않는데요?"

이상한 부분에서 냉정하군, 이 녀석은.

"파룬이 관여했다는 증거만 없으면 된다. 아무튼 수고했다. 따로 지시가 있을 때까지 대기하도록."

"알겠습니다."

키리는 머리를 숙이고는 마술 통신을 끊었다.

보급부대가 박살 난 도르센 군은 아마 퇴각을 시작했을 것이다.

그런 대군은 보급물자 없이는 움직일 수 없다. 킴브리

장군은 견실한 군인이니 여유가 있는 동안에 물러나는 것을 선택할 것이다.

……우리 쪽 녀석들이었다면 "장기전을 못 하면 단기 결전을 하면 되지" 하는 식으로 전군 돌격할지도 모르지만.

어쨌든 이로써 이 싸움은 파룬이 승리할 수 있었다.

병사들에게는 실전 경험을 쌓게 할 수 있었고, 간부들에게는 부대 운용을 경험시킬 수 있었다. 워울프 부대의 실전 투입도 성공적이다. 결과적으로는 충분하다.

이쪽의 피해는 거의 없고, 도르센 군의 피해도 그렇게까지 크지 않을 것이다.

이 정도라면 큰 원한도 남기지 않을 테니 앞으로는 외교적으로 대화할 수 있겠지.

인간이라면 문제는 평화적으로 해결해야지 전쟁 같은 폭력으로 해결하는 건 인간으로서 어떤가 싶다. 그렇다, 되도록 싸움은 피해야 하는 것이다.

"도르센 놈들이 도망칠 준비를 시작했습니다! 이참에 두 번 다시 시비 걸지 못하도록 제로스 왕의 공포를 뼛속까지 새겨줘야 합니다!"

다음 날 아침, 도르센 군이 퇴각 준비를 시작했다는 보고가 들어오자 오그마가 상쾌하게 진언했다.

"제로스 왕이시여, 오그마의 말이 맞습니다. 이참에 한 명도 놓치지 않도록 추격해서 위대하신 제로스 왕에게 덤비면 어떻게 되는지 다른 나라들도 깨닫도록 해야 합니다. 자 출전 준비를!"

워렌이 빙그레 웃으면서 진언했다.

"아니, 난 싸울 생각이……."

"압니다, 제로스 왕이시여! 어제는 랭킹 하위권과 랭킹에 들지 못한 자들 탓에 전투에 나가지 못하셨죠. 하지만 더 이상 참으실 필요 없습니다! 모두 제로스 님이 전장에서 용맹히 싸우시는 모습을 보기를 갈망하고 있습니다!"

나에 대해서 전혀 이해하고 있지 못한 워렌이 나의 발언을 가로막는다.

"전선에 서는 건 왕으로서……."

"당연합니다! 타국의 살찐 돼지 같은 왕족과는 다르게 제로스 왕은 늘 선두에 서서 싸워 오셨습니다. 그런 자세야말로 진정한 왕! 자, 도르센에 진짜 왕이 무엇인지를 보여줍시다!"

이번에는 크롬이 톡 끼어들어서 말했다.

아니야! 그게 아니야! "왕으로서 어떤가 생각한다"라고!

어째서 총대장인 왕이 최전선에 서냐고! 어떤 나라가 그렇게 싸우냔 말이다!

"제로스! 제로스! 제로스!"

주위에는 헌드레드의 멤버들이 모여들어 내 이름을 연호하고 있다.

응? 어쩌지 하고 프라우 쪽을 쳐다보니,

“나도 왕비로서 싸우는 모습을 보여주겠어.”

하며 속으로도 생각하지 않을 것 같은 말을 억양 없이 말했다.

안 돼. 이 녀석은 단지 마법을 쓰고 싶을 뿐이야.

“아니, 적의 보급부대는 이미 깨트렸다. 이 이상의 전투는…….”

필요 없어, 라고 말하려는데 주위가 술렁거리기 시작했다.

“그래서 적이 퇴각을 시작한 거로군. 그걸 왕이 직접 추격하는 건…… 너무하네.”

“무서워라……. 적의 보급을 끊어 놓고도 쳐부술 셈이야, 제로스 님은.”

“아, 무자비하기도 하지. 적의 심리를 철저하게 꺾어 놓을 생각인가 봐.”

그럴 생각 없어!

병사들 사이에서 나에 대한 나쁜 평가가 치솟는다.

“역시 제로스 왕! 자, 가실까요!”

……더는 거절할 도리가 없었다.

“파룬 군이 출격했습니다! 제로스 왕이 선두에 서 있습니다!"

"뭐라!"

킴브리는 귀를 의심했다.

보급이 끊겼다고는 하나 병력 차는 아직 이쪽이 압도적으로 우세하다.

파룬 군이 출격할 상황이 아니다.

"어떻게 된 거냐!"

킴브리는 주위를 둘러보았다. 장병들의 표정이 굳어 있다.

그들의 마음은 퇴각 명령에 의해 '이젠 안 싸워도 된다'라는 방향으로 가고 있어 더 이상 싸울 기력이 없는 것이다.

반면 파룬 군은 왕이 직접 선두에 서서 사기가 높다. 어제 전투에서 그 한 사람 한 사람이 강한 병사라는 것도 알았다. 적의 전의는 최고조에 달해 있으리라.

"이쪽의 전의를 상실시킨 다음에 공격으로 전환한 것인가! 제로스 왕, 의외의 책사로군!"

그러나 킴브리도 역전의 장수다.

곧바로 군대를 정비하도록 지시를 내리려고 했다.

그때 측근 마도사가 외쳤다.

"상공에 뇌제가! 저건…… '선더 저지먼트'인가!"

파룬 군의 상공에 여자가 떠 있었다. 저 여자가 뇌제 프라우이리라.

그녀의 주위에는 빛의 마법진이 몇 개나 펼쳐져 있어 마법사가 아닌 인간에게도 범상치 않은 마력을 느끼게 했다.

"방어 마법, 어서!"

마법사들이 비명과 같은 소리를 지른다.

'선더 저지먼트'는 번개 계통 마법 중에서도 최강의 주문.

현재는 프라우만 쓸 수 있다고 알려진, 그야말로 뇌제라는 별명을 갖게 해준 주문이다.

"옵니다!"

말하지 않아도 마법진이 빛나기 시작한 것으로 보아 마법이 발동된 것은 한눈에 알 수 있었다.

"전원 엎드려!"

킴브리는 그렇게 소리치고는 자신도 땅바닥에 엎드려 방어 태세를 취한다.

천둥이 울리고 도르센 군의 진지로 강렬한 뇌격이 우수수 떨어진다. 그것은 이 세상의 끝을 예감케 하는 주문이었다.

일순이지만 영겁처럼 느껴지는 주문이 발동된 후, 킴브리는 일어나서 주위를 둘러보았다.

방어 마법이 어느 정도 효과를 발휘했는지 마도사단과 가까운 부대는 손해가 적다.

그러나 마도사단에서 멀어질수록 피해는 커져서 제일 멀리 떨어진 부대는 괴멸 상태였다.

추정컨대 절반 가까운 병사가 전투불능 상태.

킴브리 자신도 주문의 영향으로 몸이 저려왔다.

"뭐지, 이 마법은? 어째서 어제 전투에서 쓰지 않은 거지?

결계는 효력이 없는 건가?"

킴브리의 질문에 측근 마도사가 대답한다.

"아마 이때를 위해 아껴둔 것 아니겠습니까? 어제 전투 때라면 결계의 효과로 더 잘 막아냈을 테지만, 어제 하루 종일 결계를 유지하는 바람에 오늘은 마도사단에도 피로가 축적되어 어제만큼의 강도를 유지하고 있지 못합니다."

"큭, 이것도 제로스 왕의 계산에 들어 있는 것인가!"

주도면밀한 제로스 왕의 전략에 킴브리는 전율했다.

"마테우스! 단테!"

오천위 두 사람의 이름을 부른다.

"네!"

조금 떨어진 곳에 있던 마테우스와 단테가 곧바로 킴브리의 곁으로 달려왔다.

둘 다 '선더 저지먼트'의 대미지를 받은 흔적은 없다.

"내 직속 기사단을 써서 파룬 군을 요격하라. 우익 제3, 제4기사단, 좌익 제5, 제6기사단에서도 싸울 수 있는 자는 출격시켜도 좋다. 너희 둘이 제로스 왕을 쳐라."

"삼가 받들겠나이다."

마우스는 무릎을 꿇고 대답하더니 곧바로 몸을 돌려 격문을 띄웠다.

"킴브리 장군의 직속부대는 나를 따르라! 우익, 좌익의 기사단에서도 쓸 수 있는 자를 모아라! 서둘러! 제로스 왕을 친다!"

이렇게 해서 브릭스 평원에서 두 번째 전투가 벌어졌다.

도르센 군이 반격에 나섰다.

선두에 있는 것은 아마도 이야기로 들은 오천위 두 사람이리라.

나는 선봉에서 달리고 있었다. 달리고 있었던 것은 중력 팔찌를 차고 있어서 말을 탈 수 없었기 때문이다. 이대로 달리는 것도 폼이 안 나니 그들을 상대하는 것도 딱 좋다.

"내가 오천위 둘을 상대하지. 나머지 적은 맡기겠다!"

"맡겨 주십시오, 제로스 왕이시여!"

오그마들이 다른 적병을 향해서 간다.

오천위 이외의 적도 꽤나 강해 보인다. 아마 킴브리 장군 직속의 부대일 것이다.

"오천위인 우리 두 사람을 상대로 혼자 싸우다니 자신감이 넘치는군, 제로스 왕!"

날씬한 검을 든 긴 금발의 남자가 소리쳤다. 다른 한 사람은 대검을 든 구릿빛 피부의 덩치 큰 남자다.

"나는 오천위의 한 사람, 마테우스!"

금발이 이름을 밝혔다.

"마찬가지, 단테."

갈색 남자가 대검을 앞으로 든다.

"……파룬 왕국 국왕 마르스다."

나도 애용하는 장검을 뽑아 들었다. 입고 있는 새까만 전신 갑옷과 마찬가지로 지하 고대 유적에서 발견한 도검이다. 어떤 딱딱한 것을 베어도 이가 나가지 않아서 아끼고 있다.

"각오해라!"

마테우스라고 밝힌 남자가 단숨에 거리를 좁혀 왔다.

빠르다. 검 끝이 잔상을 남겨 여러 개의 참격을 한 번에 날리고 있는 것처럼 보인다.

무슨 검기지? 과연 오천위로군.

'뭐 막지 못할 것도 없지만.'

나는 그 공격을 검으로 쳐냈지만 갑옷에서는 불쾌한 소리가 난다. 피해내지 못한 공격이 몇 개쯤 갑옷을 스친 듯하다.

'어라? 예상보다 공격 숫자가 많네.'

속도를 중시하는 검사인 듯하다. 왕푸를 쓰러뜨린 건 이 남자이리라.

속도와 공격 숫자로 밀어붙이는 타입인지 끊임없이 공격을 퍼붓는다.

이대로 놔두었다가는 끝도 없이 공격할 것 같다.

나는 조금 거리를 좁혀 상대의 검기 사이로 비집고 들어가 배를 걷어찼다.

"윽?!"

뒤로 날아가는 마테우스. 정통파 검사는 이런 공격에 약하다.

"으랴아!"

그때 단테가 나와 마테우스의 사이로 들어왔다.

대검을 뒤에서 내리치는 단테. 나는 장검으로 그것을 받았다. 검과 검이 부딪치는 날카로운 금속음이 울린다.

그러나 검을 받아냈음에도 충격파가 내 몸을 때렸다.

발이 땅에 박히는 감촉이 있다. 이것도 어떤 검기이리라. 철로 만든 검이나 갑옷이라면 깨졌을 것이다.

마테우스와는 정반대의 파워 타입인가.

단테는 일단 검을 뒤로 빼더니 이번에는 가로로 호쾌한 일격을 날렸다.

이것도 검으로 받았지만 몸 전체가 옆으로 나가떨어졌다.

'검기의 위력이 이 정도라니. 몬스터 고기도 먹지 않고 어떻게 이런 힘을.'

재빨리 태세를 정비했지만 이번에는 마테우스가 달려든다.

다시 발동하는 마테우스의 검기. 아까의 발차기를 경계해서인지 거리는 다소 멀었다.

단테는 내 측면으로 돌아서 검을 휘둘렀다.

마테우스의 검을 오른손의 검으로 받아넘기면서, 단테의 공격을 왼쪽 손바닥에 전개한 보이지 않는 방패로 받는다.

보이지 않는 방패는 공격을 무효화시키는 것이라 충격파와 함께 공격을 받아냈다.

"뭐지!"

마테우스와 단테가 놀란 표정을 짓는다.

그 틈에 나는 뒤로 도약해서 거리를 벌렸다.

"뭐지, 지금 그건!"

두 사람 모두 동요하고 있다. 이 보이지 않는 방패를 처음 본 사람은 모두 놀라지.

나는 그 틈에 팔찌를 뺐다. 프라우한테 선물받은 '그래비티' 5배 팔찌다.

"일단 묻겠는데, 항복할 마음은 없어?"

마테우스와 단테에게 말했다.

"뭐라고? 괴상한 기술로 단테의 공격을 받아낸 정도로 이겼다고 생각하는 건가? 1 대 2의 불리함은 아직 뒤집지 못했다고."

마테우스가 다시 검을 겨누었다. 단테도 대검을 휘두른다.

"이제부터는 안 봐줘. 죽는다?"

'그래비티'의 효과가 사라지자 몸의 움직임이 지나치게 좋아졌다.

"웃기는 소리…… 아까까지는 진심이 아니었다 그건가? 헛소리 마라!"

아까와 똑같이 마테우스가 단숨에 거리를 좁힌다.

그리고 검기를 발동시키려 했을 때,

먼저 내가 베었다.

"뭐……지……."

어깨부터 대각선으로 베인 마테우스는 땅에 풀썩 쓰러졌다. 팔찌가 없으면 이 정도 속도를 상대로는 내가 선수를 잡을 수 있다.

"마테우스!"

마테우스를 도우려는 것인지 단테는 검기를 발동시키고 대검을 내려치기 위해 번쩍 들어 올렸다.

그러나 그 검기는 모션이 커서 몸통이 무방비 상태가 된다. 나는 그 틈을 간단히 노릴 수 있었다.

단테의 측면으로 파고들면서 검을 옆으로 그은 뒤 빠져나간다.

내리쳐진 단테의 대검은 충격파로 조금 전까지 내가 있던 곳에 커다란 크레이터를 만들고, 몸통이 두 동강 난 단테는 그 크레이터 안으로 떨어졌다.

주위에서 싸우고 있던 헌드레드 멤버들이 환성을 지른다.

내가 싸우는 모습을 보고 있었던 것이리라.

반대로 도르센 군에서는 "오천위가 패했다!"라는 절망의 소리가 일어났다.

전쟁의 추세가 결정된 순간이었다.

킴브리 장군은 그 뒤에도 후미에서 지휘를 계속하며 한 명의 병사라도 더 도망칠 수 있도록 분투하다가 마지막에

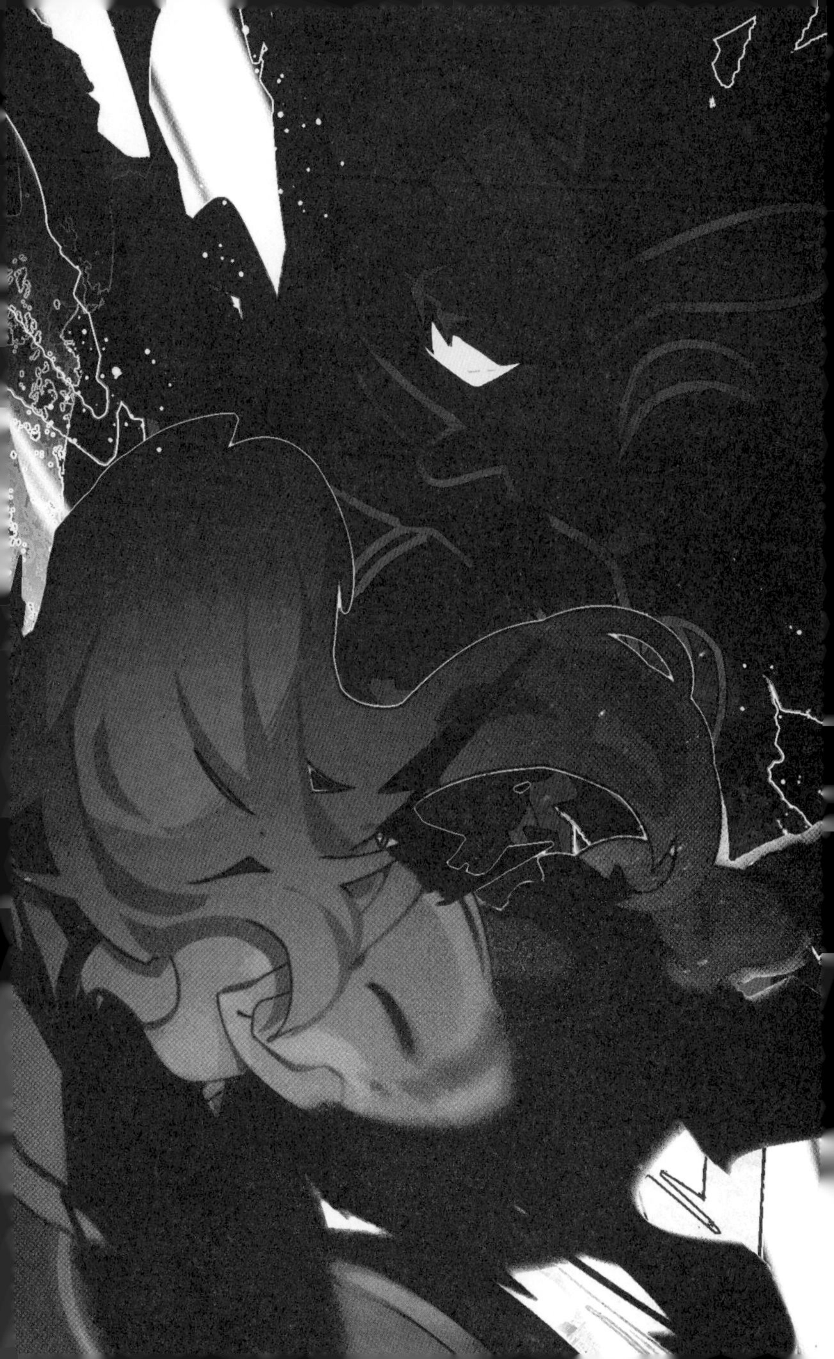

는 오그마와 일대일 접전을 벌인 끝에 전사했다.

XXV ◆ 전후

내가 도르센 왕국의 무력의 상징인 오천위 두 사람을 쓰러뜨리자 도르센 왕국은 전의를 상실했다.

요격부대는 괴멸.

그 사이에 도르센 군은 퇴각을 꾀했지만 헌드레드의 집요한 추격과 프라우의 마법 공격에 장병을 거의 다 잃었다고 한다.

내가 말리지 않았으면 오그마 일행은 적이 전멸할 때까지 추격을 계속했을지도 모른다.

최종적으로는 “아하. 패잔병을 조금 살려두지 않으면 제로스 왕의 공포를 전할 사람이 없어지겠군요!”라는 괴상망측한 납득을 하면서 추격을 단념해 주었다.

키리에게도 워울프 부대를 철수시키도록 지시를 내렸다.

예상보다 많은 적에게 피해를 주고 말았지만, 이로써 파룬 왕국과 전쟁을 해도 이길 수 없다고 생각해 준다면 앞으로의 평화로 이어질 것이니 이건 이것대로 잘된 것 같다.

“제길! 빌어먹을 도르센 군! 숫자만 많았지 아무짝에도 쓸모가 없잖아!”

"내 말이! 왜 우리가 다시 도망쳐야 하는 거냐고!"

저마다 투덜거리면서 말을 달리고 있는 것은 카도니아의 첫째 왕자와 둘째 왕자였다.

이번 전쟁은 형식적으로는 그들의 본국 탈환이라 일단 킴브리 장군의 군대에 종군했었다.

무슨 일이 생기면 안 되므로 진지 후방에 있었는데 도르센 군이 퇴각하자 제일 먼저 달아난 것이다.

그런 보람이 있어서 프라우의 주문에서 도망칠 수 있었고, 오그마 일행의 추격으로부터도 달아날 수 있었다.

지금은 소수의 수행원만 거느리고 카도니아 북부 산간부에서 말을 달리는 중이었다.

그들은 이번에 도르센 군에 붙은 카도니아 귀족들에게 보호를 청할까도 생각했다. 그러나 그들은 이미 등을 돌렸을 것 같아서 필사적으로 도르센 왕국까지 달아나고 있는 것이다.

"애당초 보급부대가 좀 당한 정도로 도망치는 킴브리가 잘못이야."

자신들을 전혀 돌보지 않은 킴브리를 첫째 왕자는 좋게 생각하지 않았다.

"그러니까 말이야. 보급 같은 거 없어도 싸울 수는 있잖아. 그는 겁쟁이야."

둘째 왕자도 거기에 동의했다. 그들은 더 왕족으로 대우해 주기를 기대했던 것이다.

"애초에 몬스터한테 패하는 보급부대가 뭐람? 정말 군대 맞아?"

"스탬피드라면 또 몰라도 흔해빠진 몬스터 무리에 당하다니 그런 게 무슨 보급부대야."

"우리가 지휘했다면 그런 실패는 하지 않았을 거야."

"이번에는 도르센 왕에게 부탁해서 직접 군사를 빌리자. 우리가 지휘하면 분명 승리할 거야."

첫째 왕자와 둘째 왕자는 멋대로 지껄이면서 산길을 달렸다.

"저게 뭐지?"

왕자들이 놀라서 말을 멈췄다. 대량의 잔해가 길을 가로막고 있는 것이다.

"이거 도르센 군의 보급물자 아니야?"

둘째 왕자가 잔해에서 도르센의 문장을 발견했다.

자세히 보니 핏자국도 여기저기 남아 있다.

"설마 전멸한 보급부대의 것인가?"

그렇게 생각하면 대량의 물자가 널브러져 있는 것도 이해가 간다.

그렇다면 여기가 보급부대가 몬스터에게 습격당한 현장이 틀림없다. 그런데 있어야 할 보급부대 병사들의 시체가 하나도 보이지 않는다.

첫째 왕자는 으스스한 기분이 들었따.

"빨리 이곳을 빠져나가자. 이런 곳에 있다간 무슨 일이 생길지 모르……."

뒤를 돌아본 그의 눈에 비친 것은 워울프에게 잡아먹힌 둘째 왕자와 측근들의 모습이었다.

"살려……."

숨이 끊어질락 말락 하는 둘째 왕자가 도움을 청한다.

"히익!"

첫째 왕자는 말을 돌려 도망치려 하지만 눈앞에 비친 것은 커다랗게 벌린 거대한 입이었다.

아무도 없는 산길에서 워울프들이 쩝쩝거리는 소리가 이어진 뒤, 어디에선가 모습을 드러낸 것은 검은 머리에 검은 눈을 한 자그마한 여자였다.

"정말이지 워울프들은 편식을 모른다니까, 똘똘이들. 내 연구를 인정해 주신 제로스 왕과 프라우 님을 위해서라도 워울프들이 앞으로도 열심히 해 줘야 할 텐데."

키리는 옅은 미소를 짓더니 늑대들과 함께 수풀 속으로 사라졌다.

"패배했다고?"

도르센 왕은 패전 소식을 듣고 자기도 모르게 옥좌에서 벌떡 일어섰다.

적의 5배인 1만 군사를 준비하고 거기다 오천위 두 사람까지 동행시켰는데 질 줄은 꿈에도 생각지 않았다.

"네…… 그것도 군사의 7할을 잃은 대패입니다."

보고하는 왕의 측근도 심각한 표정을 하고 있다.

"7할이라니! 7000명의 군사를 잃었다는 것인가?!"

전쟁에 패하더라도 7할의 군사를 잃는다는 건 보통 일이 아니다. 보통의 전쟁이라면 3할의 군사만 잃어도 대패에 해당한다. 인간끼리의 전쟁에서 7할의 장병을 잃었다는 얘기는 들은 적이 없다.

"킴브리는 어찌 되었나?!"

"스스로 후미를 맡다가 전사하셨다고 합니다……."

처음부터 죽을 각오였으리라. 이렇게 대패해 놓고 뻔뻔스럽게 살아 돌아올 남자가 아니다.

"……마테우스와 단테는?"

"둘이서 제로스 왕에게 도전했다가 죽었습니다."

도르센 왕은 옥좌에 털썩 주저앉았다. 피곤한 듯 이마에 손을 짚는다.

이 전쟁으로 입은 손실은 이루 헤아릴 수 없다.

이래 가지고는 남은 3000명의 군사도 멀쩡하지 않으리라. 즉각 복귀는 어렵다.

사실상 1만 군사를 잃은 셈이다. 쉽게 회복할 수 있는 것이 아니다.

킴브리의 전사도 큰 타격이었다. 유능하고 믿음직한 남자였다. 대군을 맡길 만한 장군은 그리 흔치 않다.

그리고 마테우스와 단테.

도르센의 무력을 상징하는 오천위를 둘이나 잃었으니 주변국과의 힘의 균형에 영향을 미칠지도 몰랐다.

"보고가 또 하나 있습니다."

"……무엇이냐?"

"카도니아의 첫째 왕자와 둘째 왕자가 행방불명입니다."

"그 머저리들이?"

이번 전쟁에서 잃은 신하들에 비하면 진심으로 바보인 카도니아 왕자들의 행방 따위 도르센 왕에겐 아무래도 좋았다.

"전사는 아니고?"

"아닙니다. 제일 먼저 달아났다는 보고가 들어왔습니다."

"도망치는 거 하나는 빠르군…… 카도니아 귀족한테 달아난 건가?"

"이쪽에 붙은 카도니아 귀족들은 현재 숙청당했다고 하니 그건 아닐 겁니다."

이번에 도르센 군에 투항한 카도니아 북부 귀족들은 카도니아 왕 니콜에 의해 모조리 제거되었다. 거기로 도망쳤을 리는 없다.

"그럼 있을 곳은 도르센밖에 없지 않느냐. 뭐 됐다. 당분간은 카도니아를 건드릴 수 없어. 발견하면 보호해 주어라. 일부러 찾을 필요는 없다."

"알겠습니다."

"그보다 이번 일의 패인인 보급부대 괴멸의 원인 조사는 어떻게 되었느냐? 몬스터 무리는 확인되었느냐?"

이번 전쟁에서 도르센 왕이 궁금한 것은 그것이었다. 킴브리 장군으로부터는 파룬 측의 짓이 아니겠는가 하는 보고도 들어와 있었다.

"카도니아 북부는 적에게 탈환되어 버려서 조사가 어렵다고 합니다. 단, 역시 그 주변에서 몬스터가 자주 출몰한다는 정보는 전혀 확인할 수 없었기 때문에 통상적이지 않은 사태였던 것은 확실합니다."

"흠…… 킴브리도 이 점이 걸린다고 했었는데, 스탬피드도 그렇고 몬스터들이 파룬의 이익에 따라 움직이는 것 같다. 제로스 왕이 몬스터 고기를 먹고 강해졌다는 이야기도 수상했지만 파룬 군의 강함을 생각하면 아주 거짓인 것만 같지는 않구나."

"몬스터 고기를 먹는 실험은 우리나라에서도 했습니다만 피험자는 모두 사망했습니다."

헌드레드의 소문을 듣고 도르센 왕국에서는 죄수들에게 몬스터 고기를 먹이는 실험을 했지만 피험자는 줄줄이 죽었다. 이는 도르센 인근에 서식하는 레서 드래곤이라는 중급 몬스터의 고기를 무턱대고 먹인 탓이었다.

"알고 있다. 하지만 따로 방법이 있는지도 모르지. 그에 관해서는 계속해서 조사해라. 일단 파룬과는 화평을 맺도록 한다."

“강화조약을 맺겠다는 것입니까? 괜찮으시겠습니까?”

“1만 장병을 잃은 지금 남부에 할애할 전력은 없다. 현 카도니아 국왕을 인정하고, 배상금을 지불한다. 그것으로 파룬이 얌전히 있어 준다면 싸게 먹히는 일이지.”

아래 국가에 대해서는 파격적인 조건이라고 할 수 있는 내용이었다.

도르센 왕에게 그만큼 파룬이 위협적이었다고도 할 수 있다.

“폐하. 화평을 맺지 않아도 저에게 맡기시면 제로스 왕을 치고 오겠습니다.”

왕과 측근의 대화에 끼어든 것은 입가를 부채로 가린 여자였다. 길고 구불구불한 보라색 머리카락, 가슴은 크지만 허리는 잘록하고, 하얀 드레스 아래로 도자기처럼 하얀 피부가 비쳐 보인다. 요염하다는 단어가 어울린다.

“카밀라. 너의 임무는 왕도 수호다. 쉽게 움직일 순 없어. 게다가 같은 오천위가 두 명이나 당했다. 아무리 너라도 승리하리란 보장은 없어.”

도르센 왕은 얼굴을 찌푸렸다. 카밀라라고 부른 여자는 귀족 영애 같은 차림을 하고 있지만 오천위의 일원이다. 카밀라가 왕의 대화에 끼어든 것은 불경한 일이지만, 그녀가 두려워서 그것을 나무라는 자는 없었다.

“어머, 폐하. 마테우스와 단테는 이름만 오천위지 미숙한 자들이에요. 똑같이 취급하지 말아주세요. 그 두 사람이라면 저 혼자서도 죽일 수 있다고요."

표정을 부채로 가리고 있지만 카밀라의 눈은 웃고 있었다.

"……그럴지도 모르지. 하지만 너를 움직일 수는 없다. 대기하고 있어."

왕도 카밀라의 힘은 알고 있다. 카밀라는 오천위에서 3위의 자리에 있지만 2위와는 힘의 차이가 별로 없는 한편 4, 5위였던 마테우스, 단테와는 차이가 확연했다.

그러나 오만하고 매정한 성격인 데다 왕가조차 깔보는 태도 때문에 그다지 신뢰가 가지 않는다. 힘은 틀림없지만 인격 면에서 오천위에 어울린다고는 말하기 어려웠다.

오천위의 1위와 2위는 타국을 감독하기 위해 국경 부근에 배치되어 있지만, 카밀라를 국경에 배치하면 멋대로 전투를 벌일 우려가 있어서 왕도에 잡아 두고 있다. 도르센에 카밀라는 함부로 쓸 수 없는 조커 같은 존재였다.

"그거 유감이네요. 저라면 소국의 왕쯤 혼자서도 죽여 보일 수 있는데."

그 말에 옆에서 대기하고 있던 근위 기사들이 긴장한다. '나라면 왕을 죽이는 건 일도 아니다'라는 말이나 다름없는 것이다.

"됐다. 쓸데없는 행동은 삼가도록, 카밀라."

도르센 왕은 카밀라를 나무라더니 해산의 표시로 손을 흔들었다.

카밀라는 거기에는 대답하지 않고 미소를 유지한 채 그 자리를 뒤로했다.

EPILOGUE

파룬 왕국은 환희로 들끓었다. 그 대국 도르센을 상대로 승리했으니까.

아무리 헌드레드에 강자만 모여 있다고 해도 전쟁은 또 다른 얘기라, "정말 이길 수 있을까?"라고 불안해하는 자들도 실은 적지 않았던 것이다.

그런데 완승을 했다. 1만이나 되는 도르센의 대군을 겨우 2000의 병력으로, 그것도 희생자를 거의 내지 않고 쳐부순 것이다. 역사상으로도 유례를 볼 수 없는 대승리였다.

이 승리에 취해서 지금은 파룬 왕국 전체가 축제 분위기다. 당연히 헌드레드 멤버들도 기뻐했다. 술을 마시고 고기를 먹었다. 물론 그 고기는 몬스터 고기였다.

거기다 많은 멤버가 기쁨에 들떠서 평소에는 먹지 않는 강력한 몬스터 고기에 도전했기 때문에 기절하는 자들이 속출했다. 덕분에 경사스러운 축하 자리여야 할 왕성의 홀은 시체가 겹겹이 쌓인 지옥도로 변했다.

그리고 옥좌에 앉아 있는 마르스의 앞에는 갓 잡아온 신선한 몬스터 고기가 수북하게 쌓여 있었다.

오그마 일행이 일부러 마수의 숲 깊숙이 들어가 강력한

드래곤을 잡아온 것이다.

그들은 꽤 많은 부상을 당했지만 신선할 때 먹게 하려고 회복 마법도 받지 않고 마르스에게 가지고 왔다.

"마음껏 드십시오, 마르스 님. 도르센과 전쟁을 치르느라 몬스터를 잡으러 갈 짬도 없으셨을 테니 저희가 대신 다녀왔습니다!"

오그마 일행이 피를 뚝뚝 흘리면서 매우 밝은 표정을 짓는다.

'쓸데없는 짓을.'

마르스는 신물이 났다. 오늘 정도는 정상적인 요리를 먹고 싶었는데 이래서는 거절할래야 거절할 수가 없다.

어쩔 수 없이 눈앞의 고기를 집어 들었다. 강렬한 냄새가 코를 찌른다. 독성은 꽤 높은 듯하다. 아마 상당한 강적이었으리라. 그들이 얼마나 사투 끝에 쓰러트렸을지 알 것 같았다. 실로 민폐다.

몬스터 고기에 익숙한 마르스도 입에 넣기를 주저했지만 그들이 눈을 반짝거리면서 보고 있다.

마르스는 결심하고 고기를 물어뜯었다.

순간 의식이 멀어진다.

'위험해, 이러다 죽겠어.'

생명의 위험을 느낀 마르스는 두 손으로 뺨을 강하게 때려 간신히 의식을 되찾았다.

정신을 차리고 보니 눈앞에서는 오그마 일행이 저마다

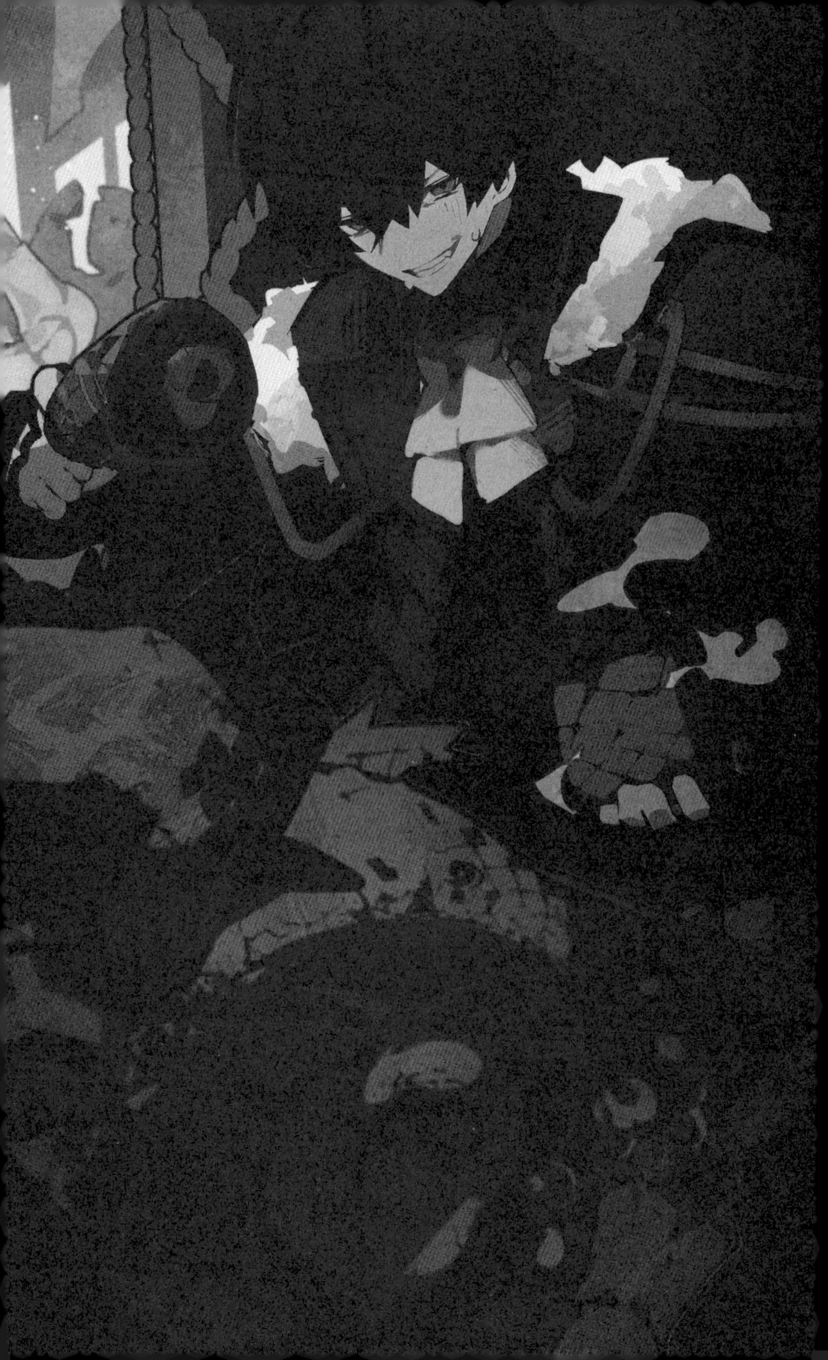

마르스를 찬양하고 있었다.

"그 고기를 먹고 살아 계시다니, 역시!"라며.

'혹시 이 녀석들은 내 목숨을 노리고 있는 건가?'

마르스는 등줄기가 서늘해졌다.

그러나 천진난만하게 기뻐하는 부하들의 얼굴을 보고 그 기대에 부응하고자 다시 한 입 고기를 입으로 가져간 것이었다.

몬스터 고기를 먹고 있었더니 왕위에 오른 건

EAT or DIE

외전 I ◆ 어떤 나라의 왕

나는 소국의 왕자로 태어났다. 장남이었다. 차기 왕이 되는 것은 결정되어 있던 셈이다. 그래서 뭔가를 목표로 할 필요가 없었다.

시키는 대로 왕의 교육을 받고 예정대로 순조롭게 왕위에 오를 수 있었다.

왕비로는 외가쪽의 아름다운 아가씨를 들였기 때문에 혼인에 불만은 없었다.

오히려 왕위 계승을 둘러싸고 다툼이 일어나는 것을 막기 위해 첩을 들이지 않았을 정도다. 질투심 많은 왕비가 싫어했던 것도 있지만 나처럼 내 자식에게 무난하게 왕위를 물려주고 싶었던 것이 큰 이유다. 다른 왕비와의 사이에서 자식이 생기면 화근이 된다.

내가 해야 할 일은 조상 대대로 내려온 왕가의 유지고, 그 이외의 일은 중요하지 않다.

그리고 왕비는 희망대로 사내아이를 낳아 마르스라는 이름을 붙였다. 이제 아무런 문제도 없을 줄로만 알았다.

그런데 여기서 한 가지 계산 착오가 있었다.

왕비가 마르스를 낳자 안 그래도 강력했던 왕비의 일족이 세력을 더욱 늘린 것이다. 나는 처음에는 그것이 나쁘다고 생각하지 않았다. 왜냐하면 차기 왕인 마르스를 지지해 줄 것은 왕비 일족이 될 것이기 때문이다. 그것은 장차 왕가의 안정과 연결된다.

몇몇 귀족이 "권력을 농단하고 있다! 재정을 낭비하고 있다!"라고 왕비 일족을 비난했지만 중요한 것은 장래토록 왕가가 남는 것이니 그런 건 아무래도 좋았다.

왕비와 그 일족은 반대하는 자들을 철저하게 탄압했다. 나는 특별히 찬성도 반대도 하지 않았다. 왕비 일족이 실권을 잡으면 마르스가 즉위한 뒤에도 안태하다.

단, 편을 들 수는 없다. 만일이라는 게 있다. 만약 왕비 일족이 실각했는데 내가 거기에 가담되어 있을 경우, 왕가의 존속 자체가 위태로워진다.

그래서 나는 사태의 추이를 조용히 지켜보고 있었다.

그동안 왕비 일족의 권력은 반석처럼 단단해 보였다.

그러나 몇 년이 지난 어느 날, 왕비의 눈에 들어 재상이 된 가마라스가 왕비 일족 편에 붙지도 비난도 하지 않던 대귀족들을 규합해서 일대 파벌을 결성했다. 그리고 나에게 결단을 촉구해 왔다.

"왕비님의 외척의 횡포를 더는 두고 볼 수가 없습니다. 민심이 왕가를 떠나고 있어 이대로라면 파룬은 망할 것입니다. 부디 영단을 내려 주시옵소서."

요컨대 왕비 일족을 제거하라는 협박이다.

다른 게 아니다. 왕비 일족 대신 자신들이 권력을 쥐고 싶을 뿐인 것이다.

그러나 가마라스와 결탁한 귀족들의 영토는 국토의 절반 이상을 차지하고 있고, 권력을 쥐고 있는 왕비 일족보다도 강력한 병력을 갖고 있다.

만일 내가 가마라스 파의 요청을 거절하면 이번에는 무력으로 나올 것이다. 그랬을 경우, 마르스가 차기 왕이 되는 일은 불가능하다.

한편 여기서 가마라스 파의 요청을 받아들인다 해도 그들이 왕비 일족의 핏줄인 마르스의 즉위를 쉽게 용인할 것 같지는 않았다.

나는 고민한 끝에 왕비와 왕자한테는 손대지 않는다는 것을 가마라스와 약속하고, 그들이 왕비 일족을 제거하는 것을 허락했다.

그 뒤 마르스는 눈부신 수완을 보였다. 미리 준비해 둔 병사들을 성 안으로 불러들여 왕비 일족을 모조리 붙잡았다. 그리고 그들을 인질로 삼아 자기 영지에 남아 있던 다른 일족들한테도 항복을 요구함으로써 싸우지도 않고 승리를 거둔 것이다.

나는 안도했다. 가마라스의 요구를 내쳤더라면 나도 왕위에서 쫓겨났을지도 몰랐기 때문이다.

왕비는 비탄에 젖었지만 내가 할 수 있는 일이 없었다. 권력 싸움에서 패배하면 이렇게 된다. 왕비 일족은 더 무자비하고 철저하게 다른 유력 귀족들을 때렸어야 했던 것이다.

왕비 일족은 남녀노소를 불문하고 모조리 처형되었다. 그 핏줄을 이은 자로 남은 사람은 왕비와 마르스뿐이다.

왕비는 유폐되고 곧 병을 앓다 죽었다. 아마 독살일 테지만 그것을 추궁한들 얻는 것은 없다.

가마라스는 자신의 딸을 왕비로 들이도록 나에게 재촉했다. 자신이 새로운 외척이 되려는 것인데, 이는 나에게도 유리한 제안이었다. 지금 마르스에게는 뒷배가 없다. 이대로라면 왕위에 올라도 지위가 불안정해질 것이다.

그렇다면 가마라스의 딸을 맞아들이고, 그 딸이 낳은 아이를 차기 왕으로 삼는 편이 왕가에는 태평하다.

가마라스의 딸 릴리아는 아버지를 닮아 못생겼지만 그런 건 큰 문제가 아니다. 무엇보다도 우선시해야 할 것은 왕가의 존속인 것이다.

릴리아는 곧 회임해서 사내아이를 출산했다. 둘째 왕자 니콜의 탄생이다.

이로써 차기 왕은 결정된 거나 다름없다. 마르스에게는 미안하지만 아무런 뒷배도 없는 왕자가 나라를 물려받을 수는 없다.

머지 않아 가마라스가 마르스를 암살할 거라고 생각했다.

말려봤자 소용없다. “그럴 마음은 없다”라는 변명이나 들을 뿐이다.

이 나라 왕의 권력은 그 정도다. 그래서 나라의 실권을 둘러싸고 귀족들이 싸우는 것이다.
안됐지만 나는 어찌할 도리가 없다.
니콜이 차기 왕이 되는 것은 나 이외의 모든 귀족들 사이에서 암묵적 합의가 되었다.
이제 마르스를 어떻게 하느냐만 남았다. 길게 가지는 않을 거라고 나는 생각했다.

그러나 그런 주위의 기대는 아랑곳 않고 마르스는 끈질기게 살아남았다. 반복되는 독살 시도를 견디고, 자객들의 칼도 쳐냈다.
우리 왕가가 용사 가문이긴 해도 어디에 그런 힘이 있었던 걸까?
적어도 나에게는 없었다. 왕가의 핏줄이라는 것 말고 의지할 것은 아무것도 없었던 것이다.
내 자식이지만 신기한 마음으로 나는 마르스를 보고 있었다.
한편 가마라스는 그런 마르스를 용서하지 않았다. 당연하리라. 자신의 권력을 확실히 다지려면 마르스의 존재는 방해물일 뿐이다.
놈은 적당한 핑계를 꾸며서 헌드레드라는 정체 모를 조직의 토벌을 마르스에게 명령한 것이다.
헌드레드와 싸우다가 죽으면 고마운 일. 그렇지 않으면

전투 중에 뒤에서 찌를 속셈이리라. 가마라스가 마르스의 호위로 붙인 브란은 일족을 왕비에게 몰살당한 원한이 있는 남자다. 마르스를 죽이는 데 아무런 주저함도 없으리라.

아무리 마르스라도 헌드레드와 싸우면서 뒤에서 아군에게 일격을 당하면 어찌할 수 없을 터다.

그걸 알면서도 나는 명령했다.

"마르스, 해 주겠지?"라고.

"알겠습니다. 그 명령, 삼가 받들겠나이다."

그렇게 말하고 마르스는 무릎을 꿇었다.

'미안하다, 왕가를 위해서 죽어 주렴.'

나는 속으로 사죄했다.

마르스가 헌드레드를 토벌하는 날이 왔다.

가마라스는 철저하게 대비해서 A랭크 모험가들을 고용했다. 만일 마르스가 헌드레드를 깨뜨리고 브란의 마수의 손길에서 벗어나 성으로 돌아왔을 경우를 대비한 것이다. 정말이지 빈틈없는 남자다.

근위이면서 가마라스의 앞잡이가 된 하얀 기사단은 전력적으로 못미더운 것이리라. 게다가 A랭크 모험 파티를 상대로 이길 수 있는 사람은 이 나라에는 한 명도 없다. 뇌제로 이름 높은 프라우라도 단독으로는 무리다.

그러나…….

헌드레드를 조직한 것은 마르스였다.

검은 기사단, 붉은 기사단, 푸른 기사단까지 휘하에 거느리고 반란을 일으킨 것이다. 마도사단도 움직이지 않는 것을 보면 약혼자인 프라우는 마르스에게 가담한 것이리라.

압도적 우세였음에도 마르스는 홀홀단신으로 옥좌의 방에 모습을 드러냈다.

그를 기다리고 있던 것은 가마라스가 고용한 A랭크 모험가 파티. 그 어떤 강자라도 혼자서 이길 수 있는 상대가 아니다.

그러나 마르스는 무서운 힘을 보이며 그들에게 승리했다.

나는 당혹스러웠다.

대체 마르스는 정체가 뭘까?

내 아버지도 할아버지도 나 자신에게도 이런 힘은 없었다.

단, 그런 건 아무래도 좋았다. 마르스라면 왕가를 존속시킬 수 있으리라.

나는 시키는 대로 왕위를 마르스에게 양위했다. 어깨의 짐을 던 기분이었다. 처음부터 나한테는 버거웠던 것이다.

반란 후, 나는 왕도에서 떨어진 곳에 있는 이궁(離宮)으로 거처를 옮겼다.

아이러니하게도 같이 따라온 사람은 왕비가 된 프라우의 아버지 브람스였다.

새 외척이 된 브람스는 권력을 잡기는커녕 이궁에 연금

된 것이다.

"서로 자식은 못 당해냈군요."

이궁에서 나와 대면한 브람스는 쓰게 웃었다.

딱히 나는 못 당해낸 게 아니다. 왕위를 물려받아 주기만 한다면 그걸로 되었던 것이다.

단, 이런 방법으로 강제로 왕위를 빼앗길 줄은 상상도 못 했다.

한 가지 아쉬운 것은 우리 왕가에 전해 내려오는 구전을 마르스에게 가르쳐 주지 못한 것이다.

「고기를 먹어라」

무슨 뜻인지는 모른다. 아버지도 할아버지도 몰랐던 것 같다.

일단 매일 고기를 먹고는 있었지만 무슨 효과가 있었던 것 같지는 않다. 장수의 비결인가 싶었지만 아버지도 할아버지도 그렇게 오래 살진 않으셨다.

하지만 어쨌거나 왕이 되었으니 마르스도 고기 정도는 매일 먹을 것이다.

새삼 알려줄 필요는 없을지도 모른다.

외전 II ◆ 뇌제

마법사에 국한된 이야기는 아니고, 인간은 다음 3가지 타입으로 분류할 수 있다.

'조숙', '보통', '대기만성'이다. '조숙'은 어려서 재능을 발휘하지만 성장할수록 능력이 성장하지 않게 된다. '보통'은 재능의 성장이 균일해서 이르지도 늦지도 않다. '대기만성'은 어렸을 때는 싹이 나오지 않지만 어느 정도 성장하면 재능이 개화한다.

프라우라는 소녀는 누구나 '조숙'이라고 생각했다.

아니, '조숙이어야만 한다'라고 모두가 생각했다.

그럴 정도로 그녀의 마법 재능은 어려서부터 경이로웠다.

그녀가 처음 한 말이 "번개여"였다.

이 말은 서고에 있던 마도서를 멋대로 읽던 3살 프라우를 아버지인 브람스가 혼냈을 때 나온 말이다.

그리고 이 말과 동시에 브람스는 번개 주문에 맞은 것이다.

브람스는 몸을 떨면서 감동했다.

"내 딸은 천재가 틀림없다"라고.

참고로 몸이 떨린 것은 번개 주문의 영향으로 근육이 경련한 탓이다.

그때까지 브람스는 말이 느린 프라우의 발육을 걱정하면서 일찌감치 마법사로서의 자질을 단념하려 했을 정도였는데, 이날을 기점으로 마법 영재교육을 시작했다.

직접 프라우에게 마도서를 읽어주고, 직접 시범을 보이고, 친절하게 해설해 주었다.

프라우는 배운 마법을 순식간에 익혀서 금방 자신의 것으로 만들었다. 단순히 시키는 대로 마법을 구사하는 게 아니라 주문을 배열해서 위력의 강약을 조절하기도 하고 다른 효과를 부여하는 등 응용해 보인 것이다.

어린 나이에 자신 이상의 재능을 보이는 딸에게 브람스는 장래를 기대하면서도,

“너무 완성된 것 아닐까?”

하고 걱정도 했다.

인간의 마력은 타고난 총량이 정해져 있어서 그것이 마법사로서의 재능이 된다. 마력의 출력은 성장과 함께 그 한계까지 올라가는데, 프라우는 그 한계에 진작 도달한 것이 아닌가 염려했던 것이다.

“이 아이는 너무 조숙한 것 아닐까? 어린 나이에 너무 완성된 것 아닐까?” 하고.

프라우가 6살이 되자 브람스는 자신이 이끄는 마도사단의 임무에 동행시켰다. 그 임무란 인근에 피해를 주고 있던 몬스터 오로치의 토벌이었다.

오로치는 거대한 뱀의 형상을 한 몬스터인데, 드래곤만큼은 아니지만 마법에 대한 저항력도 높다. 파룬 왕국의 정예인 마도사단도 쩔쩔매는 강적이다.

그러나 브람스는 그 오로치의 상대를 어린 딸에게 맡겼다.

프라우는 오로치의 앞에 서더니 대가리를 쳐들고 자신을 노리는 거대한 뱀에게도 전혀 동요하지 않고 담담하게 주문을 외우기 시작했다.

오로치는 곧 작은 인간이 뿜어내는 심상치 않은 마력을 감지하고 프라우에게 달려들었다.

그러나 그 이빨이 닿기 직전에 강렬한 뇌격을 맞아 온몸이 시커멓게 탄 채 숨이 끊어졌다.

이것이 프라우가 마법사로서 처음 했던 전투이자, 그 뒤 수없이 쌓게 되는 전공 중 하나가 되었다.

어린 나이에 마법을 부려 강력한 몬스터를 수없이 쓰러뜨리는 프라우의 소문은 파룬 왕국뿐만 아니라 타국에까지 퍼졌다. 그리고 그 재능을 한번 보려고 많은 마법사가 파룬을 방문했다.

실제로 프라우가 마법을 부리는 모습을 보고 그들은 입을 모아 칭찬했다.

"신동이다", "천재가 틀림없다".

그러나 한편으로 그들은 자신의 마력을 완벽하게 제어해 보이는 프라우에게 "이미 재능의 한계에 도달한 것 아닐까?", "너무 조숙한 것뿐이지 않을까?"라고도 생각했다. 그 정도로 프라우의 마법은 너무 완벽했다.

대륙 최고의 마도사로 일컬어지는 키엘 마도국의 마토우도 프라우를 보고, "미래는 없다"라고 측근에게 말했다고 한다.

브람스는 그런 주위의 평가에 전전긍긍했지만 정작 프라우는 전혀 개의치 않고 묵묵히 마법을 탐구했다.

그리고 프라우가 8살이 되었을 때, 브람스는 딸을 마르스 왕자의 약혼자로 만드는 데 성공했다. 국왕으로서도 프라우의 엄청난 마법 재능에 기대를 걸고 핏줄 강화를 위해 왕가에 들이기로 결단한 것이다.

브람스로서는 딸의 재능이 한계점에 이르기 전에 비싼 값에 국왕에게 팔아넘길 속셈이었다.

단, 계산 밖이었던 것은 그 후 파룬 왕국에서 정변이 일어나 재상 가마라스가 대두한 결과, 그 손자인 둘째 왕자 니콜이 차기 국왕으로 간주되게 된 것이다.

브람스도 곧 마르스 왕자를 단념하고 프라우에게 "약혼을 파기하겠다"고 고했지만 예상 외의 저항을 받았다.

"싫어."

프라우는 짧고도 단호하게 거절의 의사를 보였다. 지금까지는 인형처럼 조용히 브람스의 말을 들었던 딸이 말이다.

이에 브람스는 당주로서의 위엄을 보이기 위해 명령을

들으라고 따끔하게 야단쳤지만 돌아온 것은 3살 이후로 처음 쓰는 번개 주문이었다.

물론 위력은 3살 때와는 비교도 되지 않는다. 순간적으로 마법 장벽을 전개해서 몸을 보호한 브람스였지만 저택은 붕괴했다. 몸에 걸치고 있던 옷은 타버렸다. 머리카락도 까치집이 되었다.

“이 아이는 내 실력을 뛰어넘었다.”

브람스는 딸이 진작 자신의 제어에서 벗어나 있었다는 것을 깨닫고 그 힘에 겁을 먹었다. 그 때문에 마르스 왕자와의 약혼은 그대로 유지된 것이다.

14세가 된 프라우는 주위의 예상과는 반대로 마법사로서 계속 성장했다.

신체적인 성장은 일찌감치 끝났지만 왠지 마력은 계속 늘었던 것이다.

이는 마르스를 따라 몬스터 고기를 섭취한 영향이다. 본래 조숙으로 끝났을 천재 소녀는 몬스터로 인해 지속적으로 마법을 성장시키는 데 성공한 것이다.

그리고 그때 파룬 왕국에 작은 위기가 찾아왔다. 몇 년 만에 드래곤이 영토에 침입한 것이다.

드래곤은 최강급 몬스터 종족으로, 마법에 대한 저항력이 높아 마도사단이 가장 애를 먹는 상대이다. 이때만큼은 기사단과 힘을 합쳐 온 왕국이 총력으로 싸우게 된다.

그러나 프라우는 “필요 없어”라고 하더니 혼자서 출격했다.

그 얼굴은 평소처럼 무표정이었지만 어딘지 모르게 즐거워 보였다고 한다.

프라우는 마구 날뛰는 드래곤을 내려다보는 위치로 부유하더니 공중에 빛의 마법진을 몇 개나 현현시키고 번개 계통의 최강 마법 ‘선더 저지먼트’를 암송했다. 높은 마력과 고도의 마술적 기량이 양립하지 않으면 쓸 수 없는 마법이다.

선더 저지먼트는 마치 무수한 용 같은 번개의 형상으로 드래곤을 향해 쏟아졌다. 드래곤이 자랑하는 마법 저항력은 깨지고, 최강의 몬스터는 숯덩이가 되었다.

프라우는 난적이라는 드래곤을 오로지 마법만으로 토벌하는 위업을 달성한 것이다.

이때 이후로 프라우는 ‘뇌제’라는 별명으로 불리게 되었다.

여담이지만 이 드래곤은 암컷으로, 짝이던 수컷 드래곤을 마르스의 손에 잃었다. 그 복수를 위해 파룬의 영토에 침입해서 난동을 부렸던 것이다.

물론 마르스는 그런 줄도 모르고,

“국내에서 드래곤이 난동을 피우고 있다는데, 요전에도 마수의 숲에서 봤었지. 최근에 늘어난 건가? 하지만 난동을 부리는 드래곤을 쓰러뜨리면 괜히 눈에 띌 것 같으니 내버려 두자.”

하고 무책임하게 생각하고 있었다.

헌드레드도 드래곤까지는 상대하지 못했던 시기인지라 결과적으로 프라우가 약혼자의 뒤치다꺼리를 해 준 꼴이 되었지만, 이는 프라우 이외에는 아무도 모른다.

그리고 지금 프라우의 눈앞에는 가마라스 파벌 귀족들의 군단이 집결해 있었다.

이 군세는 마르스 살해를 노린 계획을 완수시키기 위해 가마라스가 미리 왕도 근교로 불러들여 놓았던 것이다. 그러다가 마법 통신으로 마르스의 반역을 알자 왕도를 향해 진군해 온 것이다.

파룬 왕국은 왕보다 귀족들의 힘이 강한 나라였기 때문에 그 병력은 왕 직속 군대를 웃돌아 5000명이 넘었다. 검은 기사단, 붉은 기사단, 거기에 헌드레드를 합친 병력의 배 이상이다.

게다가 그들의 주인인 귀족들은 왕성에 남아 있어서 왕성 탈환을 위해서도 사기가 높다. 적어도 지휘관급은.

공중에서 그 군세를 본 프라우의 입가가 살며시 들어 올려졌다. 휘하 마도사들의 눈에는 그렇게 보였다. 마도사단에 소속된 그들의 주인은 바로 몇 시간 전에 브람스에서 프라우로 바뀌어 있었다.

프라우는 마도사단을 앞에 두고 이렇게 말했던 것이다.

"오늘부터 마도사단은 내 거."

마도사들은 대부분 당황했다.

확실히 마법사로서 프라우의 실력은 발군이다. 그러나 이런 역할은 실력으로 결정되는 게 아니라 귀족적인 서열에 근거하는 바가 크다. 프라우는 마도사단의 장인 브람스의 자식이지만 여성이라 그런 자리에 앉기는 어렵다.

일부 젊은 마도사들은 프라우의 힘에 심취되어 있어서 그녀를 지지했지만, 나이 든 마도사 중 한 사람이 불만을 드러냈다.

"프라우 님. 우리의 주인은 브람스 님입니다. 함부로 그런 말을 하셔도……."

프라우는 그 마도사를 보지도 않고 천천히 오른손을 들어 손바닥에서 뇌격을 쏘았다.

대상자만을 겨냥한 번개 주문. 위력과 지향성, 확산성을 완벽하게 컨트롤한 예술적이기까지 한 마법이다. 그것을 무영창으로 쏠 수 있는 것이 뇌제인 이유다.

"끄아악!"

프라우에게 대들었던 마도사는 바닥을 뒹굴었다. 한동안 의식을 잃었는지 움직임이 없었지만 그래도 몸이 경련을 일으키고 있다.

프라우는 그 모습에도 눈길 하나 주지 않고 멍하니 마도사들을 바라보고 있었다.

그리고 다짐을 놓듯이 딱 한 마디만 했다.

"괜찮지?"

마도사들은 기사단보다 격이 높은, 파룬의 핵심이라고도 할 수 있는 존재다. 마도사들은 그것을 자랑으로 여기고 있었다. 프라우가 아무리 강해도 순순히 항복하는 것은 못마땅했다.

고참 마도사들이 서로 눈짓으로 의사소통을 하더니 일제히 마법을 외우기 시작했다.

무영창은 아니지만 그 암송은 신속하고, 주문도 간략화된 것이라 발동하기까지 시간은 거의 필요하지 않다.

그러나 프라우는 두 손을 들더니 그 열 개 손가락에서 열 줄기의 가느다란 번개를 마도사들에게 쏘았다.

그 수는 정확히 프라우를 거스르려고 한 마도사들의 숫자와 일치한다.

마치 의사를 갖고 있는 것처럼 움직이는 번개에 맞은 그들은 혓바닥이 굳어서 주문을 암송할 수 없게 되었다. 마법의 위력 자체는 대단하지 않지만 그 번개는 프라우의 손가락 끝에서 계속 나오고 있기 때문에 주문의 대미지에서 좀처럼 벗어날 수가 없다.

얼마쯤 지나자 프라우는 작은 한숨을 내쉬고 주문의 발동을 멈추었다. 번개를 맞고 있던 10명의 마도사는 바닥에 힘없이 쓰러졌다.

그리고 프라우는 다시 말했다.

"괜찮지?"

이제 거역하는 자는 아무도 없었다.

현재 마도사단의 마도사들은 프라우의 부하로서 그녀의 주위에서 부유하고 있다.

젊은 마도사들은 의기양양하지만 어느 정도 나이 먹은 마도사들은 눈 아래 귀족들의 군세를 비애의 시선으로 보고 있었다. 권력과 폭력을 휘둘러 마음대로 민중을 괴롭혀 온 자들이지만 그래도 동정을 금할 수 없다.

'아마 대부분은 죽겠지.'

그들은 어린 시절부터 프라우를 알고 있다.

프라우는 마법 이외에 흥미가 없는 소녀였다. 당연히 인간에게도 흥미가 없고, 몬스터에게도 흥미가 없다. 즉 똑같은 취급을 당할 것이 훤히 보인다.

프라우는 몬스터를 철저하게 격멸해 왔다. 귀족들의 군세도 같은 말로를 맞이하게 되리라.

마도사단이 적으로 돌아섰다는 정보가 전해졌는지 귀족의 군세가 화살을 쏘기 시작했다. 마법사를 상대할 때는 유효한 전술이다.

마도사단도 몬스터만 상대했지 인간과 싸운 적은 없었지만 곧 바람의 방어 마법을 전개해서 날아오는 화살을 모조리 튕겨냈다. 전투 경험이 풍부해서 임기응변으로 싸우는 데 익숙하다.

프라우는 화살이 닿지 않는 높이까지 상승하더니 천천히 마법을 외우기 시작했다.

평상시에 하는 말은 생동감이 없고 짧고 단조롭지만 그녀가 외우는 주문은 마치 노래처럼 유려하고 다채롭다.

"어둠의 심연에서 생명의 숨결을 얼려라. 암흑이여, 그 힘을 해방시켜라. 죽음의 바람이 불어 모든 것을 갉아먹는다. 혼의 단절, 생명이 다하는 때, 종말의 곡조가 연주되기를……."

'번개 주문이 아니다? 이건!'

마도사들은 자신들의 새로운 주인이 외운 주문에 긴장된 표정으로 일제히 프라우 쪽을 바라보았다.

프라우가 암송하고 있는 것은 그녀가 자랑하는 뇌격이 아니다. 이것은 금기시되는 암흑의 마법. 그것도 인간을 상대로 특화된 것이다.

"프라우 님, 그것은!"

한 마도사가 그렇게 외쳤을 때, 주문은 완성되었다.

귀족 군세의 발밑에서 칠흑이, 결코 그림자 따위일 수 없는 심연의 어둠이 종이에 떨어뜨린 먹물처럼 번져간다.

자신들의 발밑에서 번져가는 이변을 눈치챈 병사들이 동요하기 시작했다.

"이게 뭐지?"

"적의 주문인가?"

"하지만 아무런 대미지도……."

발밑에 시커먼 어둠이 번지고 있을 뿐 아무 효과도 보이지 않는 데에 병사들은 의아해했다.

그리고 다음 순간, 전체의 3할에 해당하는 장병이 갑자기 쓰러졌다.

"이봐, 왜 그래!"

"자지 마! 일어나!"

"응? 죽었어?"

갑자기 시작된 죽음의 향연. 프라우가 외운 주문은 확실히 죽이는 것이 아니라, 상대를 확률에 의해 죽음에 이르게 하는 주문이었던 것이다.

귀족들의 군세가 패닉에 빠지는 가운데, 프라우는 다시 주문을 외우기 시작했다.

"명계의 힘을 해방시켜 혼을 부르리. 명부의 왕의 생명으로 되살아난 자여. 썩은 시체, 죽음의 실을 조종해 마력에 복종하라. 죽음에 지배받지 않으리……."

마도사들은 등줄기가 서늘해졌다. 프라우를 지지하던 젊은 마도사들조차도 예외는 아니다.

프라우가 어둠의 주문 뒤에 외운 것은 사령마술이다. 죽은 자를 강제로 깨워서 사역시키는 사악한 마법이다.

사역하는 것은 아까 어둠의 마법에 의해 죽은 병사들의 시체.

억울하게 죽임당한 그들이 벌떡 일어났다. 창백한 얼굴

에 초점 없는 눈동자. 조금 전까지 동료였던 자들의 이변에 살아 있는 병사들은 당황스러울 뿐이다.

그리고 죽은 자들은 말없이 검을, 창을, 활을 잡더니 산 자들을 증오하듯 시기하듯 달려들기 시작했다.

아비규환이었다.

죽은 자가 산 자를 덮친다. 무기가 없어도 덤벼들어서 공격한다. 병사들은 필사적으로 저항하지만 이미 죽은 자들에게 다소의 상처를 입힌 정도로는 전혀 기죽지 않는다.

누군가가 비명을 질렀다. 누구의 비명인지는 알 수 없다. 살아 있는 병사의 것인지도 모르고, 강제로 조종당하고 있는 죽은 병사의 것인지도 모르는 무수한 비명이었다. 그것들은 마치 죽음의 합창처럼 전장에, 아니 전장조차 아니게 된 사지에 울려 퍼졌다.

이 세상에 현현한 지옥이라고도 할 광경에 프라우 휘하의 마도사들은 눈을 돌렸다.

몇 명은 프라우를 쳐다보았다.

태양을 등져 그림자로 물든 프라우의 표정은 왠지 웃고 있는 것처럼 보였다고 한다.

프라우는 이 참극 후, 살아남은 피폐한 병사들을 정신 마법으로 조종하여 또 한 번 아군끼리 싸우게 했다.

"그만둬, 그만두라고!"라고 울부짖으면서 옆 동료를 베는 병사의 모습은 악마도 동정을 금하지 못했으리라.

귀족들의 군세는 일찌감치 항복했다. 아니, 숫제 납작 엎드려 용서를 청하는 모습이었다.

마도사단의 부하들도 그들에게 항복의 기회를 주라고 입을 모아 프라우를 설득하고 나섰다.

"모처럼의 기회인데."

억양 없는 말에 은근히 불만을 내비치면서도 프라우는 적군의 항복을 허락했다.

항복한 장병들은 살아남은 기적을 신에게 감사했지만, 그 후 이 지옥을 몇 번이나 꿈으로 꾸면서 트라우마에 시달렸다.

프라우가 귀족의 군대를 항복시켰을 때, 왕성에서도 마르스가 A랭크 모험가 파티를 쓰러뜨리고 이 싸움에 종지부를 찍고 있었다.

돌아온 프라우는 마르스에게 "쓰러뜨렸어"라고 한 마디로 보고했다.

이런저런 일로 지친 얼굴을 하고 있던 마르스는 프라우의 머리를 톡톡 치면서 "고마워"라고 건성으로 인사했다.

프라우는 마르스가 톡톡 친 자리를 만지면서 눈처럼 하얀 피부를 발그스름하게 물들였다.

그녀는 그 재능 때문인지 칭찬받은 적은 있어도 고맙다는 말을 들은 적은 없었고, 직접적으로 자기를 만진 사람도 없었던 것이다.

'나쁘지 않아.'

프라우는 마음속으로 생각했다.

후기

《몬스터 고기를 먹고 있었더니 왕위에 오른 건》을 손에 들어 주셔서 진심으로 감사합니다. 이 작품은 제가 《소설가가 되자》라는 소설 투고 사이트에 처음으로 게재한 소설입니다.

《누가 용사를 죽였나》(카도카와 스니커 문고)와 동시발매되었지만 먼저 쓴 것은 이쪽입니다. 구상은 저쪽을 먼저 했지만 "이런 우울한 이야기는 인기가 없겠지."라고 생각해서 쉽고 재미있는 이야기를 먼저하자는 생각에 이 작품을 먼저 쓴 것입니다.

그렇게 1년 정도 연재한 결과, 감상 하나 받지 못하고 전혀 평가받지 못하자 마음에 상처를 입고 끝내버렸습니다(끝난 뒤에 리뷰를 받았지만).

실은 여러 공모기획에도 참가해 보았지만 1차도 통과하지 못했습니다. 정말 괴로운 심정이었습니다. 요컨대 "형편없다."고 판정받은 거나 다름없으니까요. 당연히 저 자신은 재미있다고 생각해서 쓴 것이니 그것을 완전히 부정당한 기분이었습니다.

차기작인 《누가 용사를 죽였나》로 랭킹 1위를 찍었을 때, 2위에 "어디서 본 타이틀이네."라고 생각했더니 이 작품이라 눈을 의심했습니다.

《누가 용사를~》이 평가받자 이 작품도 주목받은 것인데 기쁘다기보다는 "이제 와서?"라는 분노 비슷한 감정이 더 강했습니다. 서적화 이야기가 나왔을 때도 '《누가 용사를~》 하고 작품 타이틀을 착각한 거 아니야?'라고 생각했지요.

그러나 서적화 이야기가 진행되고 시바 씨라는 훌륭한 일러스트레이터가 결정되어 자신의 작품에 처음으로 일러스트가 붙은 것을 보자, 한때 단장의 심정으로 끝낸 억울함 같은 것이 점점 사라졌습니다. 특히 커버 일러스트가 멋지죠. 속편도 힘내서 써야지 하고 기운도 받았답니다. 2권에서는 표지에 카밀라를 엄청 멋지게 그려주면 좋겠습니다.

그런 연유로, 가슴을 펴고 말하고 싶습니다.

"《몬스터 고기를 먹고 있었더니 왕위에 오른 건》은 재미있다!"라고.

눈물과 감동은 없을지 몰라도 웃음과 재미라면 있습니다.

자기 입으로 말하기도 뭐하지만, 《누가 용사를 죽였나》는 잘 쓴 작품입니다. 하지만 그런 것만 읽을 수도 없고 쓸 수도 없죠. 일상적으로 요구되는 건 심플한 작품입니다. 근육뇌도 괜찮지 않습니까? 어렵게 생각하는 건 피곤합니다. 이 이야기는 가볍고 유쾌하게 읽어주세요.

2권 이후에 대해서 말씀드리자면, 속편이 나오면 대폭적인 신규분이 예정되어 있습니다. 2권은 전체의 약 30%가, 3권은 약 70%가 신규분이 될 예정입니다(담당자한테는 말하지 않았지만). WEB판에서는 너무 반응이 없어서 도중에 중단하고 마지막에는 다이제스트로 냈지만, 서적으로는 끝까지 완결시킬 수 있을지도 모르겠습니다.

첫 투고작인 이 소설을 끝까지 쓰고 싶으니 응원해 주시면 감사하겠습니다.

몬스터 고기를 먹고 있었더니 왕위에 오른 건 1

2024년 8월 15일 1판 1쇄 발행

저　　자 다켄
일러스트 시바
옮 긴 이 김진희
발 행 인 유재옥
담당편집 박치우
부 사 장 이왕호
이　　사 조병권
출판본부장 박광운
편집 2팀 정영길 조찬희 박치우 정지원
편집 3팀 오준영 이소의 권진영
디자인랩팀 김보라
디지털사업팀 박상섭 김지연 윤희진
라이츠사업팀 김정미 맹미영 이윤서
영업마케팅팀 최원석 박수진 이다은
물 류 팀 허석용 백철기
경영지원팀 최정연
인쇄제작처 ㈜코리아피엔피
발 행 처 ㈜소미미디어
등　　록 제2015-000008호
주　　소 서울시 마포구 토정로222, 502호 (신수동, 한국출판콘텐츠센터)
판매 및 마케팅 (070) 8822-2301

ISBN 979-11-384-8391-9
ISBN 979-11-384-8390-2 (세트)